Helmut Krausser
Die Geschehnisse
während der Weltmeisterschaft



PIPER

Zu diesem Buch

Leon und Sally sind weltberühmte Profis im Team Berlin, das 2028 in Kopenhagen bei der 11. Weltmeisterschaft für »Leistungssex« antritt. Obwohl die beiden nach sportlichen Kriterien mehrmals täglich miteinander verkehren, gelingt es dem heimlich verliebten Leon nicht, seiner Partnerin auf mentaler Ebene nahe zu kommen. Unkontrollierbare Emotionen sind in diesem Sport als leistungsmindernd untersagt. Die Sportler logieren in einem schwerbewachten, stacheldrahtumzäunten Hotel, umringt von Demonstranten, darunter besorgte Bürger, Hakenkreuzler, Islamisten und andere extreme Gruppen. Und als ob die Spannung nicht bedrückend genug wäre, geschehen plötzlich auch noch zwei Morde. Die Funktionäre sind in Aufruhr. Die dänische Kommissarin, die den Schutz der WM koordinieren soll, greift bald zu illegalen Mitteln, um ihre Aufgabe noch zu meistern. Und Leon lässt es zum Äußersten kommen, um seine Liebe zu zeigen.

*Helmut Krausser,* geboren 1964 in Esslingen, debütierte 1989 mit »Könige über dem Ozean« und verfasste seither zahlreiche Romane, Erzählungen, Lyrik, Tagebücher, Theaterstücke und Drehbücher. Zuletzt erschienen die Romane »Alles ist gut« (2015) und »Trennungen. Verbrennungen« (2019). Mehrere seiner Bücher wurden verfilmt. Seine Werke werden in alle wichtigen Sprachen übersetzt. Er lebt in Berlin.

Helmut Krausser

# GESCHEHNISSE WÄHREND DER WELTMEISTERSCHAFT

Roman

PIPER

*Mehr über unsere Autoren und Bücher:*
*www.piper.de*

Von Helmut Krausser liegen vor:
Gebrauchsanweisung für den FC Bayern
Alles ist gut
Geschehnisse während der Weltmeisterschaft
Trennungen. Verbrennungen

FSC
www.fsc.org
MIX
Papier aus verantwortungsvollen Quellen
FSC® C083411

Ungekürzte Taschenbuchausgabe
ISBN 978-3-492-31403-9
März 2019

Umschlaggestaltung: zero-media.net, München
Umschlagabbildung: FinePic®, München
Satz: Kösel Media GmbH, Krugzell
Gesetzt aus der Candida
Druck und Bindung: CPI books GmbH, Leck
Printed in the EU

# DEZEMBER

Ich schlich mich aus den Scheinwerferkegeln, als hätte ich wen umgebracht und müsse untertauchen. Bei Nacht und Spätnovembernebel. Das war geil und aufregend. Plötzlich ein völlig anderer zu sein, mit neu geschnitzten Kulissen um mich her. Ein anderes Schauspiel, eine Premiere, beinahe improvisiert, mit ungewissem Ausgang. Alles wurde bar bezahlt, ich nahm Züge und Fähren, um kein Flugticket kaufen zu müssen. Es gab keine Pressemitteilung, keinen Brief, keine SMS. Niemand wußte Bescheid, nicht mal Helen oder sonstwer aus dem Team. Man hielt mich für tot oder verschleppt, wartete auf den Fund meiner Leiche oder wenigstens auf eine Lösegeldforderung. Viele Zeitungen verzierten sich auf Seite eins mit meinem Bild. Die Welt rätselte.

Anfang Dezember kam ich in Alta an, wo ich beim Gebrauchtwagenhändler einen schrottigen Pick-up abholte. Meine Tarnung bestand aus Brille, Vollbart und platinblond gefärbtem Haar. Die Hütte wie auch der Pick-up waren über einen Strohmann bezahlt, der nicht wußte, wer ihn beauftragt hatte. Alta liegt in Nordnorwegen. Das klingt eisig, aber die Wintertemperaturen dort sind milder, als man gemeinhin vermutet.

Auf meinem Weg dorthin habe ich ein paar Tage in Trondheim verbracht und die Hessdalenlichter beobachtet. Gehen Sie *Hessdalenlichter* googeln, und fahren Sie im nächsten Urlaub mal hin, es lohnt sich. Noch immer gibt es keine plausible wissenschaftliche Erklärung für das Phänomen. Für diejenigen, die zu faul sind, um zu googeln: Es handelt sich um Lichter in vielerlei Gestalt, rund, dreieckig oder unregelmäßig, die sich über den Himmel bewegen und manchmal bis zu einer Stunde an einem Punkt verharren. Ein nächtliches Schauspiel, das mich wie Magie berührt hat, und ich meine echte, sakrale Magie, nicht irgendeinen raffiniert ausgetüftelten Taschenspielertrick, der nur auf der Täuschung unsrer Sinne basiert, vulgo auf unserer Tölpelhaftigkeit. Googeln Sie *vulgo*, wenn Sie der geistigen Unterschicht angehören.

Eine ganze Nacht und die Hälfte der nächsten hab ich im Freien auf meinem Tripod-Klappstuhl gesessen und Lichter angestarrt, von denen manche sagen, es handle sich um Ufos, was Blödsinn ist; andere glauben, es seien die Seelen von Toten, die aus der Unterwelt heraufsteigen, um noch einmal zu tanzen. Das klingt immerhin erbaulich. Physiker reden von Plasmawellen infolge seismischer Tätigkeit, sie sagen, Tal und Fluß könnten wie eine gewaltige natürliche Batterie wirken, blabla – damit kann längst nicht alles erklärt werden. Die Lichter lösten eine feierliche Stimmung in mir aus, feierlich bis euphorisch, aber auch schicksalhaft. Oder was man so nennt. Wie erkläre ich das? Es ist ungefähr so, als ob man mit Napoleonhut am Morgen der Schlacht auf einem schnaubenden Schimmel an den eigenen Soldaten entlangreitet und alle jubeln, obwohl sehr viele von ihnen sterben werden. Über Kopfhörer kamen die Symphonien Anton Bruckners dazu, und ich fühlte mich in meinem Plan entscheidend bestärkt. Weiter nach Norden, ans Ende Europas. In die Einsamkeit.

Jetzt gehen Sie mal für zwanzig Minuten ins Zimmer mit der besten Akustik und hören sich den letzten Satz von Bruckners Neunter an. Die Fingerspitzen von Mensch und Gott berühren sich. Michelangelo hat es gemalt, Bruckner hat's komponiert. Danach machen wir mit Alta weiter. Los, gehen Sie! Verpissen Sie sich.

Willkommen zurück. Entschuldigung für meine Unhöflichkeit, für meinen Befehlston eben. Das hab ich manchmal, und es geht schnell wieder weg. Oft wird es als Feindseligkeit mißverstanden, aber es ist nur so etwas wie eine Eruption, ein kurzes Zucken, ein Defizit an Kontrolle, man sollte es vielleicht gar nicht erwähnen.

Von Alta aus fuhr ich mit dem Pick-up ungefähr hundert Kilometer in Richtung Wald, wo ich den Wagen stehenließ und noch etwa zwei Kilometer durch Schnee und Gehölz marschierte, bis zur Hütte, die einen guten Eindruck machte. Zwei Tonnen kleingehackte Scheite lagen aufgestapelt im Freien. Damit mußte ich durch den Winter kommen. Die Chance, hier in den kommenden Monaten einem Menschen zu begegnen, schien mir gering. Mein Handy war ein Prepaid-Smartphone, nicht auf meinen Namen registriert oder sonst in irgendeiner Weise mit meiner Identität verbunden. Ich mußte sicherstellen, daß ich mich nicht in einem verrückten oder betrunkenen Augenblick in irgendein Netzwerk einloggen würde. Also hab ich das Handy vergraben und versucht, mir die Stelle nicht zu merken. Das Kabel des Aufladegeräts mit der Schere zu durchschneiden war Rubikon pur. (Googeln Sie *Rubikon* oder *Cäsar*.) Selbst im Notfall wäre mir keine Möglichkeit geblieben, die Zivilisation um Hilfe zu rufen. Das war der Kick. Es gab in der Hütte keinen Strom. Wasser mußte auf dem Ofen heiß gemacht werden. Lebensmittelvorräte gab es in Form von Hunderten Konservendosen sowie Säcken mit Reis und Nudeln, die in einem kleinen Schuppen hinter der Hütte lagerten. Ich besaß, um gelegentlich etwas von der Welt zu erfahren, ein Kurzwellenradio und genügend Batterien dafür, aber keine Rückversicherung in Form etwa eines Funkgeräts. Die Hütte mochte einem Jäger gehört haben, ein Gewehr stand herum, mit zwei Kistchen Schrotmunition. Eine Axt. Eine sehr schöne Axt. Falls mir das Holz ausgehen würde, konnte ich neues schlagen. Außerdem besaß ich zwei dicke Thermoschlafsäcke. Hatte auch Medikamente und etliche Kisten Rotwein, sogar ein paar Flaschen Schnaps, auf die ich mich wie ein Trunkenbold freute, gerade weil sie mir in meinem Beruf so streng verboten sind. An frisches Gemüse oder Obst (abgesehen von einigen Zitronen) war nicht zu denken, auch nicht an Fleisch oder Fisch, es sei denn, ich wäre auf die Jagd gegangen oder hätte im nahen Bach geangelt. Daß ich meinem Körper mit der Konservennahrung keinen guten Dienst erweisen würde, machte mir ein schlechtes Gewissen, ein bißchen, ich will nicht übertreiben.

Sehr hat mich gewundert – und wenn ich ehrlich bin, hat es meiner Eitelkeit schon enorm gefallen –, welches Aufsehen mein Verschwinden erregte, als wäre ich jemand, um den getrauert werden muß. Nicht viel hätte gefehlt, und ich hätte meine Nachrufe lesen können. Wer möchte das nicht? Von seiten der Frafls Zuspruch und Trost erfahren am Ende der Existenz, bevor es zurückgeht ins Nichts.

Von nun an, dank des Radios, konnte ich nur noch »wichtige« Nachrichten empfangen. Also nichts mehr über »mich«. Keine Fan-Foren mehr. Kein Handy-Gedaddel. Null Kommunikation, null Bestätigung. Anfangs tat es weh. Die Langeweile hinter der großen Stille würgte mich wie eine Schlange, die zu grausam ist, um mit ihrem Opfer schnell Schluß zu machen, die erst noch spielen und quälen will. Die Tierschützer werden mir jetzt sagen, daß Schlangen weder grausam sind noch mit ihren Opfern spielen. Tja. Nehmen wir statt dessen Würgekatzen. Ab sofort gibt es Würgekatzen.

Nachts versuchte ich, die dicken Bücher zu lesen, auf die ich mich sehr gefreut, die ich mir mein Leben lang vorgenommen hatte, konnte mich aber nicht konzentrieren, mein Blick verirrte sich ständig ins Leere, mein Kopf glich einem Taubenschlag. Umherflatternde Gedanken. Die Sucht nach Bildschirmaction. Selbst ein uraltes Tetris-Spiel wäre mir willkommen gewesen. So stelle ich mir den kalten Entzug vor. Am dritten Tag grub ich nach meinem Handy, fand es auch, aber die Kälte und die Feuchtigkeit hatten es bereits unbrauchbar gemacht. Zum Glück. Auch der Wagen sprang nicht mehr an. Genau, wie ich es geplant hatte. Er knurrte nicht mal. Die Falle war zugeschnappt. Meine Falle. Eine Falle für mich ganz allein. So war das also. Ich würde im Frühling gute hundert Kilometer zu Fuß zurücklegen müssen, um zurückzukehren. Zwei Tagesmärsche samt Übernachtung in einem Zelt im Freien. Es würde die Krönung einer ganzen Reihe von Selbstkasteiungen sein.

Gedanken um zurückgelassene Frafls, die sich aus Sorge um mich die Augen ausweinen würden, machte ich mir keine. Es ist ja so: Viele verehren mich, ohne mich zu kennen. Niemand, der mich kennt, liebt mich, soweit ich weiß. Dabei bin ich kein schlechter Mensch, und meistens, allermeistens, kann man sich auf mich verlassen. Aber bei zehn Milliarden Menschen auf der Welt ist jeder verzicht- und ersetzbar. Das Team Berlin würde mich vermissen, ganz sicher, würde mich betrauern, vielleicht sogar für mich beten – und meine Position neu casten, für den Worst Case. Shasha würde sich an einen neuen Spog gewöhnen müssen.

Würde ich ernsthaft krank werden, ohne Aussicht auf Heilung, konnte ich das Gewehr benutzen, um mich von etwaigen Schmerzen zu befreien. Mein Kopf würde in Fetzen durch die Gegend fliegen. Man würde meinen kopflosen Leichnam finden und ihm – sehr wahrscheinlich – nie einen Namen zuordnen können. Mein Verschwinden würde ein ewiges Mysterium bleiben. Das hatte was.

Nach einigen Tagen begann die große Zeit. Weil mir die Zeit verlorenging oder ich der Zeit, das kann man so und so betrachten. Nach der Langeweile kam ein neues Bewußtsein. Eine neue, überwältigende Klarheit. Es fühlte sich erlösend an, als wäre man einen gewaltigen Brummschädel durch Einnahme von Super-Aspirin losgeworden. Man denkt über sich ganz neu und anders nach. Das Denken erhebt sich über den eigenen Kopf, schwebt drei Meter darüber und betrachtet alles gleichsam von oben, wie bei einer Nahtoderfahrung, wenn die Seele über dem OP-Tisch an der Decke klebt. Ich wurde zum Sieger, dann zum Herrscher. Und endlich kam das Glück. Mit Temperaturen um minus 15 Grad und tagelangem Schneefall. Sobald die Flucht komplett unrealistisch geworden war. Wie ein Leuchten fließt das Glück in einen hinein. Alles, was ist, ist viel mehr als zuvor. Man sieht nie mehr auf die Uhr. Zeit verliert jede Bedeutung. Es gibt nur noch hell oder dunkel. Selbst das wird im Grunde bedeutungslos. Kalte Tage oder nicht so kalte, das macht einen gewissen Unterschied. Sonst nichts.

Das Glück, in einer eisigen Winternacht Geborgenheit zu genießen, wenn das Feuer im Kamin hell flakkert und eine Karaffe Rotwein auf dem Tisch steht, während außerhalb der Hütte Wölfe und Bären vor Gier und Hunger grunzen. Dazu ein gutes Buch lesen dürfen und zu wissen, daß irgendwann der Frühling kommt, daß Feuerholz und Lebensmittel ausreichen werden, daß der Weg zur Stadt, in der das Leben wartet, zum Triumphzug wird. So sah es aus, mein Glück der Einsamkeit. Unerträglich der Gedanke, die Hütte, diese kleine feste Burg, mit einem Menschen teilen zu müssen. Selbst wenn es ein wunderschönes, in mich verliebtes Mädchen gewesen wäre.

Es ist Einsamkeit, die eine Form von Macht und Würde darstellt. Sie kommt als Selbstbehauptung und Trotz. Ich suchte nach mir selbst und fand einen ängstlichen Wurm, der viele Windeln übereinander trug, was überhaupt keinen Sinn ergibt. Die Angst fiel irgendwann von mir ab wie eine getrocknete Schmutzschicht. Ich wurde auf gewisse Weise nackt – nicht nackt wie im Sport, anders nackt.

Dieses Glück war kein Glück der Zufriedenheit, kein karrieristisches Glück, etwas erreicht zu haben, es war Kampf und Bravoura und Lebenswille. Das Glück des ersten Monats. Danach kam es zu Entbehrungen, die mit Recht so genannt werden konnten. Keine Wehwehchen, wie zu Beginn. Mit der Einsamkeit war ich noch immer einverstanden, doch gierte ich nach menschlichen Stimmen, die nicht nur aus dem Radio kamen. Auf einen Körper, der die Hütte mit mir teilte, verzichtete ich weiterhin gern. Eine körperlose Stimme aber wäre mir willkommen gewesen. Man möchte telefonieren. Plötzlich kommt auch der Wunsch, hier und da, an gewissen Stellen, ein Lebenszeichen zu senden. Nicht wie jemand, der im Sarg erwacht, das wäre zuviel gesagt, eher wie ein ausgerissener Jugendlicher, der nach Wochen einsieht, der eigenen Familie mit seinem Schweigen unverhältnismäßig viel anzutun.

Eine Stimme. Vielleicht erschuf ich welche in meinem Kopf. Ich weiß es nicht. Eines Abends sang der Teufel vor meiner Hütte. Ich hätte ihn beinahe hereingebeten, so stimmendurstig war ich. Aber der Teufel unter dem eigenen Dach – sowas hat Folgen. Ich hörte ihm zu, lange, sein Winseln hörte sich berükkend an, betörend. Viel sprach dafür, ihm die Tür zu öffnen, er war bestimmt in Geberlaune, und ich war bereit zu nehmen, alles, was mir angeboten wurde. Alles. Beim Sehen ins Feuer schob der Teufel seine Zunge in mein Ohr. Es hört sich jetzt, aus der zeitlichen Entfernung, launig und fast lustig an. Ich sollte vielleicht nicht darüber sprechen, um keinen falschen Eindruck zu erwecken.

Ich habe einen sehr individuellen Teufel. Er sieht mir verdammt ähnlich. Nur meine Mutter könnte ihn von mir unterscheiden, wenn überhaupt irgendwer.

Diese Vollmondnächte. Blau-gelbe Marmorhimmel mit Wolkengespenstern.

Ich erschoß den Weihnachtswolf. Einmal im Leben tat ich etwas Böses. Der Wolf hatte nie etwas Böses getan. Das kann ich sagen, ohne ihn näher gekannt zu haben. Es gab keinerlei Notwendigkeit, ihn zu töten. Es war an Heiligabend, ich stand in der offenen Tür, hatte das Schrotgewehr und klare Sicht auf das Tier. Mein erster Wolf. Seine Augen funkelten rot vom Licht aus meiner Hütte. Er griff mich nicht an, er stand nur da rum, hungrig, neugierig und unvorsichtig. Vielleicht hätte man mit ihm tanzen können, wie in diesem alten Film, wer weiß. Der Schuß traf ihn kraß in den Kopf. Wow. Kein Gewinsel, keine Qualen. Ich ließ den Kadaver tagelang liegen, bis ich mich überwand und ein Stück gefrorenes Fleisch herausschnitt, um es zu braten und zu essen. Gewissermaßen, um meiner Tat nachträglich Sinn zu verleihen. Unterzujubeln. Was natürlich Quatsch war. Das Fleisch schmeckte nicht, und ich spuckte es halbgekaut aus.

Der Tod hat immer Sinn, er schafft Platz. Der Tod ist ein Jäger, kein Henker. Wer nie getötet hat, weiß nicht, wie sich das anfühlt. Es kann sich vermutlich so oder so anfühlen. Man wird vom Töten nicht klüger, man lernt nur etwas über sich selbst. Vielleicht. Ich bin mir nicht so sicher, was genau ich über mich gelernt habe. Der Teufel hätte es mir gewiß erzählt. Ich bin nicht besonders religiös, wenn ich sage: der Teufel, meine ich etwas anderes als das Monster mit den Hörnern. Kein Wesen aus der Hölle, sondern etwas, das in jedem von uns wohnt und meistens weggesperrt ist, in die dunkelsten Gewölbe im Keller der Seele. An die Seele glaube ich. Dazu muß man nicht religiös sein. Die Seele ist sowas wie die Summe all dessen, was von uns bleibt und noch eine Weile herumstreunt auf diesem Planeten, bevor es fortgeht, wohin auch immer. Unsterblich ist daran nichts. Der Unterschied zwischen »Seele« und »Restmüll« kann manchmal sehr gering sein.

Manche Idioten sagen, daß wir nichts sind, daß, was immer wir unternehmen, egal ist, nur weil die Sterne in ihrem Lauf nichts von uns wissen. Aber wir wissen nun mal von ihnen, während sie umgekehrt doch null Ahnung haben, welch subtile Kleinigkeiten jenseits ihrer großen Manöver existieren, wenn auch nur kurz.

...

Ich war immer schon, seit ich denken kann, ein Anhänger der Verlierer. Ich mochte die Trojaner, die Griechen aber nicht, obwohl ich bereits wußte, wie das Gemetzel ausgehen würde. Aber jedesmal, wenn ich das Buch aufschlug und zur Stelle kam, an der Achilles mit Hector kämpft, hoffte ich darauf, daß das Buch es sich inzwischen irgendwie anders überlegt haben könnte und der von den Göttern verlassene Hector nicht mehr dem Tod geweiht war. Im amerikanischen Bürgerkrieg ergriff ich Partei für den Süden, weil ich das Grau der Konföderiertenuniform schicker fand als das Tugendblau des Nordens. Dabei wußte ich, worum der Krieg sich drehte, aber die Sklaverei war mir seltsam egal. Ich war ein Kind und noch weitestgehend unbelästigt von Moralkorsetten. Wahrscheinlich fand ich die Sklaverei gar nicht so schlecht. Ein Kind reflektiert nur so weit wie ein Hund. Wie ein Hund und drei Raben vielleicht. Nicht alles muß arithmetisch ausgedrückt werden. Warum kommt eigentlich nie eine Sonderausgabe der klassischen Heldensagen auf den Buchmarkt, in der die Griechen verlieren und vor den Toren Trojas allesamt abgeschlachtet werden? Ich würde das kaufen und lesen, selbst wenn ich auch dieses Mal schon wissen würde, wie die Geschichte ausgeht. So viel späte Genugtuung – dafür würde ich jede Summe hinlegen. Selbst wenn es plumpe Fälschung und Verdrehung wäre. Aber unter uns Würgekatzen: Was ist schon echt, das auf Papier steht?

Ich bin sehr bald zu alt für den Job. Ich weiß noch nicht, was ich danach machen werde. Erst mal viele Drogen nehmen, vermutlich. Mein vor Gesundheit strotzender Körper macht mich ganz krank, macht meinen Kopf glühen und zischen. Ich giere nach Ausschweifung, muß aber Sportler sein. Verrückt. Wer mich ein bißchen kennt, weiß, daß Sport und mein Wesen fast unvereinbare Dinge sind. Aber wenn du dich erst einmal in der Maschine befindest und dein Ego gefüttert wird – Millionen Menschen schauen dir zu und geben dir viel Geld, und schöne Mädchen werfen dir Slips und Fotos ihrer Amateurspogs an den Kopf –, da kommst du nur schwer wieder raus, ganz schwer.

Ich ficke zuviel.

Wenn ich zum Therapeuten ginge, hörte der sich wohl viele Stunden lang mein Geseiere an und würde dann sagen: »Leon, könnte es sein, daß Sie auf dem Zahnfleisch daherkommen, weil Sie zu oft Geschlechtsverkehr ohne emotionale Teilnahme haben?« Und ich dann: »Echt? Menno!« Dann wär ich 10 000 Dollar los. Also diagnostiziere ich mich selbst. Ich ficke zuviel.

Wenn man mein Problem mit drei Wörtern benennen müßte, dann so. Ich meine es nicht kokett und schon gar nicht als Angeberei. Ich habe zum Beruf gemacht, was ich gut konnte und vor einigen Jahren noch recht gerne tat. Ich ficke nicht wild in der Gegend herum, sondern jeden Tag dieselben drei Frauen meines Teams. Und in eine von den dreien bin ich sogar verliebt. Ob sie mich mag, weiß ich nicht. Ehrlich nicht. Darüber haben wir nie geredet. Wenn eine Frau dich hineinläßt, braucht es kein Gerede, wie sonst.

Ich möchte das Wort »ficken« fortan nicht mehr benutzen, denn was ich mache, sieht zwar so ähnlich aus, fühlt sich aber anders an und ist definitiv etwas vollkommen anderes.

Die meisten Menschen ruhen in sich, sind darüber hinaus noch eingebettet in ihre Zeit. Sie sind geerdet. Es kommt selten vor, daß sie wie von weit außen oder aus ferner Zukunft auf sich und ihr Leben blicken, schon aus Selbstschutz, denn wie banal, fast lächerlich würde vieles darin dann wirken. Die meisten Menschen leben in einer Bewußtseinsblase, die sie behütet, die ihre Endlichkeit verdrängt und sie – salopp gesprochen – täppisch in den Tag hinein leben läßt. All das ist mir in der Einsamkeit abhanden gekommen. Mir wurde der Boden unter den Füßen weggerissen, als ich mich an den Haaren hinauf zum Himmel zog. Mir bot sich auch keinerlei Ausgleich, wie zum Beispiel eine große Gabe, ein gewisses Talent, das die entstandene Leere mit dem Trost füllen könnte, der Menschheit wenigstens einen besonderen Dienst zu erweisen.

Diese Leere gleicht, obwohl man zuerst mit Erhabenheit und sogar Euphorie auf den schmalen hohen Pfad gelockt wurde, einem stummen Entsetzen, ähnlich einer Höhenkrankheit. Der eroberten Erkenntnis folgt das Gefühl, dazu verurteilt zu sein, eine irrelevante Zeitspanne auf Erden absitzen zu müssen. Aus diesen eisigen Höhen wieder hinunter ins Leben führt nur der Pfad der Gelassenheit, die Fähigkeit, seine enthüllte Existenz als heiteres Nachspiel ihrer selbst mit den Augen eines Fremden zu betrachten, der Humor genug hat, über alle Unzulänglichkeiten des Possenspielfigürchens ICH zu schmunzeln und die Welt als Theater zu betrachten. Froh ist, wer nichts mehr begehrt und das bißchen, was er noch besitzt, verschenkt. Mag sein. Aber für einen Stoiker bin ich noch zu wenig weise und abgehärtet und nicht alt genug, auch wenn sich mein Körper dreißig Jahre älter anfühlt, als ich bin. Ich habe die Hessdalen-Lichter gefragt, was ich tun soll. Und ich könnte jetzt sagen, die Lichter hätten mir dies und das mitgeteilt. Haben sie leider nicht. Einen Scheiß haben die. Die flirrten wie besoffen umher, von da nach dort, ohne Plan und Geist. Eine feierlich-schicksälige Stimmung haben sie evoziert in mir, und Bruckner hat ihnen geholfen, mit heftigen Rhythmen, dann war ich allein mit meiner feierlich-schicksäligen Stimmung, und in der Wildnis habe ich geschrien, um eine Stimme zu hören, und ich habe meine Stimme verstellt, um eine andere Stimme zu hören als meine. Half ein bißchen.

Es gibt eines, was ich mit Adolf Hitler gemein habe. Bruckner als bevorzugten Symphoniker. Wenn man Wagner hört, bekommt man Lust, in Polen einzufallen, hat Woody Allen mal gesagt, aber wenn man Bruckner hört, pfeift man auf das verschissene Polen und wendet sich gen Westen.

In der Einsamkeit Nordnorwegens Bruckner zu hören wird dabei ganz unmöglich. Genauso könnte man einem Unterwasserorchester zuhören. Es klingt nicht. Die Stille, die monströse Leere der aufgedeckten Existenz, läßt keinerlei Klang zu. Nur Vibrationen, hart und heftig, die nicht auszuhalten sind.

Es kamen Vögel, um den toten Wolf zu fressen. Das war beruhigend. Weil nur Vögel kamen, kein Bär. In einer der ersten Nächte hatte ich mir eingebildet, einen Bären zu hören, diese Mischung aus Brummen und Grunzen und Schneuzen und Keuchen. Doch anscheinend war kein Bär in der Nähe, sonst hätte ihn das Aas doch angelockt. Oder nicht? Roch der steifgefrorene Wolf nicht geil genug, und nur die Raubvögel entdeckten den Kadaver, weil sie von oben das schwarz gewordene Blut im Schnee erkannten? Keine Ahnung. Ich bin ein Angsthäschen. Aus Angst vor Bären und zufällig umherstreifenden Horrorfilmkettensägenrednecks auf Speed verließ ich in den ersten Wochen die Hütte nur selten. Aber mein Körper hatte sich bald an die Kälte gewöhnt, und wenn es Sonnenlicht gab, täglich bis zu zwei Stunden, trat ich gierig hinaus und bot meine Stirn dem Zentralgestirn dar. Für ein tête-à-tête sozusagen. Geh das googeln, du dumme Drecksau!

Sorry. Später lockte mich die Lust auf Fisch an den Bach. Der Versuch, eine Angel zu basteln, war kläglich gescheitert, kein noch so kleiner Nagel ersetzt einen Angelhaken. Aber das war auch nicht nötig. Die Fische in diesem Bach waren derart naiv, die hatten keinen blassen Schimmer, was ich von ihnen wollte. Die konnte man mit dem Nudelsieb käschern. Ehrlich, das ging. Ich schmiß, vielmehr schaufelte die Fische, sone Art kleine Saiblinge, in den Schnee, wo sie zappelten und ganz neue Perspektiven der Welt entdeckten. Bis ich ihnen mit dem Bowiemesser die Köpfe abschnitt. Damit sie nicht qualvoll erstickten. Für ein Stadtei wie mich war es etwas Besonderes, zum ersten Mal lebende Köpfe abzuschneiden. Die Fische auszunehmen machte Spaß. Das Blut brachte etwas rote Farbe in das dröhnende Weiß. An Gewürzen besaß ich nur Pfeffer und Salz, meine eigene Schuld, hätte ja welche mitbringen können; aber die schon erwähnten Zitronen, in einem kühlen Eck der Hütte gelagert, bekamen einen wunderbaren Sinn. Obwohl sich Fische und Zitronen noch nie zuvor gesehen hatten. Den Gedanken fand ich damals interessant, daß aller Sinn nur eine Leihgabe darstellt, die der Tod dann wieder zurücknimmt. Jetzt, im nachhinein, finde ich die Einsicht etwas banal. Es ist wohl so, daß Schnee und Einsamkeit jedes Sinnsprüchlein etwas gravitätischer daherkommen lassen.

Ein Bär kam in der ganzen Zeit nicht vorbei. Man erinnert sich vielleicht an diesen Film von vor über zehn Jahren, der Leo DiCaprio endlich den Oscar einbrachte, *The Revenant*. Leo spielt einen ohnehin schon vom Pech verfolgten Trapper, der von einem Bären angefallen wird. Wahnsinnsszene, noch nie zuvor war bärische Gewalt so eindrucks- und wuchtvoll filmisch dargestellt worden. Wegen dieser Szene hatte ich lange gezögert, meinen nordischen Plan umzusetzen. Tinnef. Ich sah auch nie einen Elch. Nur Raubvögel und Fische. Und einen Wolf, den ich ohne Grund erschoß. Wichtig wurden die Bücher. Endlich einmal all jene dicken Schinken zu lesen, die ich mir vorgenommen hatte, unter Umständen, die mir so noch nie zur Verfügung standen, das war eine große Erfahrung.

Obwohl – Tolstoi hat mich enttäuscht. Und *Mein Kampf* erwies sich als läppischer Schwachsinn. Eine Qual. Ich war auf Hitlers Kampfschrift so gespannt gewesen. Seit wenigen Monaten erst gab es das Buch wieder ohne ellenlange besserwisserische Kommentare zu lesen und ohne Frakturschrift. Und dann das.

Ich hatte mir insgeheim gewünscht, *Mein Kampf* würde sich als unterschätztes Buch erweisen, als von linker Polemik ungerecht desavouiert, ein Werk, das irgendwie gegen den Strich gelesen werden könnte. Dem war nicht so. Hitlers Buch ist eine Häufung von krankem Unfug und Schwachsinn. Ich hatte Furcht gehabt – Furcht ist zuviel, eher Unbehagen –, in Nordnorwegen von Hitler verführt und zum Nazi zu werden, wie so viele andere derzeit. Das blieb mir schmerzhaft erspart. Toll hingegen Dostojewski. Er wurde mein Schneefreund, mein Eiskumpan, mein neuer Hitler. Wenn auch christlich verseucht und lang nicht so erfolgreich. Googeln Sie *Dostojewski*! Wie viele Filme wurden über ihn gedreht? Egal. Das Gute ist nicht immer populär. Ich teilte ihn in Dosto und Jewski. Dann hatte ich gleich doppelt viele neue Freunde.

# FRÜHLING

Als ich am 10. März zurückkehrte in die Stadt Alta, rasiert und nicht mehr blond, nach einem vierzehnstündigen Gewaltmarsch ohne Pause und Nachtlager, wurde ich wie Lazarus bestaunt. Man hatte mich für tot gehalten. Beinahe schon für tot erklärt. Aber ich war so sehr am Leben wie selten zuvor. Dreieinhalb Monate ohne Sex. Dem Team gegenüber habe ich geschwiegen. Jedwede Erklärung verweigert. Ich hätte gedacht, daß Helen mich nach dieser Eskapade als Unsicherheitsfaktor betrachten würde. Aber man war froh, mich zurückzuhaben, und niemand drangsalierte mich mit Fragen. So problemlos ersetzbar, wie ich mich selbst eingeschätzt hatte, war ich offenbar doch nicht. Natürlich ist menschliches Leben, vom Standpunkt der Sterne aus betrachtet, ein Furz im Wind, ein kurzer, eitler Zeitvertreib, bevor es für immer in die Grube steigt. Andererseits haben wir sonst konkret nicht viel zu feiern, und selbst die größten Sterne werden einmal sterben, auch wenn sie vielleicht, im Gegensatz zu uns, gefährliche schwarze Löcher hinterlassen. Wir Frafls hüpfen auf diesem seltenen Glücksfall Erde herum und versuchen, etwas aus uns zu machen, wollen erfolgreich und beliebt und auf irgendeine Weise besser sein als die anderen.

Es ist lächerlich, aber auch verständlich, und Menschen vorzuwerfen, menschlich zu sein, mutet absurd an und überheblich. Als ich am 20. März, beim ersten Aufwärmtraining, in Shasha eindrang, tat ich das ausgesprochen gern und kam relativ schnell. Schon allein dafür hatte sich mein Abenteuer gelohnt. Vielleicht ist es völliger Quatsch, das eigene Leben zu relativieren, indem man es an kosmischen Zyklen mißt. Vielleicht würden die Sterne noch den Geringsten von uns beneiden, besäßen sie ein Gehirn. Wir haben Musik und Bücher, den Wein und die Liebe und schöne Landschaften und Sonnenuntergänge, und selbst die hartschaffenden Dummies mit ihren tausenden Sorgen können zwischendurch mal glücklich sein, zum Beispiel am Wochenende, wenn sie es warm haben und nicht hungrig sind und ins Kino gehen, Eis essen oder, hin und wieder, Sex mit schönen oder weniger schönen Frauen genießen dürfen. Ob schön oder weniger schön – das wird viel zu wichtig genommen. Jeder ist wichtig und wertvoll, und nur die ganz Fetten sollte man aus dem Verkehr ziehen. Haha. Scherz. Natürlich ist kaum jemand wichtig und wertvoll. Deshalb beneiden sie mich. Ja, ich bin privilegiert, und nein, ich bin darüber nicht so begeistert, wie ich es wohl sein sollte. Sex ist nicht mehr, wie bei so vielen jungen Männern, das Größte in meinem Leben. War es noch nie. Sex mit Menschen, die man nicht wirklich kennt, fand ich immer eher anstrengend als aufregend. Ich bin wütend auf alle, die mich beneiden. Ich beneide alle, die auf mich wütend sind. Ich möchte wieder der Junge von vierzehn Jahren sein, der im Grunewald von Annabelle einen geblasen bekam und den Spog vor dem Erguß aus ihrem Mund zog, weil es ihm peinlich gewesen wäre, in ihr zu kommen. Der Junge voller Hemmungen, der von Annabelle für sein zu rücksichtsvolles Verhalten gerügt wurde.

Was gäbe ich für die Unerfahrenheit von damals, als alles neu und aufregend war. Ich hab mal einen Roman von Virginia Woolfe gelesen, da gab es eine Stelle, wo ein Seemann vom Mastkorb aus auf Deck eine Frau sah, die versehentlich ihren Knöchel oder eine ihrer Schultern, ich weiß nicht mehr genau, entblößt hatte, woraufhin der Seemann fast ohnmächtig geworden und hinuntergestürzt wäre. Damals war die Welt noch in Ordnung und voller erregender Details, und der Körper einer schönen Frau war heilig und anbetungswürdig und vieles an ihm ein Geheimnis, für das man zu sterben bereit war. Heute zeigen uns die Kameras per Großaufnahme, daß hinter all dem nur ein Haufen begehbares Fleisch liegt, Fleisch, nach dem die Zombies gierig sind, das wird immer so sein, aber früher, da gaben sie sich doch wenigstens eine Zeitlang Mühe, ihre Aufmerksamkeit auf eine einzige Prinzessin zu kaprizieren, um sie zur Königin zu machen, das nannte man Romantik, man sprach von so seltsamen Konstrukten wie »ewiger Liebe«. Ja, ein schwaches, unwahrscheinliches Konstrukt, aber schön und erfüllend, wenn auch nicht auf Dauer. Und ganz früher, da gab es etwas, das »Minne« genannt wurde, ein leidenschaftliches Begehren von etwas völlig Unerreichbarem, aber es muß großartig gewesen sein. Keine Frage, daß der Minnesänger nachts zu den Huren ging, um dort das zu bekommen, was er vom geliebten hohen Fräulein nie bekommen konnte. Aber das ist eine andere Geschichte, und die Welt bestand aus vielen sehr unterschiedlichen Geschichten, damals. Heute ist mehr oder weniger alles dasselbe. Was man nicht hat oder nicht haben kann, konsumiert man durch Avatare. Man kann sich künstliche batteriebetriebene Prispogs kaufen, die der von Shasha detailgetreu nachgebildet sind. Das ist trivial und krank. Nicht weil es, wie die gutmeinenden Idioten argumentieren, vielen ein bißchen was ermöglicht. Sondern weil den ernsthaft Liebenden unter den Männern das Ideal geraubt wird, der Altar, auf dem sie sich opfern wollen, so wie ich für Shasha durchs Feuer, durch die Hölle gehen würde, bis am Ende tausend Jahre Entbehrung durch ein holdes Lächeln gerechtfertigt und belohnt sein würden.

Die Interviews machten beinahe Spaß. Gefragt, wo ich gewesen sei, sagte ich abwechselnd Pluto, Hölle, Oma, solche Sachen, und das machte mich interessanter, als wenn ich mir irgendwelchen Schmus ausgedacht hätte. Es gab mir was Rebellisches, denn ich weigerte mich, die Infosucht der Öffentlichkeit zu bedienen. Schließlich sagte ich: »Es war privat. Basta.« Damit – überraschenderweise – hatte sich das. Natürlich kursierten wilde Gerüchte. Ich sei bei einer heimlichen Geliebten gewesen oder einem heimlichen Geliebten oder in einer psychiatrischen Klinik. Ich hätte ein Drogenproblem vertuschen wollen oder unter Burn-out gelitten. Alles, was man sich ausdenken kann.

Helen ist eine sehr einfühlsame und lebenskluge Frau und eine kompetente Teamchefin. Sie dachte wahrscheinlich, ich würde irgendwann von selbst zu erzählen beginnen, doch als ich schwieg, bestand sie nicht auf einer Erklärung. Hätte Shasha mich gefragt, wäre das etwas anderes gewesen. Ihr gegenüber hätte ich zumindest Andeutungen gemacht, hätte Privates mit ihr geteilt, in der Hoffnung, daß sie umgekehrt ebenfalls Privates mit mir teilen würde. Wir sind dazu angehalten, emotionale Verstrickungen innerhalb des Teams zu vermeiden. Wir sollen einander fremd bleiben, gefühlsneutral, damit wir im Wettkampf besser funktionieren. Aus sportlicher Sicht ist das eine konsequente und effiziente Strategie. Shasha ist mein Spitzname für die wohl prominenteste Spokistin derzeit. In ihrem Ausweis steht Sabrina Klein-Keller, berühmt wurde sie als Sally Cellar, was ich immer ein bißchen albern-anglophil fand. Bitte sehr, das ist ihre Sache. Sally ist eine taffe Geschäftsfrau, deren Erfolg jede Kritik verstummen läßt. Sie hat doppelt so viele Fanclubs wie ich. Was nicht bedeutet, daß ich unbeliebt bin. Unser Publikum besteht in der Mehrzahl aus Männern. Und Männer stehen nun mal in der Mehrzahl auf Frauen. Auf Frauen, die sie nie haben können, besonders. Das ist das selbstgewählte Kreuz, an dem sie tagtäglich schwer zu tragen haben. Diese Idioten.

Die männerverachtende Radikalfeministin und Warhol-Attentäterin Valerie Solanas hat mal gesagt, Männer würden »für eine neue Muschi ein Meer aus Rotz durchschwimmen«. Seltsamerweise hat sie das *nicht* positiv gemeint. An dem Spruch ist sehr viel Wahres dran. Unglaublich viel Zeit und Fleiß wendet Mann für das weibliche Geschlechtsorgan auf, selbst wo die Person drum herum sich oft als viel weniger begehrenswert erweist. Man muß sich nicht wundern, wenn die Frauen auf den männlichen Trieb wenn nicht verächtlich, so doch belustigt herabsehen. Obwohl sie dreimal am Tag halleluja jubeln sollten, daß er existiert. Auf ihm basiert ein Großteil weiblicher Macht. Ein paar Frauen werden sich jetzt beleidigt fühlen, aber nur die weniger intelligenten und überempfindlichen. Sollen sie sich doch einen Strick nehmen und im tiefen Wald erhängen, damit die Krähen ihre Augen fressen können. Moment.

Ich hab grad eine Eruption.

Sorry. Jetzt geht es wieder.

Mitte April holte Helen das Team zu einer Besprechung zusammen. Seit ein paar Stunden stand der Austragungsort der nächsten Weltmeisterschaft fest. Die Stadt Kopenhagen hatte sich als einziger Ausrichter beworben, und der Verband war heilfroh gewesen, daß es überhaupt Interesse gab angesichts der dadurch entstehenden Gefährdungslage. Wir besprachen etliche Dinge, vor allem wie und wann wir uns über Kopenhagen positiv äußern könnten, ohne daß es wie eine aufgesagte diplomatische Note klang.

Marita mochte mich. Ganz sicher kann man nie sein. Sie war relativ neu im Team, und ihre Performance hatte bisher im Großen und Ganzen überzeugt, dennoch wäre sie vor ein paar Monaten beinahe gefeuert worden. Während die anderen in Richtung Parkplatz gingen, tippte ich ihr auf die Schulter, und wir blieben im Flur stehen. Sie möge mir ihren Hintern und ihren Stern zeigen, ich fügte pro forma noch ein »bitte« hinzu. Wir gingen aufs Männerklo. Sie kicherte nur, als wäre sie bekifft, stützte sich mit beiden Händen auf der Klobrille ab, und ich hätte sie von hinten nehmen können, sie hätte nichts dagegen gehabt. Aber es hätte ein bißchen entwürdigend ausgesehen und wie ein Machtspielchen, an dem mir nichts lag. Marita war angenehm eng, ihre dünnen Beinchen machten mich an, und ich betrachtete ihren knochigen kleinen Arsch, der so viele Debatten ausgelöst hatte. Unsere heruntergelassenen Hosen berührten sich mehr als wir beide einander. Marita wirkte so banal, so persönlichkeitsfrei wie eine Schaufensterpuppe. Die Aussicht, bald reich und berühmt zu werden, bestimmte ihr Denken, und dieses blattgolddünne Glück zwischen sich und dem Nichts stellte sie für meinen Geschmack zu oft und zu offen zur Schau. Sie fand nicht einmal etwas Anstößiges dabei, daß ich ihren Kopf in Richtung Klomuschel drückte. Beinahe hätte ich die Spülung gezogen, so sehr ging mir ihre Willfährigkeit auf den Sack. Sie empfand es wahrscheinlich als Auszeichnung, vom Alpha-Player für eine Extra-Trainingseinheit beiseite genommen zu werden. Wußte sie, wem sie ihren Verbleib im Team zu verdanken hatte? Einzig und allein mir. Ich hatte, aus einer spontanen Laune heraus, mein Veto eingelegt und mit Rücktritt gedroht. War wohl so eine Ego-Kiste, mit der ich meine Macht, oder sagen wir: meinen Wert austesten wollte. Ich mag kleine Ärsche. Da war aber auch noch die Sache mit dem Tattoo. Tattoos eindeutig politischen Inhalts waren uns Sportlern verboten, zumindest waren sie verpönt. Wir machten schließlich auch Werbung mit unseren Körpern, und politische Botschaften auf der Haut stoßen immer einen Teil der Zielgruppe vor den Kopf. Auf Maritas Hintern prangte ein kleiner, aber gut erkennbarer Davidstern. Dabei war sie nicht mal Jüdin. Es hieß, sie habe sich in ihrer pubertär-satanistischen Phase ein Pentagramm stechen lassen wollen, und der Künstler wäre bekifft gewesen und hätte da was verwechselt. Nun kann man streiten, ob ein Davidstern ein politisches oder religiöses Symbol ist, der Verband forderte uns jedenfalls auf, das Tattoo weglasern zu lassen oder im Wettkampf zu überschminken. Finden Sie mal Schminke, die über Stunden auf schwitzender Haut hält, wenn diese Haut auch noch dauernd an anderer Haut gerieben wird. Helen bekam Angst vor einer möglichen Disqualifikation mitten im Wettkampf – das wäre wirklich tragisch –, und außerdem sei Maritas Hintern zu knochig, über 67 % der Zuschauer würden einen pralleren, fleischigeren bevorzugen. Prompt geriet ich zum ersten Mal nicht nur mit Helen, sondern auch mit den Sponsoren und dem DVSK, den Damen und Herren vom Deutschen Verband für Sportkopulation, in Streit.

»Sie hat einen fabelhaften Hintern. Für mich können Hintern gar nicht klein genug sein.«

»Es geht aber nun mal nicht nach dir, sondern nach den Zuschauern.«

»Es geht verdammt nochmal auch und SOGAR VOR ALLEM nach mir, denn Maritas kleiner Hintern läßt mich schneller kommen. Verdammt!«

»Die Entscheidung ist gefallen. Die Sponsoren wünschen es, und ich finde, sie haben recht.«

»Dann verlasse ich das Team, noch am selben Tag. Marita leistet einwandfreie Arbeit. Ihren Lebenstraum zu zerstören, weil ihr Arsch zu klein ist – habt ihr sie noch alle? Tickt ihr noch richtig? Was ist aus unserem Sport bloß geworden? Ich weiß noch sehr gut, wie das alles vor elf Jahren angefangen hat. Als Spaß, als Befreiung, als Anarchie gegen Verklemmtheit und Prüderie, als Feier des Körpers. Und jeder, der Lust hatte, durfte mitmachen. Und jetzt?« Helen fiel mir ins Wort, aber ich hörte mir nicht an, was sie sagte, und verließ mit Wutgeschnaub und Türenknall ihr Büro. Marita blieb im Team.

Bis heute bin ich der einzige Promi in meinem Sport, der keinen persönlichen Agenten beschäftigt. Geld war mir nie arg wichtig. Solange man genug Geld hat, um sorgenfrei leben zu können, sollte man sich, finde ich, mit sinnvolleren Dingen beschäftigen. Und jene Riesenzwerge, die beinahe schon Milliarden verdienen, aber Häme und Knast riskieren, nur um durch dubiose Machenschaften ein paar Milliönchen am Finanzamt vorbeizuschmuggeln, für solche Vollidioten ist selbst das Wort »Vollidiot« noch viel zu harmlos. Im Grunde bin ich ein Romantiker, ein sentimentaler Mensch, der im falschen Körper gefangen ist.

...

NoelA@gmail.com an S-KK@gmx.de
11. April 2028 12:50

Liebe Sally Cellar,
ich verehre Sie seit Jahren, und wenn Sie nun denken, ich sei einer der vielen Wichser weltweit, die auf Ihr Foto onanieren, irren Sie sich, leider, denn ich bin querschnittsgelähmt, sitze im Rollstuhl, und demzufolge wäre ich nur zu gerne einer der vielen Wichser weltweit, die auf Ihr Foto onanieren. Es wird mir nie gegönnt sein, Sie anders als mit Respekt und abstrakter Hingabe zu betrachten. Ich weiß, daß es mir nicht zusteht, Ihre Zeit zu beanspruchen, keine Minute davon, denn es gibt nichts, rein gar nichts, womit ich Ihnen und dem Team Berlin nützlich sein könnte. Und dennoch bitte ich Sie, über diese meine Frechheit ausnahmsweise milde lächelnd hinwegzusehen. Angefügt sei ein noch anmaßenderer Satz, der meinem Schreiben keine Krone, aber eine Narrenkappe aufsetzt. Dieser Satz klingt floskelhaft, doch hab ich all meinen Mut dafür zusammengenommen. Er lautet: Über eine Antwort würde ich mich riesig freuen.
Mit herzlichem Gruß, Noël Anderssen, Kopenhagen

Bis vor drei Jahren hieß der DVSK noch DVLS, wobei das LS für »Leistungssex« stand. Das wurde von vielen Verbänden anderer Staaten so übernommen, und selbst der internationale Dachverband IFCS benutzt es noch – International Federation for Competition Sex. Vielleicht, wenn irgendwann einmal jemand das hier liest, muß man ihm erklären, was und wer wir gewesen sind, denn vielleicht gibt es uns schon bald nicht mehr. Die Geschichte dieser Sportart begann vor etwa elf Jahren mit einem Buch, einem deutschen Buch, weshalb es eine Sportart war, die sich zuerst in Deutschland ausbreitete, logisch, denn die Welt liest deutsche Bücher eher selten. Ein Sachbuch? Nein, ein Roman, der sogenannte Leistungssex war die Idee eines schon etwas älteren deutschen Romanciers, der das Ganze als Witz und krude Altherrenphantasie in die Welt gesetzt hatte und mit seinem Buch einen unerwarteten Bestseller landete. Aber nur, weil die Leute die antikapitalistische Satire nicht verstanden und das Buch als Aneinanderreihung von Wichsvorlagen betrachteten. Das lag wohl auch daran, daß der Autor den »Fehler« machte (ich bin um Himmels willen kein Literaturkritiker – er selbst hat es einen Fehler genannt), abgenutzte Wörter wie »Fotze«, »Schwanz«, »Arsch« und »Titten« zu gebrauchen. Der »Leistungssex« wurde von etlichen Menschen ernst genommen. Viele wunderten sich, daß es so etwas bis dato nicht gegeben hatte. Alsbald gab es ihn.

Das damals noch so herrlich ungezügelte Berlin war ein ideales Pflaster, um dem neuen Sport erste organisatorische Strukturen zu verleihen. Die Mid-Twenties standen darauf, das Ganze fand aber oft eher in Swingerclubs als in Turnhallen statt. Es floß viel Alkohol, und die Leute schmissen Pillen ein, so lange, bis sie feststellten, daß sie ohne Drogen bessere Ergebnisse erzielten. Viagra und Co. waren natürlich von Anfang an als Schummelei geächtet. Es gab dann erste Freundschaftscontests mit Teams aus Stockholm und Paris. Binnen weniger Monate entstanden genügend Vereine, um eine Europameisterschaft auszutragen. Der LS bekam immensen Zuschauerzuspruch. Zwei Jahre später konnte man bereits von einer Weltmeisterschaft reden, obwohl manche Kontinente kein einziges Team stellen konnten, aufgrund der dort herrschenden repressiven Moralvorstellungen. Als dann die großen Umwälzungen über Europa hereinbrachen, wurde der LS von vielen Seiten als schlimmstes Symptom westlicher Dekadenz gebrandmarkt. Es brauchte fortan ein wenig Mut, um unseren Sport auszuüben. Das erste Attentat, in Marseille 2021, löschte sieben Menschenleben aus. Seither stehen wir Sportler unter massivem Schutz.

Kopenhagen also. Die Neuen Christen würden ebenso protestieren wie die Islamisten, die Salafisten und die Selbstbewußten Bürger. Von den Faschisten der Starken Hand gar nicht zu reden. Obwohl – die sind, was das betrifft, gar nicht soo schlimm, gerade unter Hitler blühte ja der Körperkult. Und genau das werfe ich Gardiner vor. Daß er sich über diese Körperkultmasche selbst den Ultrarechten andient. Gardiner ist der Präsident des IFCS. Er hat unseren Sport aus der Schmuddelecke gezogen. Sagen die einen. Die anderen meinen, er habe der Sache den Spaß und den Soul geraubt. Ich sage, okay, der Präsident des Weltverbands ist dazu angehalten, den ihm anvertrauten Sport in möglichst weite Teile der Welt zu verkaufen. Verstehe ich. Gardiner wollte aus dem Leistungssex alles entfernen, was auf gewisse Bevölkerungsgruppen anstößig wirken kann. Hallo? Sex ohne Anstößigkeit? Klingt völlig absurd, doch muß man zugeben, daß Gardiner einige Erfolge erzielte. Die letzte WM durfte zum Beispiel per SKY/China übertragen werden, und die Chinesen schicken dieses Jahr angeblich sogar ein eigenes Team. Das sind anderthalb Milliarden potentielle Fans. Was sind dagegen Spaß und Soul?

S-KK@gmx.de an NoelA@gmail.com
12. April 2028 7:15

Lieber Noël,
mir wurde strikt untersagt, auf Fanmails jeglicher Art zu antworten, aber irgendwie hast du einen speziellen Ton getroffen, und ich will deshalb heute eine Ausnahme machen, denn ich würde mich einfach nicht wohl dabei fühlen zu schweigen. Normalerweise würdest du von meiner Agentin oder unserer Teamchefin ein signiertes Foto bekommen, wobei die Signatur in vielen Fällen nur aufgedruckt ist, anders geht es leider nicht. Das soll bei dir nicht so sein. Drum : Wünsch dir was aus unserem Merchandisingshop! Aber sag mir eins, und sag bitte die Wahrheit, denn das ist wichtig : Wo in aller Herrgottsnamen hast du bloß meine private Mailadresse her ? Schwirrt die irgendwo im Netz herum ? Warum ist dein Deutsch so perfekt ?
Ebenso herzlich grüßt
Sally Cellar, Berlin

...

Shasha erzählt fast nichts von sich. Sie ist ein so gut wie unbekanntes Wesen für mich. Aus ihren Interviews in den Magazinen habe ich mehr über sie erfahren als aus unseren Gesprächen. Sie mag die *Hobbit*-Filme und die Romane der Brontë-Schwestern. Okay, könnte schlimmer sein. Ihre Lieblingsfarbe ist dunkles Lila. Sonderbar für eine Frau von siebenundzwanzig, aber naja, besser als Girlie-Pink. Meine ist Ei-Orange, also Eigelb, lange über dem Haltbarkeitsdatum – mit dunklem Lila ergibt das einen aparten Kontrast.

Viele Männer hassen mich. Sie sind arm oder häßlich, oft beides, sie können nur davon träumen, Sex mit mehreren Frauen zu haben, mit jungen, schlanken, hinreißend schönen Frauen. Und wenn sie nicht lange auf einen erstklassigen Escortservice sparen oder ins Koma versetzte Mädchen vergewaltigen, werden sie dergleichen nie erleben und genießen. Sie müssen froh sein, wenn eine verpickelte Trulla am Feiertag die Beine breit macht, und selbst dann oft nur aus Mitleid oder Pflichtgefühl. Solche Honks holen sich mühsam einen kurzen Lichtmoment vom Himmel, während sie mir (nachdem sie dafür auch noch bezahlt haben, HAHA) zusehen dürfen, wie ich lächelnd die tollsten Frauen besteige. Sie müssen mich hassen. Das ist Natur und in Ordnung so. Ich bekomme pro Woche im Schnitt zwanzig Todesdrohungen. Manchmal auch Pralinen, das stimmt, das will ich nicht verschweigen, aber alle von Fans verschickten Lebensmittel müssen vernichtet werden. Klingt nach Verschwendung; dazu muß man wissen: Früher haben wir sie an Obdachlose weitergeleitet. In drei

Fällen waren die Präsente vergiftet gewesen, und zwei Obdachlose starben, einer erblindete. Seither: Vernichtung. Ich erwähne das alles, um darzulegen, daß eine gewisse Dosis Paranoia in meinem Beruf zu den unabdingbaren geistigen Schutzwesten gehört.

Helen rät mir zur Vorsicht, wo sie angebracht ist, rät mir aber auch, die Todesdrohungen als das zu nehmen, was sie allermeistens sind: nicht ganz ernst gemeint. Dahinter stecken oft Einschüchterungsversuche von rivalisierenden Teams, um mein Nervenkostüm porös zu machen. Damit ich keinen mehr hochbekomme. Sagt sie. Die liebe, gute Helen. Dafür ist sie da, und darin ist sie richtig gut: einem die Dinge so zu erklären, daß hinterher alles nur noch halb so wild erscheint. Helen ist großartig und unerbittlich. Eine echte Teammanagerin. Manchmal gütige Kindergärtnerin, oft auch ein harter Stiefel. Neulich begann sie ein Gespräch mit folgendem Satz: »Inzwischen ist es ja so: Wenn ich den Ballsaal betrete, bin ich nicht mehr automatisch die Schönste im Raum.« Großartig. Das zeugt aus dem Mund einer noch nicht *richtig* alten Frau von Selbstbewußtsein ebenso wie von Selbstironie, und das muß man mit einem einzigen Satz erst mal hinbekommen. Helen ist 53 und war selbst nie aktiv; in den Jahren, als sie aktiv hätte sein können, gab es unseren Sport noch nicht. Sie heißt übrigens nicht nur Helen, sie sieht Helen Mirren, der Schauspielerin, auch ziemlich ähnlich. Meistenfalls kommen wir hervorragend miteinander aus.

Ob sie mehr über Shasha weiß als ich? Direkte Fragen zu stellen ist tabu, denn wie schon erwähnt: Emotionale Spannungen/Verstrickungen im Team sind unerwünscht bis dezidiert untersagt, und Helen, hätte sie davon erfahren, daß ich in Shasha ein bißchen verknallt bin, hätte mich sofort auf die Bank gesetzt, mit Recht.

Ob Shasha mich mag? Keine Ahnung. Wir sind beide Singles, wie alle im Team. Unsere Körper sind zu wertvoll, um sie in privaten Kungeleien abzunutzen. Letztes Jahr hatte sich Tina in einen Schweden verliebt. Hätte aber auch ein Türke sein können. Mental war der Schwede eher ein Türke, ja fast ein Iraner. Impulsiv und ruckzuck hochrot im Gesicht. Ich meine, es gefiel ihm ganz und gar nicht, was seine Freundin machte, und er ließ das öfter raushängen als seinen lächerlichen Minimax. Prompt waren Tinas sportliche Leistungen stark abgefallen. Nicht aufgrund des physischen Nebenschauplatzes, der mentale Druck war ihr zum Verhängnis geworden. Sie verlor ihre Lockerheit, die so dringend nötig ist bei dem Wettkampfpensum, das wir ableisten müssen. Wir sind ja kein Team, das in der ersten Runde rausfliegt, um es mal bescheiden auszudrücken. Wir sind Sieger. Mein Insgeheimplan lautet: gewinnen, den vierten Titel einfahren, dann vor Shasha auf die Knie gehen und ihr einen Antrag machen. Es klingt komplett aussichtslos. Der Teil mit dem vierten Titel nicht, das liegt im Bereich des Möglichen. Aber eine Frau, mit der man mehrmals in der Woche in allen denkbaren Stellungen trainiert, dazu zu bringen, hmm … Ich weiß nicht recht, wie ich den Satz vollenden soll, so utopisch erscheint mir sein Inhalt. Bestenfalls sind wir Kumpel, und bei Siegesfeiern, wenn wir ausnahmsweise offiziell ein Gläschen Sekt trinken, haben wir uns auch schon mal umarmt und auf Stirn und Wange geküßt, aber ein Gespräch über wirklich intime, tiefergehende Dinge war nie zustande gekommen. Helen hatte uns geraten: »Laßt euren Psychoquatsch zu Hause! Nervt eure Teamkollegen nicht mit Problemen, die sie nichts angehen dürfen. Wenn ihr euch aussprechen müßt, kommt zu mir, dafür bin ich da, ich bin eure Mülltonne, eure Kotztüte, eure Therapeutin, eure Beichtmutter.«

Ich gehe mal davon aus, daß Shasha mich mag. Schon weil es sportlich ratsam ist, sonst wäre sie nicht professionell, sonst würde ihr Körper – wenigstens unterbewußt – widerborstig auf mich reagieren. Wir können miteinander. Wir funktionieren. Sind zu Maschinen geworden, die ihr Programm mit vorgetäuschter Leidenschaft, dafür akkurat und perfekt, herunterspulen. Meisterlich auf eine Art, zombiesk auf die andere.

Wenn Helen mehr darüber wüßte, wie diese ominöse Sabrina Klein-Keller wirklich zu mir steht, würde sie mir die Information nie preisgeben, nicht mal nach dem vierten Titel. Ihre Integrität steht komplett außer Frage. Sie kann gnadenlos sein, zum Beispiel, als sie Tina ohne lange Debatte aus dem Team warf. Und sie ordnet dem sportlichen Erfolg alles andere unter. Helen ist niemand, mit dem du in der Sommernacht kuscheln kannst, aber sie ist jemand, mit dem du Weltmeister wirst. Ich frage mich manchmal, ob Helen je flachgelegt worden ist. Kein mir bekannter Mensch scheint über ihr Privatleben Bescheid zu wissen. Bei Sally ist das ein klein wenig anders.

Jüngst flatterte mir ein Name um die Ohren, ganz zufällig. *Jonas Brinkmann*. Er soll Sallys erster und einziger Freund gewesen sein, bevor sie ins Profigeschäft einstieg. Ich machte ihn ausfindig, stellte ihm Fragen, unter dem Vorwand, für Sally ein passendes Geburtstagsgeschenk aussuchen zu wollen. Irgendwann wurden ihm meine Fragen zu intim, und er reagierte störrisch wie ein Fisch. Stumm wie ein Fisch und störrisch wie ein Esel, meine ich. Sowas zusammenzuziehen gefällt mir, aber nicht jeder versteht das, manche sehen einen sogar an, als wäre man ein Tölpel und könne nicht sprechen. Egal, ich habe noch mit allen möglichen Mitteln versucht, aus diesem Jonas etwas Brauchbares herauszubringen, aber er wollte nichts mehr sagen, außerdem war er ein Mann und mußte mich hassen, erstens per se, wie so viele andere Männer dieser Welt, im speziellen aber noch viel mehr, weil seine geliebte Sally, damals noch Sabrina, ihn verlassen hatte, um sich künftig von mir interkursieren zu lassen. Jonas tat mir fast ein bißchen leid.

*Interkursieren*. Kennen Sie nicht? Das wird das künftige Wort. Wenn es nach Gardiner geht.

Ich muß zu diesem Herrn wohl etwas mehr sagen, wie zum Spokop überhaupt. Vor sechs, sieben Jahren noch liefen die Weltmeisterschaften (vulgo: »Die Spiele«) anders ab. Da fing es an mit einer Erotikmesse, der größten in Europa, auf der man schlichtweg alles kaufen konnte, was auch nur im Entferntesten mit Sex zu tun hatte. Jede Pornodarstellerin der Welt, die etwas auf sich hielt, war wie selbstverständlich vor Ort. Selbst draußen vor den Hallen herrschte

Volksfeststimmung. Dann begannen die Unruhen, die Straßenschlachten, die Attentate. Immer mehr Clubs aus Ländern, in denen Radikale regierten, zogen ihre Teilnahme zurück, andernfalls riskierten sie zu viele Repressalien. Manchen talentierten Teams wie Priapus Athen wurde schlicht die Ausreise verweigert, aus Gründen des »nationalen Anstands«. Weil das Ganze polizeilich nicht länger zu sichern war, gab es bald keine Venus-Messen mehr, keine Volksfeste, keine Buden.

Und es begann die große Umwortung der Worte. Ganz früher durfte man sagen, was immer man wollte, Schwanz oder Penis oder Gulliver oder Muschi oder Pflaume, was weiß ich. Das aber klang in den Ohren Gardiners zu »primitiv und abstoßend«.

Gardiner wollte um jeden Preis unseren Sport retten. Es gehe nicht darum, sagte er neulich, daß Leistungssex nichts Erotisches mehr an sich haben solle, das wird er immer haben, schließlich gibt es die Wertungsnoten in der Kategorie Ästhetik. Nackten Menschen wird auch naturgemäß immer etwas Aufreizendes anhaften. Aber wir müßten das »Vulgäre und Obszöne entfernen, den finsteren Ruch, den Schmutz und den Schmuddel, das Orgienhafte und Skandalöse, dann hätten wir vielleicht in einigen Ländern bald wieder die Chance, mit gnädigeren Augen betrachtet zu werden«. So O-Ton Gardiner auf dem Kongreß, der ihn zum Präsidenten wählte. Eine Neutralisierung der Begriffe zöge die Möglichkeit einer objektiveren Beurteilung des Gezeigten nach sich. YEAH! Weil die Begriffe nichts »Aufgeilendes« oder »Unappetitliches« mehr besäßen. YIPPIE!

So wurde der Penis zum Spog. »Spog« steht für »Sportgerät«. »Prispog« steht für »primäres Sportgerät«. Dabei bezeichnet DER Prispog das des Mannes, DIE Prispog das der Frau. Naja. Man durfte nicht mehr »ficken« oder »vögeln« sagen, es hieß »koitieren«, das heißt, es heißt »koitieren« bis Ende dieses Jahres, nächste Saison soll ein neues Verb kommen: »interkursieren«. So hat man das englische »to have intercourse« übersetzt, es klingt wirklich so obszön wie ein Rheumamedikament.

»Raus aus der Schmuddelecke« war Gardiners Motto, »den Gegnern unserer Sportart kein Argumentationsfutter geben«. Seine merkwürdigen Umbenennungen dessen, was wir taten, waren Versuche, irgendetwas zu tun, damit keiner ihm vorwerfen konnte, er habe nichts getan oder versucht.

Nicht nur die Nomenklatur, auch der Sport selbst veränderte sich unter Gardiners Regime.

Bei den Speed- und Multimasto-Contests war der Support durch Orastimas (in früher Vorzeit: »Anbläserinnen«) nicht mehr erlaubt, das wirke vulgär. Orasticon (Oral Stimulation Contest) war das neue Wort für das Abmelken mit dem Mund (vulgo: der »Speed-Blowjob«), Manusticon (Manual Stimulation Contest) das Pendant mit der Hand statt dem Mund. Das Wort »Abmelken« zu benutzen war ausdrücklich unerwünscht, eine solche Vokabel aus dem Bereich der Nutztierhaltung verletze die Würde der jungen Freiwilligen, die ja quasi dem Wettkampf nur als Statisten beiwohnen und deshalb nicht noch weiter verbal herabgesetzt werden sollen. Heilige Scheiße! Als würde es diesen neutralen jungen Männern aus der jeweils ausrichtenden Metropole, die sich zu Zehntausenden freiwillig meldeten und von denen sich dann ein paar Dutzend Auserwählte den Orastimas für einen Eins-a-Weltklasse-Blowjob zur Verfügung stellen durften, nicht komplett egal sein, wie man ihr sagenhaftes Glück nun korrekt tituliert. Das Verbum »absaugen« wird, momentan, glaube ich, gerade noch geduldet. Offiziell heißt es aber »Orale Entsemination auf Zeit«. Derlei passiert, wenn zwei so diametral verschiedene Dinge wie Eros und Bürokratie um Kompromisse ringen. Es erinnert an Zustände wie in den schlimmsten Zeiten der Political Correctness. Falls Sie zu jung sind, um zu wissen, was das mal gewesen ist, googeln Sie es bitte!

Gardiner war für die einen als Präsident ein Mann der Defensive, ein Jämmerling, ein Kollaborateur. Jemand, der, wenn er am Boden liegt und getreten wird, glaubt, die Tritte mit respektvollen Gesten und mitleidheischendem Gewimmer abmildern zu können. Na gut, manchmal gelingt das tatsächlich. Er hatte auch Unterstützer, die sagten, es gehe dem Mann gar nicht darum, den CS in weiteren Ländern sendefähig zu machen, es gehe in erster Linie darum, die momentane Wut der Eiferer so weit zu beschwichtigen, daß weitere Attentate und Todesopfer vermieden würden. Keine Ahnung. Ich bin kein politischer Mensch. Politik besteht aus sehr vielen ineinandergreifenden Faktoren, die nur hinter den Kulissen sichtbar werden, und selbst dort nicht für jeden. Deshalb verstehe ich zuwenig davon, und 99 Prozent derer, die eine

Meinung haben und laut das Maul aufmachen, haben ebensowenig Ahnung wie ich.

Falls das noch nicht klargeworden ist: Spokop macht keinen Spaß. Niemand, der gerne Sex hat, sollte einen Beruf daraus machen. Am Spokop ist im Grunde nichts mehr obszön, jedenfalls nicht für die, die ihn ausüben. Das Publikum hat seine Freude daran, aber die Menschen finden eigentlich fast alles interessant, was in Wettkampfform ausgetragen wird, sei es nun Kricket, Baumstammwerfen oder Kirschkernspucken. Beim Anblick von Spokop zu masturbieren, auch heimlich, ist untersagt und kann mit dem Rauswurf aus der Wettkampfhalle geahndet werden. Ich frage mich, was das alles noch soll, wenn man sich zu dem ganzen Gerammel nicht mal mehr einen runterhandeln darf. Spokop ist pervers, in der Tat, aber anders, als es sich fromme Farmer in bildungsarmen Ländern so vorstellen. Der Spokop ist das schiere Gegenteil von Erotik. Mit ein wenig gutem Willen kann man ihn mit dem Tanzen oder mit Ballett vergleichen, ein gemischter Pas de deux – mit Penetration. Ich persönlich verfluche den Tag, als jemand auf die Idee kam, den Koitus, das Ritual, dem jeder Mensch seine Existenz verdankt, zu einer Sportdisziplin umzuwandeln. Wobei ich zugeben muß, daß es anfangs Spaß gemacht hat. Ein bißchen. O ja. Heute hasse ich, was ich tue, und ich tue es nur, weil ich sehr gut darin bin und sonst nichts kann. Und natürlich bekomme ich Unmengen Geld. Noch. Bald wird es nicht mehr so sicher sein, viel Geld dafür zu bekommen. Die subversiven Spektakel von damals sind zu brutalen Wettkämpfen geworden. Die anderen führenden Teams, aus Brooklyn, Amsterdam, Tel Aviv und Winnipeg, haben schwer aufgeholt, und der Vorsprung, den Berlin aufgrund seiner einst legendären Libertinage mal besaß, ist nach und nach zusammengeschrumpft. Zu siegen fiel früher viel leichter.

Show- oder Revueelemente zum Anheizen des Publikums werden nicht länger geduldet, dasselbe gilt für obszönes Verhalten außerhalb des Wettkampfs. Sprich: Selbst unser öffentliches Auftreten bis hinein ins Privatleben wurde reglementiert. Was noch erotisch ist und was bereits obszön, das steht geschrieben in einem sehr dicken Buch, mit dem man Elefanten erschlagen könnte. Für mich steht seit Monaten fest: Gardiner, der Totengräber des CS, muß weg, auch wenn er noch so viele Gelder heranholt. Leider finden ihn einige sympathisch, denn er ist es oder macht zumindest den Eindruck. Persönlich habe ich nie mehr als fünf Sätze mit ihm gewechselt. Er hat sowas Friedensrichterhaftes an sich, ist dabei freundlich und leise. Ein älterer bläßlicher Herr mit dünner Silberbrille und Halbglatze, ein Toupetträger mit einem komisch wippenden Gang, als wäre er blind oder imitiere Ray Charles. Ein Mann des Marketings und der Paragraphen. Die Funktionäre hat er, wie es aussieht, im Griff. Uns Athleten, so kommt es mir wenigstens vor, betrachtet er als lästiges Beiwerk, das sich nun mal nicht abschaffen läßt.

Wir sind hart arbeitende Sportler, aber die Mehrzahl von uns hätte eher sowas sein wollen wie die Harlem Globetrotters im Basketball. Meisterhaft, aber elegant. Konzentriert, aber verspielt. Perfekt, nie verschwitzt. Mehr Entertainment als Competition. Das soll nicht etwa bedeuten, daß die Harlem Globetrotters *keine* hart arbeitenden Sportler wären. Sie wissen schon, wie ich es meine.

Ich rezitiere aus dem Regelwerk: Lautes Keuchen, Hecheln, Seufzen oder Schreien ist unerwünscht, weil nicht als authentisch angesehen. Orgasmen vorzutäuschen unterlaufe die sportliche Etikette. Und wenn es wirklich mal einen echten Orgasmus gibt? (Kommt in niederklassigeren Teams hin und wieder vor.) Dann möge er dezent überspielt werden, solle keinesfalls affektiert oder animalisch wirken. Hat Gardiner verkündet. JA, LECK MICH DOCH! Und wehe, wenn einer das Maul aufmacht, Protest einlegt. Prompt ereilt ihn Gardiners verlängerter Arm, die Punktrichter maßregeln ihn am Ring. Auf diese Weise ging unserem Team die WM 2025 verloren. Beweisen läßt sich sowas natürlich fast nie.

NoelA@gmail.com an S-KK@gmx.de
13. April 2028 3:05

Liebste Sally,
ich kann dich erleichtern, deine Mailadresse schwirrt nicht frei durchs Netz, das würdest du sofort merken, denn dein Postfach wäre binnen Minuten lahmgelegt durch Fanzuschriften. Ich muß dir gestehen, daß ich eine klitzekleine Begabung habe. Das kommt davon, wenn man den ganzen Tag vorm Computer hockt. Ich habe also ein wenig herumprobiert und eine Sicherheitslücke bei gmx entdeckt und benutzt. Bitte wechsle die Adresse nicht, ich werde sie bestimmt an nieman-

den weitergeben, denn es bedeutet ein großes Privileg für mich, sie zu besitzen. Ich erlaube mir auch, auf dein Du einzugehen und dich ebenso anzusprechen. Hier in Dänemark duzen sich ohnehin alle. Ich bin sicher, du bist eine generöse Frau und würdest mir alles mögliche zusenden, von dem du glaubst, es könnte mir Freude bereiten. Wahrscheinlich denkst du an ein Ganzkörperfoto oder gar eine vergrößerte Aufnahme deines wundervollen Sportgeräts. Vermutlich würdest du mir, wenn ich darum bitte, sogar ein getragenes Höschen schicken, an dem ich vorm Schlafengehen riechen kann. Doch ich muß sagen, all das würde mich nur immer wieder daran erinnern, daß mein bescheiden großes, immerschlappes Nichtsportgerät einzig zum Wasserlassen taugt. Ich bin dein Fan und sehe dir gerne zu, so wie andere Rollstuhlfahrer begeistert den Fußballclubs zusehen. Aber meine Verehrung gilt allein deiner Person, deinem Charisma, nicht deinen Äußerlichkeiten – und seien diese für sich genommen auch noch so schön und begehrenswert. Wenn du mir also die größte Freude meines Lebens machen willst und dafür die nötige Zeit entbehren kannst, so würde ich mich sehr freuen ( das ist die Untertreibung des Jahres ! ), wenn du mir gelegentlich wieder schreibst und mir etwas Persönliches über dich erzählst. Du kannst gewiß sein, daß ich dies nie im Leben jemandem weitererzählen oder publik machen würde. Denn es wäre ein Geschenk, das ich mit niemandem jemals teilen möchte, so wertvoll wäre es. Ich bin mir klar darüber, daß es frech und unverschämt ist, so etwas von dir zu erbitten. Aber du hast gefragt, und ich will ehrlich zu dir sein. Ich bin dreißig Jahre alt, ein Sozial-

hilfeempfänger, und der einzige Sex, den ich habe, ist der in meinen Träumen. Manchmal wache ich morgens auf und erinnere mich, wie es war, eine Morgenlatte zu haben, wie damals, vor meinem Unfall. Aber das mündet in keine Erlösung, wenn ich mich so ausdrücken darf. Mein Unfall geschah, als ich achtzehn war und leider noch komplett unerfahren im Umgang mit Frauen. Falls du bis hierher gelesen hast, hab ich schon genug deiner kostbaren Zeit verschwendet. Mein Leben gebiert nicht viele lesenswerte Geschichten. Ich könnte allenfalls davon erzählen, wie ich das Vertrauen meiner einzigen Mitbewohnerin gewonnen habe. Das ist eine Spinne ( oder ein Spinnerich, ich weiß es nicht ), die ihr ( sein ) Netz über meinem Klo gesponnen hat. Mitunter gelingt es mir, eine Fliege zu erschlagen, die ich in ihr ( sein ) Netz lege. Ob ein Spinnentier deswegen Gefühle der Dankbarkeit hegt, ist mir gänzlich unbekannt. Ich hege welche und sehr viele für dich. Auf bald, es grüßt sehr herzlich, Noël.
PS : Meine Mutter war Deutsche.

...

Das Training lief ziemlich gut, wir näherten uns dem, was man mit blindem Verständnis umschreibt. Käffchen und Edgar lieferten perfekte Ergebnisse in den ihnen vorbehaltenen Einzeldisziplinen. Julia war als Orastima eine Force Majeure, eine Klasse für sich, ihr Wundermund brachte selbst ältere Sparringsfreiwillige, die sich ausdrücklich mit allen gedanklichen Mitteln dagegen wehren sollten, binnen weniger Minuten zum Abschuß. Mit Shasha und mir gab es keine

Probleme, wir hätten unser Programm sicher abspulen können, selbst wenn wir nachts um drei geweckt worden wären.

Bis Shasha eines Morgens mit feuchtroten Augen auf die Trainingsmatte kam. Was los sei, wollte ich wissen. Sie machte eine wegwischende Handbewegung und hatte sich danach wieder im Griff. Scheinbar. Beim Übergang von Position 8 (Shivas Tanz) zu Position 9 (Phönix in der roten Höhle) stand sie eine Zehntelsekunde neben sich, reagierte nicht auf meinen Klaps, rutschte aus meinem Arm, brach das Training ab und lief ohne Erklärung aus der Halle.

Wir fragten Helen. Sie wußte nichts oder wollte, falls sie doch etwas wußte, nichts sagen. Tags darauf schien alles wieder in Ordnung. Es war das erste Mal, daß ich Shasha so erlebte. Vorher war sie für mich der pure Inbegriff von Selbstbeherrschung gewesen. Aber gut, was passiert war, war nur im Training passiert, worüber regte ich mich auf?

Bei Ladbrokes wurden wir mit 5:1 als Favoriten für die WM in Kopenhagen gehandelt. Käffchen gab damit an, daß er 40000 Dollar seines Privatvermögens auf uns gesetzt habe. Käffchen heißt real Kevin, und mit seiner blauäugigen Blondheit und dem markanten Leibstandartenkinn könnte er einer alten Nazi-Wochenschau entsprungen sein. In Japan gilt er als Inbegriff des teutonisch-nordischen Mannes, und der Plaster-Caster seines Spogs ist dort ein Bestseller. Er würde im Notfall einspringen, wenn Ed oder ich versagten oder ausfielen. Man konnte ihn flexibel einsetzen, in allen Disziplinen, und er war zuverlässig, das schon. Eleganz und Esprit findet man eher anderswo.

Ich möchte meine Teamkameraden nicht runtermachen, aber wir waren immer sehr kritisch, auch gegen uns selbst. Käffchen ist dabei ein ganz lieber, wenn auch leicht beschränkter Zeitgenosse. Sportlich gesehen, ist er DER Multimasto schlechthin. Sein Drei-Stunden-Rekord liegt bei siebzehn (!) Abschüssen. Das kriegt außer ein paar kranken Mutanten sonst keiner hin, auf der ganzen Welt nicht. Käff ist ein medizinisches Wunder. Das Problem beim Multimasto-Contest bestand darin, daß er so elend langweilig anzusehen war. Weswegen er dieses Jahr abgeschafft wurde. Seitdem ist das arme Käffchen traurig. Von einer der Grundstützen des Teams wurde er plötzlich zum Mitläufer und Reservespieler. Aber die Entscheidung des IFCS war letztlich richtig. Beim Speedmasto treten zwei Sportler gegeneinander an, wer zuerst kommt, gewinnt, und das Ganze geht sehr schnell über die Bühne. Das Publikum johlt und geht mit. Drei Stunden lang onanierenden Männern zuzusehen kann hingegen sehr, sehr öde sein und einen am Sinn des Menschseins zweifeln lassen. Natürlich unterhält sich das Fachpublikum vor Ort genauso wie bei einem Marathonlauf über die verschiedensten denkbaren Aspekte, aber fürs Fernsehen ist das definitiv nichts. Früher war das mal anders. Da gab es besagte, inzwischen untersagte Showelemente; die Jungs wurden unterstützt von einer Art Cheerleader-Truppe, und die Kolleginnen im Team dachten sich vielerlei optische Unterstützungen aus, die auch beim Publikum bestens ankamen. Jetzt ist das meiste davon abgeschafft. Käffchen hat Interviewverbot, weil seine Antworten regelmäßig unbeholfen und zu ehrlich ausfallen. Es kommt einem vor, als besäße er die Fähigkeit, Teile seines Gehirns in Sperma zu verwandeln. Gefragt, worin das Geheimnis seiner Rekorde bestehe, gab er zur Auskunft: Kaffee.

Daher sein Spitzname.

S-KK@gmx.de an NoelA@gmail.com
14. April 2028 6:32

Lieber Noël,
dein Schicksal hat mich sehr berührt. Vielleicht ist es ja sogar besser (verzeih, wenn ich jetzt etwas Blödes sage), daß du nie körperlichen Umgang mit Frauen hattest. Ich stelle es mir schlimmer vor, einmal eine positive Erfahrung gehabt zu haben und nie wieder erneut machen zu können, als diese positive Erfahrung nie gemacht zu haben. Rede ich Unsinn? If I do so, sorry. Ich weiß nicht, was ich sagen soll. Du möchtest, daß ich dir etwas Privates von mir erzähle. Das fällt mir schwer. Es ist gegen alle Regeln des Business, und ich kann große Schwierigkeiten bekommen … Ich überlege und überlege. Was wäre interessant für dich, abseits dessen, was in den Fanzines ohnehin diskutiert wird? Es gibt ja kaum eine intime Angelegenheit, sofern sie meinen Körper betrifft, die nicht schon publik gemacht wurde. Vielleicht sollte ich dir sagen, daß ich mir einbilde, dein Los ein wenig zu teilen. Jetzt bin ich diejenige, die frech und unverschämt ist, aber es interessiert dich womöglich, daß ich bei den Wettkämpfen körperlich nichts empfinde, nichts, auch wenn ich vor der Presse etwas anderes behaupte. Wir Sportler dürften auch gar nichts empfinden, das brächte uns nur

aus dem Takt, wäre unprofessionell. Vielleicht fühle ich deswegen eine seltsame Art von Verwandtschaft mit dir. Ich will mich weiß Gott nicht zur Leidenden stilisieren, denn ich verdiene viel zuviel Geld mit dem, was ich tue. Es tut mir sonderbar gut, dir zu schreiben.
Herzlich, Sally

Und dann erschien, am 17. April, zwei Wochen vor Beginn der WM, in der *VIP* die packende Enthüllungsgeschichte über Leon. Ich bin Leon. Meine Mutter hat mich nach der Filmfigur *Léon, der Profi* benannt. Die Welt kennt mich nur unter meinem Vornamen, wie bei einem brasilianischen Fußballspieler. Mein Nachname, Sklydolchowski, ist polnischen Ursprungs und kann niemandem zugemutet werden. Was war passiert? Offenbar hatte ein ambitionierter Journalist meine Hütte gefunden, darin leere Schnapsflaschen und Reste eines Wolfs. *Mit wem hat Leon die Zeit in dieser Hütte verbracht?* – lautete der Titel der Story, so, als wäre es ganz undenkbar, daß ich allein darin gelebt hätte. *Welche Orgien haben in dieser Hütte stattgefunden?* Na klar, wenn man mal so richtig geile Orgien feiern will, fährt man auf eine Waldhütte in Nordnorwegen. *Oder waren es finstere Rituale? Schrotmunition wurde im Kopf des Wolfs gefunden, den man in der Nähe an einen Baum genagelt fand. Wer hat ihm die Augen ausgestochen?* Kein Kommentar. Solche Sachen mußt du ignorieren. Die Welt hat andere Probleme. In den Fanforen erlitt mein Nimbus keinen Absturz, im Gegenteil, man fand mich geheimnisvoller als zuvor. Das mit den Augen waren natürlich die Krähen vor Ort, und der Pressefritze weiß das, wenn er nicht völlig verblödet ist, aber solange eine Behauptung als Frage formuliert wird, ist anscheinend jede Unterstellung erlaubt.

Ich wohne immer noch in Berlin, so gefährlich das inzwischen auch ist. Alle anderen aus dem Team haben der Großstadt den Rücken gekehrt, leben auf dem Land, in schwer geschützten Residenzen in Brandenburg. Die Angst vor Anschlägen oder Entführungen ist zu konkret begründet. Aber ich denke, wenn einer dich wirklich kriegen will, kriegt er dich überall.

Wir trainieren viermal die Woche an einem geheimgehaltenen Ort nördlich des Berliner Speckgürtels. Das nötige Geld zu haben, um sich Bodyguards leisten zu können, ist beruhigend, das gebe ich zu. Ich glaube dennoch, daß Bodyguards zu bezahlen hinausgeworfenes Geld ist. Wenn einer dich töten will, tötet er dich. Mit einem Gewehr mit Zielfernrohr, von einem Dach aus. Und wenn er dich entführen will, tötet er die Bodyguards. Maschinenpistole genügt. Wenn ich ein Popstar wäre und Muffe hätte, betatscht zu werden von kreischenden Fans, ja, dann würden so ein paar Schränke Sinn machen, einfach als fleischerne Abstandhalter. Aber dein Leben kannst du nicht schützen, indem du Manpower einkaufst. Es gibt andere Wege, um deine Chancen zu verbessern. Auf die Straße gehe ich nur noch mit Perücke, Brille und falschem Bart, als versiffter Einkommensschwacher verkleidet. Ich würde sonst von Wildfremden auf die Fresse bekommen, aus purem Neid.

Im Team wurde bereits darüber diskutiert, ob wir

nicht besser dem Land ganz ade sagen und uns nach Skandinavien verziehen sollten. Die nordische Union bietet immerhin gewisse Erinnerungen daran, wie Europa einst gewesen ist.

Ich lebe allein, ohne Haustiere, auf einer Fläche von gut 200 Quadratmetern. Meine Familie, wenn ich eine habe, besteht aus meinem Team, und das ist nicht einmal der Schatten einer Familie. An Blutsverwandtschaft gibt es meine Mutter, die wegen der Entführungsgefahr unter falschem Namen in Bad Godesberg lebt und sich, ohne es je zuzugeben, von mir losgesagt hat. Sie ist zu katholisch, um zu ertragen, was ich tue, und sie ist zu christlich, um mich offiziell zu verstoßen. Es gibt ein paar Cousins, die mir nichts bedeuten. Mein Vater, der versoffene Pole, ist letztes Jahr in Warschau gestorben, Herzschlag mit 49. Wir hatten nie viel Kontakt. Wenn ich nachts mit jemandem telefonieren muß, könnte ich Helen anrufen. Das will ich aber lieber nicht, denn wer weiß, was mir nachts über die Lippen kommt. Ab und an, wenn mich das Bedürfnis nach Gesellschaft juckt, und das ist selten der Fall, hole ich mir teure und hochprofessionelle Nutten ins Haus. Die fahren voll ab auf mich, weil sie nichts anderes tun müssen, als neben mir zu liegen, Eis zu essen und fernzusehen. Sie lieben mich dafür, und es macht mir Spaß, den Frauen mitten in der Nacht sagen zu können, daß sie sich jetzt wieder verpissen dürfen. Ich weiß, das hört sich ein bißchen sonderbar an, aber für irgendwas muß ich mein Geld ja ausgeben.

Es soll jetzt kein falscher Eindruck entstehen. Ich verehre und respektiere Prostituierte. Es ist großartig, daß sie bereit sind, mit beinahe jedem Mann zu schlafen. Solange sie das wirklich freiwillig tun, ist das eine tolle Sache. Die meisten Frauen hassen Nutten, obwohl es sie schon deshalb geben muß, damit der häßliche oder schüchterne Achtzehnjährige von seinem grauenhaften Druck endlich erlöst wird. Gäbe es keine Nutten, würde der Wert einer Prispog ins Unermeßliche wachsen. Und die Männer würden noch mehr Freiheit und Reichtum dafür aufgeben, um ihr Fortpflanzungsorgan alle paar Tage in sowas reinstecken zu dürfen. Für mich ist jede Prostituierte eine verehrungswürdige Person, das einzige radikal demokratische Element neben dem Tod. Jede junge Frau sollte ein freiwilliges soziales Jahr als Prostituierte arbeiten, das wäre viel sinnvoller als die wiedereingeführte Wehrpflicht. Zum Glück habe ich mich von der freikaufen können, also wenigstens indirekt. Man hätte mir nämlich zehn Prozent meines Einkommensausfalls erstatten müssen. Selbst das war dem Militär noch zu teuer.

NoelA@gmail.com an S-KK@gmx.de
20. April 2028 1:30

Liebste Sally,
ich habe unsagbar große Freude empfunden, als ich deine letzte Mail las. Du ahnst nicht, wieviel mir das bedeutet. Ich lebe auf 16 Quadratmetern in einem Sozialbauviertel von Kopenhagen, und das Originellste, das ich momentan tun kann, ist Spaghetti durch Wurstscheiben zu stoßen, bevor sie im Topf voll kochendem Wasser landen. Das Ergebnis sieht lustig und

appetitanregend aus. Foto siehe Anhang. Schmeckt aber nicht. Ich habe kaum etwas zu erzählen, bin fett und häßlich, bin in beinahe allem das Gegenteil von dir. Ich überlege, womit ich mich in irgendeiner Weise interessant machen könnte. Behinderten wird ja nachgesagt, sie betrieben viel Aufwand, um gesellschaftlich von Interesse zu sein. Doch nein, da ist nichts, gar nichts. Mit zwölf Jahren hab ich einmal einen Buchstabierwettbewerb gewonnen. Mehr fällt mir grad nicht ein. Aber wenn es dir wirklich guttut, mir zu schreiben, bedeutet das, du hast etwas loszuwerden. Der Empfänger ist ganz egal. Dann eben ich. Liebend gerne ich. Schreib mir, was du auf dem Herzen hast, ich würde mich soo freuen, weiterhin von dir zu hören. Vielleicht ist das das Einzige, was ich dir anbieten kann : die Stimme eines Fans von ganz unten. Meint : Ehrlichkeit.
Love, Noël

# EINE WOCHE VOR DER WM

Helen hat heute berichtet, daß es einen Gegenkandidaten geben wird. Gegen Gardiner.

»Wer?« riefen wir unisono.

»Maxime! Maxime de l'Abbas-Destouches! Er muß einen Geldgeber aufgetrieben haben. Sein Programm steht im Netz.«

Ach du je. Maxime war früher mal Kapitän des Teams Antinous Paris, ein bunter, ganzkörpertätowierter Hedonisten-Hund, inzwischen schwer drogen- und leicht geisteskrank. Exzentrisch und bisexuell. Er will, wie wir aus seinem Flyer erfuhren, noch weit mehr als einfach nur zurück zum Ursprung, will eine Art animalisch-magisch-erotischen Zirkus aufmachen, mit viel Konfetti, rotierenden Scheinwerfern, beinschwingenden Tänzerinnen, die volle Freakshow. Auch wieder mit schwul-lesbischen Teams und sämtlichen Praktiken, die nach und nach als ›pervers‹ aussortiert worden waren. Und Spielchen, bei denen die Zuschauer einbezogen werden konnten. Mit bizarrem Humor, Bondage, Technogedudel, Sadomasospielchen, Tschingderassabumm und Hojotoho.

Prima vista war das eine gute Nachricht, denn Gardiner bekam endlich irgendwoher Gegenwind. Aber es war, sobald man drüber nachdachte, doch keine wirklich gute Nachricht. Maxime war ein viel zu radikaler Gegenentwurf zu Gardiner. Jemand aus der Mitte hätte weitaus realere Chancen gehabt. Die vielen Konservativen, die es in unserem Sport gibt, viel, viel mehr, als man annehmen möchte, würden bei Gardiner als dem kleineren Übel bleiben. Und wenn besagter Jemand der Mitte doch noch auftauchen sollte, konnte Maxime sogar richtig lästig werden, so wie der bescheuerte Milliardär, vergessen werde sein Name, der im Jahre 2000 unbedingt Präsidentschaftskandidat sein wollte und Al Gore, dem Kandidaten der Demokraten, die entscheidenden paar Stimmen wegnahm, woraufhin Bush Präsident wurde und der ganze Berg Scheiße ins Rutschen geriet.

S-KK@gmx.de an NoelA@gmail.com
21. April 2028 7:10

Lieber Noël!
Du hast recht, es gibt etwas, das ich loswerden möchte. Schon seit einigen Tagen. Ich will dir etwas erzählen, was du in keiner Zeitung lesen wirst. Ein ehemaliger Freund ist vor kurzem gestorben. Wir hatten länger keinen Kontakt mehr, aber er war noch jung, ungefähr so alt wie ich. Selbstmord, sagt die Polizei. Es gibt aber keinen Abschiedsbrief, und er war doch immer so lebenslustig. Was für eine Tragödie. Ich mußte ein Training deswegen abbrechen. Was nicht heißen soll, daß das Training in irgendeiner Weise besonders wichtig war. Ich drücke mich ungeschickt aus. Er ist tot, ich bin traurig. Na? Wolltest du sowas hören? Bestimmt nicht. Aber weil meine Teammanagerin mir rät,

darüber mit *niemandem* zu reden, rede ich mit dir darüber. Das soll nicht bedeuten, daß du ein Niemand bist, um Himmels willen nicht. Du weißt schon, hoffe ich, wie es gemeint ist. Ich bin immer noch sehr angeschlagen wegen der Sache. Gute Nacht.

Der Nachmittag ging für ein Werbeshooting drauf. Einer unserer Sponsoren war Antaris, eine noch junge Ladenkette, die Sexzubehör aller Art verkaufte. Sally, Julia und Marita mußten vor schwarzer Kulisse mit teils riesigen Doppeldildos posieren, Käffchen mit einer Tube Aromagleitgel, Edgar mit mehreren Peitschen und ich mit einer aufgeblasenen Dreilochgummipuppe. Ich habe lange darüber nachgedacht, so lange, bis die ersten Blitzgewitter auf uns niedergingen. Dann stieß ich die Gummipuppe von mir und fragte, was das solle.

»Was soll was?« fragte der Regisseur, ein dicker, kleiner Mann Mitte Vierzig.

»Warum in tausend Teufels Namen muß ich, Leon, hier so tun, als könne mir eine Gummipuppe etwas Gutes tun? Was soll das?«

Der Regisseur sah mich überrascht an und murmelte, er habe uns eben Objekte aus der Produktpalette der Firma Antaris in die Hand gedrückt. Die Gummipuppe sei nun mal eines der visuell wuchtigsten Produkte, und so eine Gummipuppe werde ja wohl nur selten von einer Frau benutzt, deshalb habe er sie mir gegeben, dem Teamkapitän. Das habe doch auch was Ironisches. Wie sähe es denn aus, wenn ich die Peitschen bekommen hätte? Als wäre ich ein strenger bis brutaler Chef. Hätte er mir statt dessen das Aromagleitgel ... Ab dieser Stelle führte der Regisseur seinen Satz nicht mehr fort, denn ich klopfte ihm anerkennend auf die Schulter. Alles okay, man müsse nur mit mir reden, mir die Sache erklären, ich bin nicht die Diva, die die Presse oft aus mir macht. Team Berlin verdiente mit diesem Zweistundenshooting fast 100 000 Dollar, wovon für jeden von uns am Ende knapp zehn Mille blieben.

Für mein Auskommen ist gesorgt, und ich werde nie irgendeiner widerlichen, entwürdigenden Arbeit nachgehen müssen. Ich stehe nackt, wortwörtlich nackt, in der Öffentlichkeit und präsentiere in vollendeter Form das, was fast alle Menschen hin und wieder machen oder wenigstens gerne machen würden. Und ich fühle mich mißgelaunt dabei, was ich in keiner Sekunde zeigen darf, um meine Performance nicht zu versauen. Ich will nicht so weit gehen und behaupten, daß ich etwas Widerliches und Entwürdigendes tun muß. Wenn jemand käme und sagte: Mach was anderes, Geld hast du genug für den Rest des Lebens, hör auf! Was könnte ich demjenigen antworten? Ich höre bald auf, ich muß sogar aufhören, bald wird mein Körper den Anforderungen des Jobs nicht mehr genügen, und ich habe wahrscheinlich ein paar Jahrzehnte vor mir, die ich mit nichts Sinnvollem zu füllen weiß. Außer den üblichen Zeittotschlagstrategien, die geistig minderbemittelte Millionäre für erstrebenswert halten. Gut essen, auf großen Schiffen die Welt befahren, abends teure Weine trinken, spekulative Kunst kaufen und sich feiern lassen, wenn man mal ein paar tausend Dollar den Armen spendet. Und –

natürlich – Sex haben, den Sex, den andere nicht haben, den man sich nur wünschen oder erkaufen kann. Den hatte ich aber schon. Den hab ich jeden Tag. Als ich mit 16 Jahren einen tollen Porno im Netz sah und mir spontan einen runterhandelte darauf, DAS war guter Sex. Mein Penis war kein Spog, er war eine Kanone und explodierte, und das Feuerwerk im Geiste war eines der Sehnsucht und des Verlangens, getragen von maßloser Geilheit.

Was ich mich bezüglich Hollywoodstars stets gefragt habe: Ist sich eigentlich irgendeiner von denen bewußt, daß er nur ein SCHAUSPIELER ist und völlig überbezahlt, gemessen an Leuten, die viel wichtigere Dinge erledigen? Rettungssanitäter, Chirurgen, Physiker, Ingenieure, selbst Polizisten leisten mehr für die Menschheit. Müssen diese sogenannten STARS nicht dauerdeprimiert sein im Wissen, daß sie Scharlatane sind, bestenfalls Künstler zweiten und dritten Ranges, die jederzeit durch weniger bekannte, aber genauso talentierte Leute zu hundert Prozent ersetzt werden könnten? Sie sind leider meist eher doof und verrückt als deprimiert und finden sich mordsmäßig wichtig. Ich hingegen finde mich nicht so wichtig. Falls es unseren Sport bald nicht mehr geben sollte, geht der Menschheit kaum was verloren. Im Grunde gar nichts. Natürlich lassen sich Gegenargumente finden. Für alles. Man könnte sagen: Unser Sport ist ein wichtiges Emblem für die Freiheit unsrer Kultur, die durch Toleranz und Offenheit geprägt ist und jedem die Möglichkeit bietet, sich anzusehen, was er will, ohne irgendeine Beschneidung durch den Staat oder prüde Gesetze. Ein Zeichen, ein Aufschrei. Wie es der Christopher Street Day einst für die Schwulen war. Und man könnte sagen: Laß den Markt regeln, was geregelt werden muß; die Menschen lassen nur zu, was sie zulassen wollen. Hollywoodstars und Fußballspieler amüsieren eben mehr Verbraucher als irgendein Physiker, Chirurg oder Polizist, der nur ein paar wenigen helfen kann. Ich weiß das alles, und doch – wie drück ich das kurz und scharf aus? Es kotzt mich an. Meine Millionen den Armen zu spenden, dafür kenne ich zu wenige persönlich. Ich kotze mich an. Ich will nicht wie die Normalos sein, fühle mich wie ein Parasit der Normalos, will etwas darstellen, aber nicht *das*. Ich will mehr sein. Nicht nur der beste CS-Sportler der Welt. Ich möchte Geschichte schreiben, und *Geschichten* erleben, nicht immer nur *Anekdoten*. Ich wäre gern ein anderer.

NoelA@gmail.com an S-KK@gmx.de
22. April 2028 2:05

Liebste Sally,
das ist hart und eine fürchterliche Situation für dich. Nietzsche bevorzugte den Terminus »Freitod« statt »Selbstmord«. Das meinte er nicht als Euphemismus, glaube ich, sondern um denen, die diese Lösung gewählt haben, mehr Respekt zu bezeugen. Wenn dich das Wort »Lösung« stört, halte ich dagegen: Jedes Sterben ist eine Loslösung vom Gesamtkörper Leben. Endgültig. Irreversibel. Manchmal hinterlassen wir eben nur Rätsel. Wart ihr euch nahe? Geht mich nichts an, aber die Sache an sich geht mir nahe. Mit Freunden von dir verbindet mich tatsächlich ja etwas

mehr als mit anderen mir Unbekannten. Bilde ich mir wenigstens ein. Sorry, wenn das wirr klingt. Ich bin natürlich völlig überfordert. Aber für deine Offenheit sei dir gedankt. Versuch zu schlafen. Trink auf den Toten ein gutes Glas Wein. Wir können auf den Tod nie besser reagieren als mit bewußtem Genuß.
Kuß, Noël

In meiner Hütte, im Winter, gab es eine klare Konstellation. Ich sah oft stundenlang in das knackende Feuer im Kamin, sah auf die heruntergebrannten Scheite, die rote Glut mit ihrer bläulichen Mähne, wenn sich wieder ein Flämmchen aus ihr erhob. Dieses Feuer war Wärme und Leben. Dahinter, wie ein riesiger Rahmen zu einem kleinen Gemälde, lagen Schnee und Nacht und Tod. Das empfand ich als Kontrast von bedrückender Wucht. Meine Hütte inmitten von Eis. Aber das Szenario war eben ein Szenario. Inszeniert von einem, der genug Macht und Mittel besitzt, um sich etwas vorzutäuschen. Objektiv betrachtet war das Risiko an der Sache doch recht überschaubar gewesen. Nicht einmal eine Erkältung hab ich mir eingefangen. Mein nordisches Winterabenteuer verlor im nachhinein viel von seinem Zauber. Als würde der dünne Goldüberzug auf dem Schurkenstück eines Alchemisten abblättern, und der Kern aus Blei käme ans Licht. Mag sein, daß es schlimmere Probleme gibt. Aber das sind dann nicht meine.

S-KK@gmx.de an NoelA@gmail.com
22. April 2028 2:10

Lieber Noël,
du sollst mich nicht küssen. Mach dir nichts vor. Du wirst mich nie küssen. Das Ganze läuft aus dem Ruder. Belassen wir es dabei. Tut mir leid, ich wünsche dir alles Gute,
herzlich, Sally

Okay, ich habe dem Wolf die Augen rausgeschnitten. Er hat mich so vorwurfsvoll angesehen, und ich will nicht behaupten, daß der tote Wolf das mit Absicht getan hat, aber ich bekam Angst vor diesem fiesen Blick, und wenn ich es nicht getan hätte, wären die Krähen gekommen, ich hatte keinen Spaß dabei. Ich habe mal einen Schäfer getroffen, der mir davon erzählte, wie geil die Krähen auf die Augen der jungen Lämmer sind. Lebendiger junger Lämmer. Sie kommen geflogen, hacken den Lämmchen die Augen aus, schlucken sie gierig hinunter und sind weg, bevor der Schäferhund kommt. Richtige Schweine, diese Krähen. Aber eben halt Krähen, deshalb hinkt der Schweinevergleich, umso mehr, als Schweine alles fressen würden und Krähen sich eben nur das Beste herauspicken. Die Natur ist unendlich grausam, und die menschliche Zivilisation ist eine Millionen Jahre alte Revolte. Das Grausame ist nicht auszurotten, man kann es nur unter den Teppich kehren und einen Zaun darum ziehen. Vegetarier sind meiner Meinung nach geschmacklose Menschen, die einen Großteil der Geschenke der Natur verschmähen. Aber das soll jeder selbst entscheiden. Veganer jedenfalls, und das ist ganz sicher, sind richtig geisteskranke Typen. Um das Leiden der Tiere zu vermeiden, sagen sie. Ach je.

Liebe Kinder, die Natur ist nicht der richtige Platz, um Leiden zu vermeiden. Die Natur *besteht* aus Leiden.

Töten zu können, das weiß ich seit dem Wolf, ist ein wichtiger Bestandteil des autarken Daseins, doch viele, allzuviele, haben es verlernt. Das Leiden vermeiden – sowas ist komplett am Leben vorbeigedacht, ist Perversion. Als die riesige Mehrheit der Menschen das Töten den Profis im Schlachthof überließ, begann die Misere. Und jetzt: überall Weicheier, mit denen man keinen Krieg mehr führen kann, worauf die Weicheier wahrscheinlich auch noch stolz sind.

Ich habe mich ein wenig in Wallung geschrieben, sorry, mein Gesicht ist rot angelaufen, manchmal passiert das, vor allem nachts, wenn ich aus dem Fenster sehe und die Sterne betrachte.

NoelA@gmail.com an S-KK@gmx.de
22. April 2028 2:35

Liebe Sally, MIR tut es leid. Mir waren meine Grenzen beinahe entfallen. Aber jetzt haben sie mich wieder im Klammergriff. Gib auf dich 8 – und denk nicht schlecht über mich.
Herzlich, Noël

...

Eine Hauptdisziplin beim Spokop ist der Dircom (von direct comparison – Direktvergleich). Jeweils ein Paar von gegeneinander antretenden Teams (später im Turnier noch ein zweites Paar pro Team) koitieren parallel im Ring. Das Prinzip ist ungefähr dasselbe wie beim Synchronturmspringen. Raffinierte Bewegungsabläufe werden verglichen, wobei es aber nicht komplett simultan zugeht. In einer achtminütigen Choreographie müssen zehn vorgegebene und drei frei wählbare Positionen eingenommen werden. Ein Hilfsmittel ist die eingespielte Musik, deren Abschnitte so etwas wie eine zeitliche Orientierungshilfe bieten. Welche Musik das jeweils sein wird, erfahren die Teams erst am Morgen des Kampfs. Bewertet werden die ästhetische Ausführung des Koitus und die Harmonie des Übergangs in die nächste Position. Am Ende der Darbietung können Extrapunkte erreicht werden, wenn es innerhalb von dreißig Sekunden zu einer sicht- und meßbaren Entsemination (vulgo: »Samenerguß«) kommt. In der B-Note werden Aussehen, Auftreten und Ausstrahlung des Paares mitbewertet. Diese B-Note sorgt regelmäßig für Ärger und wütende Diskussionen, weil ihre Vergabe nach höchst subjektiven Kriterien erfolgt. Die dreiköpfige Jury urteilt manchmal eigenwilliger als Punktrichter beim Boxen. Ich plädiere seit langem für die sofortige Abschaffung der B-Note, aber Gardiner besteht vehement auf ihr. Warum, muß jedem denkenden Menschen klar sein. Über die B-Note ist es ihm möglich, die Ergebnisse der Wettkämpfe im Sinne des IFCS zu manipulieren. Dahingehende Vorwürfe würde er natürlich strikt von sich weisen.

Der Dircom ist wie jeder Sport, der von einem Paar ausgeübt wird, doppelt fehleranfällig. Wer dergleichen nie selbst probiert hat und sich für eine Bettgranate hält, weil er seine verliebte Schnecke ab und an zur Schnappatmung bringt – der soll mal versuchen, unter den Augen von Tausenden kreischenden Zuschauern das Zeitlimit einzuhalten, immer begeistert und ästhetisch zu wirken, jeden Übergang ohne Ecken und Kanten hinzubekommen, mit der Uhr im Kopf, in höchster Konzentration, möglichst noch mit originellen, passend plazierten kleinen Witzichkeiten – (man überlege mal, wie viele Möglichkeiten für Witzichkeiten einem nackten Paar zur Verfügung stehen) –, und dann, nach Ablauf der zehn Minuten, bleibt ein genau dreißig Sekunden großes Zeitfenster für die Zusatzpunkte, ohne daß der Sportler innerlich wirklich erregt ist, über das rein mechanische Maß hinaus – ja, das soll er bitte versuchen, der Herr Amateur. Es gibt keinen größeren Streß. Es klappt auch nicht immer mit den Zusatzpunkten. Selbst bei Spitzenteams liegt die Erfolgsquote selten über sechzig Prozent. Team Berlin liegt in den aktuellen Statistiken bei sechsundachtzig Prozent. Das war einer der Hauptgründe, warum wir derart viele Wettkämpfe gewannen, und ein Pfeiler meiner Popularität. Ich lege mir dazu stark wirksame Fantasien zurecht, die ich erst zu Beginn dieser halben Minute zulasse im Kopf, und allermeistens schaffte ich es auf den letzten Drücker. Nur Timo Mertens vom Team Amsterdam kann mir hierin halbwegs das Wasser reichen.

S-KK@gmx.de an NoelA@gmail.com
25. April 2028 0:03

Lieber Noël,
verzeih mein langes Schweigen, das war doof von mir, keine Ahnung, warum ich so rumgezickt habe. Du weißt es ja sicher längst, aber die diesjährige Weltmeisterschaft findet – ausgerechnet – WO statt? In Kopenhagen! Lustig, oder? Ich könnte dir Eintrittskarten zukommen lassen. Sofern du das möchtest. Du kannst zwei Karten direkt am Ring haben. Sag Bescheid!
Herzlich, Sally

Mein Problem war nur: Alle Fantasien, die mich im Leben bisher in außergewöhnlichem Ausmaß erregt hatten, waren verbraucht, wirkten kaum noch mit halber Kraft. Ich mußte mir neue Fantasien zulegen. Es bringt nichts, sich selbst etwas auszudenken, denn dem wird immer der Makel des Ausgedachten anhaften. Die wirklich geile Fantasie muß von anderswoher kommen. Vielleicht aus der erotischen Literatur. Oder von den Fans. Ja, es gibt einige Hardcorefans, die uns erotische Fundstücke aus Büchern schicken oder Selbsterlebtes berichten. Das meiste davon ist zwar in gewissem Sinne erregend, aber eher ekelerregend als alles andere. Unser treuer Alphafan Dieter (»Dick-Ding-Didi«) aus Reinickendorf schickt fast jeden Tag irgendwelchen Schweinkram, den er gern erlebt hätte.

Ed und Käffchen. Welcher von beiden mit Julia das Paar für den zweiten Dircom bilden würde, war noch nicht entschieden. Dafür war klar, daß in dieser Disziplin Marita auf der Reservebank Platz nehmen würde. Für ihr Tattooproblem hatten wir inzwischen eine lackartige Körperfarbe besorgt, die weder krank aussah noch nach ein, zwei Stunden abzublättern begann. Edgar (28), mütterlicherseits marokkanischer Herkunft, war ein noisettefarbener Spargel mit krausem Haar, Hakennase, muskulös, aber sehr dünn. Ihn mit der beinahe noch dünneren Marita auftreten zu lassen wäre ästhetisch grenzwertig gewesen. Ed war unser Speedmasto, und als einzigem Mann auf der Welt ist es ihm im letzten Jahr einmal gelungen, dem legendären, unglaubhaften Rekord von Ray Hansen bis auf zweieinhalb Sekunden nahezukommen. Und das in seinem hohen Alter. Für den Speedmastocon setzen manche Teams achtzehnjährige Grünschnäbel ein, was ich für derb gewissenlos halte. Es geht höchstens ein paarmal gut, diese Kids besitzen nicht die Reife und Persönlichkeit, nicht die Härte und Elefantenhaut, um dauerhaft im Betrieb zu bestehen.

S-KK@gmx.de an NoelA@gmail.com
27. April 2028 17:20

Lieber Noël,
darf ich fragen, warum du nicht antwortest? Hast du meine letzte Mail nicht bekommen? Ich schicke sie dir hier sicherheitshalber noch einmal. In wenigen Tagen fliegen wir los, und viele Menschen fragen mich nach Freikarten. Falls du eingeschnappt sein solltest, sag

dennoch kurz Bescheid, damit ich wenigstens weiß, ob meine Mails ankommen.
Herzlich, Deine Sally

Zwischen Sally und Julia gab es eine gesunde Konkurrenz, die hier und da zu leichten Spannungen führte. Nichts von Bedeutung, nichts, das den Teamspirit in Gefahr bringen konnte. Beider Talente waren zum Glück klar verteilt: Sally, obwohl erotisch sozusagen mit allen Wassern gewaschen, wäre als Orastima kein vollwertiger Ersatz gewesen. Umgekehrt würde Julia nie im Leben Sallys Geschmeidigkeit und Rhythmusgefühl erreichen, diese unvergleichliche Zackig- und Schnalzigkeit, die dabei immer so leicht wirkte, fast schwerelos, wie in gewissen surrealen Action-Fantasyfilmen. Sah man Sally beim Sex zu, erlebte man eine Mischung aus Tanz und Ballett und Magie. Und natürlich Sex. Die Normalofrauen im Publikum müssen sich wie plump auf den Felsen wippende Walrösser vorkommen, denke ich immer. Selbst einige weibliche *Profis* beendeten ihre Karriere spontan, nachdem sie gegen Sally etwas zu alt ausgesehen hatten. Julia ist einunddreißig, somit die Älteste im Team, aber als Orastima kann man länger aktiv bleiben. Manche Orastimas erreichen ihre Bestperformance sogar erst, wenn sie sich schon den Vierzig nähern, warum das so ist, weiß kein Mensch. Julia hat Körbchengröße D, das ist eigentlich für den Spokop viel zuviel, auch wenn es bei weiten Teilen des Publikums gut ankommt. Aber mit solchen Wuchtbrüsten geht immer ein gewisses Trägheitsmoment im Bewegungsablauf einher. Is so. Außerdem ist Julia brünett. Das steigert den Eindruck eines gewissen Phlegmas. Lieber wäre sie knallblond herumgelaufen, denn blond steht für stramm, schnell, straff, glatt, fix, jung, lichtumflort – aber diese Farbe war nun mal Sally vorbehalten. Die drei Frauen eines Teams, das hatten Studien gezeigt, sollten sich in der Haarfarbe voneinander deutlich unterscheiden, um möglichst viele Zielgruppen anzusprechen. Und im Ring würde das Team dadurch bunter, plastischer, kurz: eindrucksvoller wirken.

S-KK@gmx.de an NoelA@gmail.com
29. April 2028 23:14

Hallo? Noël? Ernsthaft jetzt? Du schmollst? Oder kommen meine Mails nicht an? Im letzteren Fall: Was machen wir dann? Das ist natürlich nur eine rhetorische Frage an mich selbst. Ich seh mal nach, ob du im Telefonbuch stehst.
Grüße, deine Sally

NoelA@gmail.com an S-KK@gmx.de
29. April 2028 23:50

Liebe Sally,
du warst äußerst hart mir gegenüber, und natürlich hab ich mir Gedanken machen müssen, wieso es dazu kommen konnte. Kann es sein, daß dein verstorbener Freund dir nicht nur nah gewesen ist? Du warst einmal mit ihm zusammen, stimmt's? Und hast ihn womöglich verlassen, um Profi-CS-Sportlerin zu werden. Jetzt ist er tot, von eigener Hand aus der Welt gewischt –

und du fühlst dich schuldig, obwohl das Nonsens ist, denn aller Wahrscheinlichkeit nach besteht überhaupt nicht der geringste kausale Zusammenhang zwischen beiden Ereignissen. Ich verfolge deine Karriere seit ihrem Anfang, also liegt eure Beziehung zu weit zurück. Du hast eine dir selbst gesetzte Linie überschritten, als du mir davon erzählt hast. Mich in so etwas Wichtiges/Wuchtiges einzuweihen, ging weit über das hinaus, was du jemandem wie mir zugestehst, denn ich bin nur Dreck, ein unwichtiger Fan. Du hast dich unwohl gefühlt, außer Kontrolle – und ich wurde dadurch zum Leidtragenden. Das tat mir sehr weh. Ich mag behindert sein und wertlos. Unförmig und häßlich. Und du hast recht : Ich werde dich nie küssen, das ist vom Leben nicht vorgesehen. Ich würde es nicht einmal wollen. Selbst wenn du es im Falle von geistiger Umnachtung wollen würdest. Mein Vorschlag ist : Beginnen wir von vorn. Das Leben ist kurz, sogar deins, das viel länger dauern wird als meins. Vom Standpunkt der Ewigkeit sind wir nur zwei Funken in ein und derselben Nacht. Da wird nie ein Feuer draus. Gewöhn dich aber an den Gedanken, daß ich dich liebe. Warum, gute Güte, hätte ich dir sonst jemals schreiben sollen ? So schlimm ist das nicht, wie ich finde, und ich würde es mir ungern verbieten lassen, zumal ich dir ja eben NICHT auf die Pelle rücken will. Und, liebe Sexgöttin, noch etwas – und nimm es mir bitte nicht krumm : Wenn da nach Lektüre meiner Mail ganz unten steht : KUSS, dann ist das kein Kuß, auch keine sexuelle Belästigung, das sind nur drei Buchstaben, darf ich einzeln vorstellen : Herr K, Frau U und die Geschwister S.
Love, Noël

PS: Mit zwölf Jahren habe ich diesen Buchstabierwettbewerb gewonnen. Weißt du noch? Jetzt will ich dir – als erstem Menschen dieser Welt – gestehen, daß ich ihn nur gewonnen habe, weil ich vorab die Wörter kannte. Die Lehrerin hatte ihre Handtasche auf dem Pult liegengelassen. Während der großen Pause hab ich den Zettel geklaut und abfotografiert. Daraus resultierte der einzige Triumph meiner Laufbahn, und ich würde es wieder tun. Denn einem Zwölfjährigen droht keine Bestrafung, und wer die Gelegenheit nicht nutzt, ist ein Idiot. Ich meine, natürlich war es unfair gegenüber den anderen Kindern, aber ich seh es so: Es kann ja nur einer gewinnen, das ist das eigentlich Ungerechte. Und wenn schon nur einer gewinnen kann, dann doch wenigstens der, der schlau war und Mut hatte. Schau mal, wenn man jung ist und sich für unsterblich hält, betritt man die Welt und findet neben sehr viel Schönheit auch ein Schlachtfeld voller Leichen vor. Die einen macht das betroffen, und sie stehen mit schwarzen Pullovern doof herum. Die anderen gehen plündern. Denn was da ist, ist da, aber die Toten sind es nun mal nicht mehr.
PPS: Ich habe ansonsten nie etwas Böses mit Absicht getan bzw. fehlte mir nach meinem Unfall die Möglichkeit dazu.

# ERSTER TAG

Wir trafen uns alle kurz vor sieben Uhr in Halle C, vorm Check-in. Die Sicherheitskontrollen am Flughafen waren nach den Mandarinenanschlägen noch einmal intensiviert worden. Flüge in die Nordunion galten als besonders gefährdet. Mir wäre der Zug lieber gewesen, obwohl, rational betrachtet, das Risiko, einem Terroranschlag zum Opfer zu fallen, bei einer Zugfahrt immer noch viel höher ist. Sally sah nicht gerade blendend aus um diese Uhrzeit. Ich hatte sie seit Jahren nicht so früh am Morgen und noch nie mit Augenringen gesehen, und ich war, gelinde gesagt, überrascht. Aber diese Nuance an Unperfektion gefiel mir, gefiel mir sogar sehr, ich freute mich fast ein bißchen auf unser nächstes Training. Wir waren zu acht, nämlich das Team, Helen, die Chefin, und Jens, der Masseur, ein fast sechzig Jahre alter, leicht sächselnder Mann mit Glatze und Händen groß wie Suppenteller.

Shasha saß im Flieger neben mir, und ich roch den Duft, den sie sich im Duty-free-Shop großzügig aufgesprüht hatte, Beltà, das Neueste von Armani. Sie stierte vor sich hin. Mein süßes Liebchen, das blanke Elend. Shasha hatte ohnehin schon Flugangst, und jetzt kam noch die Bombenfurcht hinzu. Der Witz ist –

also, ich will wirklich nicht damit angeben, aber ich habe mir ungelogen schon vor zwanzig Jahren Gedanken gemacht, wie ich ein Flugzeug in die Luft sprengen würde, wäre ich ein Terrorist. Und bin damals zum Schalter gegangen und habe gefragt, ob es okay wäre, wenn ich Mandarinen mit an Bord nehme. Ja klar, hieß es, warum denn nicht? Ich hätte der Sicherheitsbeamtin damals vielleicht antworten, ihr einen Tip geben sollen, hab's aber nicht gemacht, und nun, im letzten Jahr, waren auch die Terroristen drauf gekommen, nämlich den Saft der Mandarine per Spritze durch flüssigen Sprengstoff zu ersetzen, ein ganz simples Verfahren, und die Mandarinen, also wenigstens die großen aus Spanien, die mit den Kernen, liegen einem auch noch richtig gut in der Hand, wie Eierhandgranaten. Man schmeißt die Mandarine mit Wucht gegen eine Wand, peng, und nach erfolgter Explosion bleibt von dem Obst natürlich nichts übrig, nichts. Das funktioniert mit Orangen oder Pampelmusen viel weniger gut. Es müssen Mandarinen sein. Probieren Sie es aus, aber bitte bloß im Kopf. Die Sicherheitsbehörden haben ein halbes Jahr gebraucht, um zu kapieren, wie der Sprengstoff an Bord geschmuggelt worden war, trotz strengster Kontrollen. Das Prinzip kam nur durch einen äußerst unwahrscheinlichen Zufall ans Licht, weil eine der Terrormandarinen beim Check-in gequetscht wurde, auslief und der (sehr sehr dezente) Geruch nach Sprengstoff einem – echt wahr! – zufällig vorbeitrabenden Hund auffiel. Bis dahin waren bereits zwanzig Maschinen vom Himmel gefallen, und es war ernsthaft erwogen worden, den Flugbetrieb komplett einzustellen. Im Moment herrscht sowas wie Entspannung, sprich: Es sind seit dem letzten Anschlag mehr als zwei Monate vergangen.

»Aber wir werden auf Dauer nicht sicher sein. Für den, der das unbedingt will, wird es immer Mittel und Wege geben«, erklärte ich Sally, die sich an mich klammerte und der kalter Schweiß auf der Stirn stand, »ein Flugzeug zu entern oder zu sprengen. *Eines* Tages müssen wir alle sterben, aber das Gute daran hat schon Snoopy zu Charlie Brown gesagt: An allen *anderen* Tagen sterben wir *nicht*, und das Risiko, in einem Flugzeug zu sterben, ist trotz der Anschläge immer noch sehr, sehr gering, denn es gibt eben so irre viele Flugzeuge auf der Welt, du mußt also fast gar keine Angst haben, Sally, höchstens eine Winzigkeit von Angst.« Ich redete mit guten Argumenten beruhigend auf sie ein, aber Shasha drehte sich zum Fenster und meinte: »Du nervst, Leon!«

Auf so privater Ebene hatte sich mein Schätzelchen lang nicht mehr mit mir unterhalten. Wie ich sie liebte, wie mein Herz auf sie einschlug, wie gern ich mit ihr schmusen, ihr Händchen halten und eine Tenorarie singen wollte. Ich finde daran nichts lächerlich, und die, die uns einreden wollten, daß so etwas lächerlich sei, haben viel kaputtgemacht. Man spieße ihre gebratenen Köpfe auf einen großen Schaschlikspieß. Für die Alligatoren. Die übrigens ziemlich hoch springen können, möchte man nicht glauben. Shasha hörte während des Flugs Musik per Kopfhörer. Vielleicht besser so. Nach der WM konnte ich frei sprechen. Ihr ins Ohr flüstern.

Kopenhagen machte einen adretten und sehr aufgeräumten Eindruck. Es sah alles ein bißchen so aus wie Mitteleuropa vor zwanzig Jahren. Wenn man überlegte, wo in Europa unsere Weltmeisterschaft noch problemlos hätte ausgetragen werden können, kam man auf nicht mehr allzu viele Staaten. In Dänemark gab es noch vieles von dem, was ehemals als politische Mitte galt, also sozialdemokratische, liberale und gemäßigt konservative Kräfte mit echtem Rückhalt im Volk. Sogar die Grünen hatten hier noch einen Abgeordneten im Parlament sitzen.

Wir verließen den Flughafen über den VIP-Ausgang und stiegen in bereitgestellte Taxis. Als wir nach einer halben Stunde Fahrt am Hotel Candic ankamen, sahen wir, daß um das riesige Gebäude ein drei Meter hoher Stacheldrahtzaun errichtet worden war, und jemand vom Komitee erklärte uns, daß es zum ganzen Hotelkomplex nur einen einzigen überirdischen, von Militärpolizei geschützten Zugang gab. Unsre AAA-Akkreditierungen wurden uns erst nach einer nochmaligen Überprüfung unserer Personalien ausgehändigt. Unsere Zimmer lagen im zehnten und obersten Stockwerk, Frühstück gab es im neunten. Das ganze Hotel war für WM-Teilnehmer reserviert, und den Kongreßsaal hatte man zur Trainingshalle umgebaut, während die Wettkämpfe in einer Art Boxarena ausgetragen werden sollten, die fußläufig durch einen unterirdischen Tunnel erreichbar war und fast sechstausend Zuschauern Platz bot. Eine CS-WM hätte auch größere Stadien füllen können, aber die Sicherheitsmaßnahmen wären zu teuer geworden, man bevorzugte es, überschaubar zu bleiben.

Den Tunnel hatte man nicht extra gegraben, nein, man hatte einen stillgelegten Abflußschacht ausgebaut, der von der Tiefgarage des Hotels direkt zur Arena führte. Das sah einigermaßen durchdacht aus. Große Sorgen machte ich mir noch nie. Den Sportlern selbst war, jedenfalls während der Wettkämpfe, nur selten etwas passiert, meist erwischte es Fans oder Funktionäre. Draußen, vor dem Zaun, herrschte noch weitgehend Ruhe, bis auf ein paar vereinzelte Spinner. Spätestens mit Beginn der Wettkämpfe würden die Prediger und Krachmacher und Chaoten kommen, mit ihren gedrillten und schlagkräftigen Einsatzgruppen. Turbanträger, Hakenkreuzler und Kreuzritter. Wenn man denen eine Weile zusah und zuhörte, begann man für schreckhafte Muschis wie Gardiner ein klein wenig Verständnis zu zeigen.

Käffchen, Eddi und ich gingen sofort zur Bar und befolgten abergläubisch das altbewährte Ritual vom Abschiedsbier, eine Art symbolischer letzter Trunk vor der Zeit strikter Enthaltung während der Wettkämpfe. Wahrscheinlich fand nicht nur ich das Ritual ziemlich doof, mir war überhaupt nicht nach Alkohol am hellichten Tag, aber auf die abergläubischen Gefühle gewisser Kollegen muß man selbstverständlich Rücksicht nehmen, sonst krankt der Teamgeist.

Die Zimmer im Candic waren hell und groß, die Fenster zeigten einen wenig glamourösen Teil der Stadt, frei von touristischen Attraktionen. Das Gebäude war umringt von Wasser oder Parkplätzen oder Rasenflächen – alles für die Polizei bestens kontrollierbare Areale.

Es stellte sich bald heraus, daß man auch den Dänen

einiges von ihrem Schneid abgekauft hatte. In der ganzen Stadt war auf Plakatwerbung verzichtet worden, was unsre Sponsoren in Rage versetzte. Die Stadt begründete den Verzicht damit, daß mit Beginn der Demonstrationen alle Werbeplakate ohnehin demoliert würden und man wegen solcher Bagatelldelikte keine Eskalation durch polizeiliches Eingreifen riskieren wolle, das würde sich nicht rechnen. Hm. Ärgerlich, aber vermutlich die Wahrheit. Helen protestierte dennoch. Man hätte die Plakate anbringen und versichern müssen. Die Plakate hätten ein paar Tage lang für unsre Sache geworben, wären dann demoliert worden, und die Versicherungen hätten bezahlt, wo lag das Problem?

Als CS-Sportler wird man nicht *nur* gehaßt, man wird vereinzelt auch geliebt und sogar verehrt, und manche von uns besitzen individuelle Werbeverträge. Das bringt gutes Geld, und solange man viel davon an Bedürftige weiterleitet, wäre es beinahe unmoralisch, darauf zu verzichten. Sally zum Beispiel läßt für gute Zwecke schon mal ein getragenes Höschen versteigern. Das Letztgebot liegt regelmäßig im sechsstelligen Dollarbereich. Der CS hatte die meisten seiner Spitzensportler zwar nicht scheichreich gemacht, aber ziemlich wohlhabend, wie sich das für die Besten gehört, egal, worin. Bis auf die noch frische Marita hätten wir uns alle zur Ruhe setzen können, und für mich stand ja schon seit einigen Monaten fest, daß diese Spiele meine letzten sein würden. Mit bald dreißig kann man guten Gewissens dazu übergehen, sein Leben in, sagen wir mal: spirituelleres Fahrwasser zu lenken. Nicht, daß ich auf Ehefrau und Gören machen wollte oder auf Bier und Sofa und Fernseher, nein, ich wußte noch nicht, was ich unternehmen würde, aber sicher nie mehr etwas, das ähnlich kräftezehrend war. Im Grunde interessierte mich nur Shasha, aber sie und die Zukunft zusammenzudenken ergab nur etwas Nebulös-Groteskes.

Wir richteten uns auf unseren Zimmern ein, jeder machte, was er für richtig hielt, danach, kurz nach drei Uhr nachmittags, bekamen wir eine Stadtrundfahrt im Taxi angeboten. Alle akzeptierten, und man kutschierte jeweils zwei von uns pro Auto in der Gegend herum. Ich teilte den Wagen mit Ed, mit dem ich manchmal, wenn es zu langweilig ist vor einem Wettkampf, Mau-Mau spiele. Es war sehr interessant, nirgends Obdachlose oder Bettler oder Nutten auf der Straße zu sehen. Das Hafenviertel mit den kleinen bunten Schiffchen sah wirklich adrett aus. Am Tivoli, dem Vergnügungspark, hielten wir an und gingen hinein. In einiger Entfernung sah ich Julia mit Kevin an einer Losbude herumstehen. Wir hatten tolles Wetter erwischt. Für einen Maianfang seien 25 Grad ungewöhnlich warm, sagte der Bodyguard, der die ganze Zeit neben dem Fahrer gesessen hatte und uns auch jetzt nicht von der Seite wich, nicht mal, als wir Karussell fahren wollten. Keine Wolke stand am Himmel. Ed besiegte mich am Hau-den-Lukas-Automaten. Wir mußten ein paar Autogramme geben und aßen kandierte Früchte, was Helen später streng kritisierte. Nach einer halben Stunde in diesem völlig überteuerten Paradies für Kinder und Kindgebliebene sollten wir wieder ins Taxi steigen, und die Fahrt ging am Bahnhof vorbei. Dann fielen Schüsse, nicht weit von uns weg, im Taxifunk sagte jemand sehr laut etwas Dänisches, woraufhin der Fahrer das Gaspedal durchtrat und beinahe ein paar Touristen überfuhr, die gerade mit giftgrüner Zuckerwatte vor der Nase die Straße überquerten. Man brachte uns ins Hotel zurück, und in der Lobby fand ich mit großer Erleichterung unser komplettes Team vor, unversehrt. Soweit ich verstand, hatte irgendwer Schüsse abgefeuert, drei oder vier, aber noch wußte niemand, wer das getan oder wem das gegolten hatte. Zum Glück war niemand verletzt worden, aber auf der Straße sei unter den Touris Panik entstanden, und Polizeikräfte hätten den Hauptbahnhof abgeriegelt. Im Fernsehen sah man schwerbewaffnete Spezialeinheiten patrouillieren. Nach einer Stunde hieß es dann: falscher Alarm, ein paar debile Jugendliche hätten übriggebliebene Silvesterböller gezündet und pervers viel Spaß dabei gehabt. Die ganze Aufregung – wegen fast nichts. Helen, die nie ein Kind geboren hatte, meinte, solche Krawallbrüder müsse man mit körperlicher Züchtigung zur Rechenschaft ziehen, sonst stelle sich kein Lerneffekt ein. Ich dachte mit einem unterdrückten Lächeln daran, wie übel man ihr eine solche Aussage noch vor zehn Jahren genommen hätte. Seither hatte sich manches, was zuvor als pädagogische Errungenschaft gegolten hatte, als illusionär erwiesen. Ich meine, jede neue Generation tut ja so, als seien die Hunderttausenden Generationen, die zuvor auf der Erde lebten, allesamt blöde und brutal gewesen. Aber stetig fortschreitende Libertinage bedeutet doch zwangsweise, daß man eines Tages zu weit gegangen ist und wieder zurückrudern muß.

Ich hockte in meinem Zimmer und las Dostojewski. Und bedauerte dabei während fast jeder Zeile, daß diese große Literatur aus einer fernen, ganz anders gearteten Zeit stammte, die mit unserer kaum noch etwas gemein hatte. Vermutlich bedeutete es, daß außer mir kaum noch jemand Dostojewski las. Weder den Anarchisten Dosto noch den Christen Jewski. Ich las sie beide als Dialog, als heftigen Streit. Was wiederum ein Gefühl der Exklusivität hervorrief. Beide hatten ausgedient, doch ich las sie, wie man an den Grabsteinen am Sonntag liebevoll meditiert und verblichene Epitaphe entziffert.

Um halb sieben gingen wir gemeinsam zum Abendessen ins Hotelrestaurant. Helen hatte die Pressemappe mitgebracht und unterrichtete das Team über die neuesten Gerüchte. Wir sollten den Sportteil der Zeitungen lieber nur überfliegen, aber weil zu befürchten stand, daß wir alles Unangenehme ohnehin auf Transparenten lesen würden, die die gegnerischen Fans in der Arena hochhielten, fand Helen es nötig, uns über dies und das vorab zu informieren. Meist war es Quatsch. Marita habe ein neues Tattoo am Hintern, Julia sei schwanger, Käffchen leide unter Feigwarzen. Die Presse denkt sich irgendwas aus, weil Papier, das verkauft werden soll, zuvor mit Buchstaben bedruckt werden muß. So einfach.

Ins Candic war ein Spielcasino integriert, das für die Öffentlichkeit während der Zeit der Wettkämpfe gesperrt wurde. Alle Sportler bekamen Jetons im Wert von 100 Dollar geschenkt, und so verdaddelten wir den Abend am Roulette- oder Blackjacktisch, wobei man per Bildschirm nicht auf das Fußballländerspiel Dänemark gegen Schweden verzichten mußte, wenn man Wert darauf legte. Shasha hatte sich die Fingernägel olivgrün lackiert, das sah apart aus, und ich fragte, ob das auch ihre Wettkampffarbe sein würde. Nein, sagte sie, das würde sie niemals riskieren. Es gab mal eine Frau bei Godspeed Helsingör, die mit hellblauen Fingernägeln antrat. Ansonsten war Rot obligatorisch. Wie früher beim Stierkampf.

S-KK@gmx.de an NoelA@gmail.com
3. Mai 2028 21:30

Lieber Noël,
heute ist unser Team in Kopenhagen angekommen, und gleich gab es Aufregung. Du hast es wahrscheinlich in den Nachrichten gesehen. Dumme Jungs haben Böller geworfen und sich vor Lachen bepißt, weil die Leute um ihr Leben rannten. Heute ist deine letzte Chance, Freikarten für die erste Runde zu bekommen, danach geb ich mein Kontingent den Fanclubs. Hoffentlich geht es dir gut. Im Telefonbuch stehst du nicht, sonst würde ich dich jetzt anrufen. Das Hotel ist voll in Ordnung, auch wenn das Dampfbad wieder mal nicht funktioniert. Wenn in einem Hotel mit Wellnessbereich irgendwas nicht funktioniert, ist es immer das Dampfbad. Mir fällt leider nicht so viel Tiefsinniges ein wie dir. Herzlich grüßt Sally.

NoelA@gmail.com an S-KK@gmx.de
4. Mai 2028 1:08

Liebste Sally,
ich wüßte einfach nicht mit der Situation umzugehen, dich einmal leibhaftig vor mir zu sehen, als einer von Tausenden grölenden Fans, die sich um den Ring versammeln und ihre primitiven Sehnsüchte hinausbrüllen. So bin ich nicht. Im Übrigen will ich dir meinen Anblick lieber ersparen. Schön zu wissen, daß du in der Stadt bist, aber du bist deswegen nicht näher oder ferner, als wärest du sonstwo auf diesem Planeten. Du wirst mir immer nah sein und zugleich sehr fern. Machen wir uns nichts vor. Beziehungsweise: Mach dir ruhig was vor. Wär viel besser so. Stell dir mich als gepflegten und gutaussehenden Krüppel vor, ohne Körperspeck und Akne und fettiges Haar.
Eine Begegnung würde uns beiden nichts bringen, dir nicht, denn du wärst angeekelt, mir nicht, denn ich würde in Depressionen verfallen. Ich rieche ein bißchen streng, also genaugenommen nicht ich, aber mein Rollstuhl, dessen Leder im Lauf der Jahre zu riechen begonnen hat. Windeln sind nicht immer undurchlässig, egal, was die Werbung behauptet. So, ich hoffe, dich nun genug abgeschreckt zu haben. Für zwei so unterschiedliche Wesen wie uns ist doch der Weg des Schriftverkehrs quasi erfunden worden. Keine Telefonate, kein Skype! Ich bin sehr froh, wenn ich einfach mal drei Minuten nichts sagen muß und nachdenken kann. Menschenmassen sind sowieso nicht mein Ding, ich komme mir da schnell eingekesselt und ausgegrenzt zugleich vor; dieses Gefühlspingpong würde ich keinem Todfeind wünschen. Ist das nun ein für alle-

mal geklärt ? Dann schreibe mir, was du willst, wann du willst. Nur nicht aus Mitleid. Dann bin ich immer dein dich respektvoll verehrender
Noël.

S-KK@gmx.de an NoelA@gmail.com
4. Mai 2028 2:22

Also, lieber Noël, bei allem Verständnis für deine gediegene Pose als schmutziges, übelriechendes, verpickeltes Würmchen, das Mitleid nicht will, weil es bereits Selbstmitleid im Übermaß produziert, gestatte mir eine Frage, und antworte bitte ehrlich, denn es interessiert mich, und gerade habe ich ein wenig getrunken, solange ich noch darf, und von daher habe ich den Mut, dir diese Frage zu stellen. Du bist doch irgendwie und irgendwo noch ein Mann, oder ? Träumst du etwa nicht davon, daß ich mich auf dein Gesicht setze ?
Nein ? Sag überzeugend NEIN, und ich werde verblüfft schweigen. Ansonsten glaub ich dir diese ganze Ich-bin-unrein-und-nichtswürdig-Nummer keine Sekunde. Sollte ich deine Gefühle verletzen oder in dir unangenehme Gefühle erwecken, bitte ich schon jetzt um Verzeihung. Ich habe dir allenfalls bei der ersten Mail aus Mitleid geschrieben, aber schon da eher aus ehrlichem Mitgefühl.
Ich würde dich gern als Menschen kennenlernen und verstehen, nicht in dieser verklärt-abstrakten Verkleidung deiner selbst als asketischer Paria. Die ist mir nämlich nicht ganz geheuer.
Schlaf gut, herzlich, Sally

NoelA@gmail.com an S-KK@gmx.de
4. Mai 2028 2:51

Liebe Sally, gut, du bist frech und betrunken und willst es unbedingt wissen. JAAA, tief unten, am Grund meines Wünschelbrunnens, bin auch ich ein Vieh und träume jeden Tag und jede Nacht davon, daß du dich auf mein Gesicht setzt. Aber das wird nie passieren. Als ich siebzehn war und noch nach Herzenslust onanieren konnte, gab es die Tochter unsrer Nachbarn, wunderschön und dreizehn Jahre alt. Viel Lebenssaft tropfte ihretwegen auf die Erde. Sie war TABU. Punkt. Ähnlich ist es bei uns. Ich greife einen Gedanken von dir auf, aus einer früheren Mail. Ist es nicht besser, etwas nie gehabt zu haben, als es einmal – und dann nie wieder zu haben? Und damit möchte ich derlei obszöne Spekulationen ein für allemal beenden. Aus dem, was du schreibst, tritt eine Einsamkeit zutage, die mich fast peinlich berührt. Ohne daß du mir jetzt Geheimnisse enthüllen mußt – aber (ich habe auch ein wenig getrunken, vielleicht ein wenig mehr als ein wenig – darum meine Offenheit) gibt es denn niemanden, der dir nahe ist, mit dem du auch mal einfach schläfst, weil er dir was bedeutet? Schlaf bloß mal besser als ich, dein Primus unter Parias, Noël

...

Als Carolyn Holm im Februar erfuhr, daß man sie für einen sehr verantwortungsvollen Posten in Erwägung ziehe, freute sie sich für einige Sekunden, bis man ihr mitteilte, worum genau es ging. Ihre Freude wich nervösem Mißtrauen und einem inneren Alarm. Abgesehen davon, daß ihr keine plausible Erklärung einfiel, weshalb die Wahl ausgerechnet auf sie gefallen war, schien der Auftrag gleichermaßen prestigeträchtig wie gefährlich. Das geringste Versagen konnte ihr Karriereende bedeuten. War sie eventuell ein Bauernopfer? Der Minister für Sport und Kultur höchstpersönlich versuchte ihr die Aufgabe schmackhaft zu machen, indem er auf das komfortable finanzielle Budget hinwies, über das die Kriminalhauptkommissarin verfügen würde. Es war dem Staat Dänemark anscheinend wichtig, diese heikle Angelegenheit ohne Zwischenfälle über die Bühne zu bringen. Man wolle, hieß es, ein klares Zeichen setzen, Flagge hissen für Demokratie und Freiheit, für Toleranz und Pluralität.

Als Carolyn Holm nach Feierabend ihrem Mann Tommy erzählte, daß sie als oberste Planungsleiterin die Bewachung der CS-Weltmeisterschaft koordinieren solle, fragte der, ein wenig scheinheilig, was um Himmels willen das denn sei.

»Die Sportficker.«

Tommy mußte laut lachen, denn seine Frau benutzte das F-Wort sonst nie. »Du? Warum denn du?« Er hatte eigentlich sagen wollen: *Warum ausgerechnet du?* Er wußte, wie sehr sie dieses jährliche Spektakel verabscheute.

»Das wüßte ich selbst nur zu gern.«

Tommy dachte nach, und ihm fiel ein, was bei den letzten Weltmeisterschaften in Kanada so alles schiefgelaufen war. Aber als geübter Gatte gratulierte er seiner Frau und stärkte ihr Selbstbewußtsein mit dem lapidaren Satz: »Das kriegst du schon hin.«

Carolyn wollte nicht lamentieren und erst recht nicht erwähnen, daß sie mit dem Gedanken gespielt hatte, der riesigen Verantwortung aus dem Weg zu gehen. Die Frauen im dänischen Polizeidienst würden ihr einen Rückzieher nicht so leicht verzeihen, dazu hätte ihr mindestens eine glaubhafte Ausrede einfallen müssen. Der Minister begann das Telefonat mit hochtrabendem Gerede von nationaler Sicherheit, und der plötzliche Bedeutungszugewinn hatte ihr geschmeichelt. Sich Bedenkzeit zu erbitten wäre möglich gewesen. So vieles gab es zu bedenken.

Der Einsatz würde ein 24/7-Job sein, mit vielen unwägbaren Faktoren. Carolyn Holm verfluchte die Entscheidung der Regierung, diesem dekadenten Schweinkram eine Plattform zu bieten. Und als Tommy fragte, ob sie Freikarten bekäme, ging ihr der Gaul durch. »Nicht für dich! Da kannst du dir mal sicher sein! Frag mich das bloß nie wieder!«

Zur Bewachung des Candic-Hotels würden ihr Einheiten der Militärpolizei zur Verfügung stehen. Insgesamt mehr als tausend schwerbewaffnete Polizisten und Soldaten. Man mußte mit allem rechnen, mit Selbstmordattentätern, mit einem Ansturm der protestierenden Massen, sogar mit dem Beschuß durch panzerbrechende Waffen bis hin zu ferngelenkten Raketen. Ein Umkreis von mehr als zehn Kilometern mußte lückenlos überwacht werden.

Die Demonstrationen würde man nach dänischem Recht nicht vor 22 Uhr verbieten können.

Es mußte einen gewissen Abstand zwischen Menschenmasse und Hotel geben. Die einzige Lösung schien ein stabiler, unter Strom stehender Zaun, dahinter Wachtürme mit bewaffneten Polizisten, die im Notfall von ihrer Schußwaffe Gebrauch machten. Dafür waren psychologische Tests nötig. Man mußte im Vorfeld mit allen Fraktionen reden, die zu Gewalt neigten. Deren Sprecher in die Prävention einzubinden geschah am besten durch die Bestätigung ihrer Egos. Leute, die sich für wichtig und für ernst genommen halten, sind gleich um vieles weniger gefährlich als verspottete Außenseiter. Alle Angestellten des Hotels unter die Lupe zu nehmen war eine Herkules-Aufgabe. Jede übersehene Kleinigkeit konnte eine Katastrophe nach sich ziehen. Leibesvisitationen der Fans durften vor deren Unterhosen eigentlich nicht haltmachen, aber das war praktisch nicht durchführbar und verstieß gegen geltendes Recht. Röntgenapparate, wie sie an den Flughäfen benutzt werden, boten immerhin ein wenig Schutz. Doch die waren teuer, und jeden Fan, der in die Halle wollte, ausgiebig zu durchleuchten hätte kilometerlange Schlangen am Einlaß bedeutet.

Sicherheit, die ihren Namen halbwegs verdiente, gab es nur auf Kosten eines konsequent faschistoiden Überwachungsapparats. Carolyn Holm hatte Skrupel, ihre liberalen Ansichten für den beruflichen Erfolg zu opfern, dabei existierten gute Argumente hierfür. Rigide Maßnahmen konnten Menschenleben retten und würden nur temporär im Einsatz bleiben, schon weil sie auf Dauer viel zuviel kosteten. Carolyn Holm schlief fortan selten mehr als vier Stunden pro Nacht. Sie hätte etliches delegieren können, wie zum Beispiel die Überprüfung aller Biographien der Hotelangestellten, aber das entsprach nicht ihrer Art.

Würde ein Fehler passieren, wollte sie ihn lieber selbst gemacht haben, als irgendjemand anderen lebenslang dafür hassen zu müssen.

»Fehler, Schatz«, meinte Tommy, »entstehen durch Überarbeitung.«

»An der du sicher nie zugrunde gehen wirst.«

Er zuckte zusammen unter ihren lieblos hingeworfenen Worten. Seine waren doch gut gemeint gewesen.

# ZWEITER TAG

Das Candic wurde schon am frühen Morgen belagert von jungen Männern, die sich als Trainingspartner und Wettkampffreiwillige andienen wollten. Sie skandierten vor dem Drahtzaun die Namen des von ihnen favorisierten Teams oder der Sportlerin, der ihre Träume galten. Manche machten mit Megaphonen auf sich aufmerksam. Hochnotgeile, ausgehungerte Testosteronjunkies. Es dauerte Stunden, bis die Sicherheitskräfte die letzten von ihnen gescannt und identifiziert hatten. Carolyn Holm griff zu einem Trick. Da man mit Megaphonen Menschen auf den Kopf schlagen und schwer verletzen kann, wurden die Dinger sämtlich beschlagnahmt, sowohl die aus Metall wie die aus Plastik. Das führte zu kurzen Wutausbrüchen der Besitzer, sprach sich aber schnell rum, und im Laufe des Tages kehrte ein wenig Ruhe ein.

Wir absolvierten an diesem Tag zwei Trainingseinheiten. Sie fanden im Kongreßsaal des Hotels statt, auf dünnen blauen Turnmatten, die der Veranstalter wohl aus umliegenden Schulen herangekarrt hatte. Dinge, die geheim bleiben sollten, wie zum Beispiel raffinierte neue Übergänge zwischen zwei Stellungen im Dircom, wurden auf den Zimmern trainiert. Früher hätten wir uns irgendwo in der Stadt ein großes Loft gemietet, jedes Team wäre für sich geblieben, aber diese Zeiten schienen für immer vorbei zu sein. Jetzt wirkte das Ganze ein wenig wie ein Konvent regionaler Turnsportschaften, die, um einander nicht auf die Füße zu treten, in Schichten trainieren mußten. Alles wäre okay gewesen, wenn Sichtblenden von der Decke herabgehangen hätten, einfache Stofftücher zum Beispiel. Ja, sieht dilettantisch aus, weiß ich selbst. Es hätte Lösungen gegeben, man hätte nur nachdenken müssen. Hatten die Dänen etwa geglaubt, nackte Menschen könnten nichts zu verbergen haben?

Auf dem Tisch lag ein Zettel, wie an jedem Morgen. Anhand dessen, wieviel dort gelistet war, konnte ich meine Popularität berechnen. Heute stand da:

*Anfrage Radio Stockholm*

*Anfrage Süddeutsche Zeitung*

*Anfrage New York Times*

*Anfrage Finnland-Fernsehen*

*Anfrage Fanclub Team Berlin aus Amsterdam – Wieso gibt es einen holländischen Fanclub von uns? Das wäre doch interessant!* Hatte Helen dazugeschrieben. Fand ich nicht. War mir egal.

Dauernd treffen Anfragen ein für Interviews. Ich mache so etwas nur sehr ungern, also selten, was dazu führt, daß man mir Geld dafür bietet. Aber ich habe schon Geld. Ich will nicht noch berühmter sein, als ich bin, meinen Ruhm kann ich nur verachten, er ist lächerlich. Ja, wenn ich ein neues chemisches Element entdeckt hätte oder das Heilmittel gegen Krebs, dann hätte ich Ruhm verdient, das wäre ein Ruhm, den ich mir ans Revers heften würde, in Form eines kleinen Ordens. Helen beschwor mich, wenigstens den lokalen Medien ein bißchen Futter zu geben. Also lenkte ich ein, und Dansk Radio2 bekam ein Interview, in dem noch Reste meines Unmuts schwammen.

Frage: »Leon, was wirst du als erstes tun, solltest du nächstes Jahr tatsächlich in den Ruhestand treten?«

Antwort: »Drogen nehmen. Alle, die mir jetzt verboten sind. Ich werde alles einwerfen, was irgendeine Wirkung erzielt.«

Frage: »Im Ernst?«

Antwort: »Ja. Neeein, natürlich ist das ein Scherz. Ihr Kinder da draußen: Drogen sind böse. Nehmt sie nicht. Oder erst wenn ihr alt seid, ganz kurz vor eurem Tod. Für ein lustiges Sterben.«

Frage: »Wie fühlt es sich an, in Sally Cellar einzudringen?«

Antwort: »Das ist mit Worten kaum wiederzugeben. Vielleicht wie heimkommen nach zehn Jahren russischer Kriegsgefangenschaft. Hätte mein Opa gesagt.«

Frage: »Welche Sportlerin aus einem anderen Team könnte dich reizen?«

Antwort: »Was für eine Frage! Jede. Das ist eine Weltmeisterschaft, jede Sportlerin auf einer Weltmeisterschaft ist top.«

Frage: »Hast du privat eine Freundin?«

Antwort: »Das ist privat, und geht Sie folglich nichts an.«

Frage: »Die Hütte in Norwegen war also kein Liebesnest?«

Anwort: »Was genau haben Sie an meinem letzten Satz nicht verstanden?«

Frage: » Hast du überhaupt noch Spaß an dem, womit du dein Geld verdienst?«

Antwort: »Ich habe Spaß am Geldverdienen. Es ist ein Riesenprivileg, es auf diese Weise verdienen zu dürfen.«

Frage: »Hast du je Angst vor Impotenz gehabt?«

Antwort: »Nein. An so etwas darf unsereins nicht einmal denken.«

Frage: »Was sagst du dazu, daß die Parallel-WM der Schwulen und Lesben abgesetzt wurde?«

Antwort: »Bedauerlich. Aber man muß feststellen: Das fehlende Publikumsinteresse hat mindestens genausoviel dazu beigetragen wie die politische Repression. Wenn die Schwulen sich mal überwinden könnten, die Lesben zu knallen – das wäre bestimmt ein Hingucker.«

Frage: »Wird Europa je wieder so liberal werden wie vor zwanzig Jahren?«

Antwort: »Wäre zu hoffen. Daran glauben kann ich im Moment gerade nicht.«

Frage: »Was hältst du von Timo Mertens?« (Anmerkung: dem Alphaplayer vom Team Amsterdam.)

Antwort: »Mertens ist der einzige mir bekannte Mann, der unter Penisneid leidet.« (Eine primitive Gemeinheit ohne Substanz, aber wir sind von den Sponsoren dazu angehalten, ab und an provokative Statements abzusondern, damit die Crowd was zu diskutieren hat. Und ich war einfach schlecht gelaunt.)

Frage: »Gibt es im Team Berlin auch mal was zu lachen?«

Antwort: »Nö. Nie. Wieso?«

Frage: »Hast du auch außerhalb der Wettkämpfe Sex?«

Antwort: »Sie meinen, mit Amateuren? Wozu? Es sei denn, man böte mir viel Geld.«

Frage: »Wieviel würde Sex mit dir denn kosten?«

Antwort: »Ficken Sie sich einfach selbst. Billiger bekommen Sie's nie.«

Frage: »Was war mit dem Wolf in Norwegen? Willst du endlich über dein Verschwinden reden?«

Antwort: »Reden wir lieber mal über Ihr Verschwinden. Von meiner Seite ist dazu eigentlich schon alles gesagt. Abmarsch!«

Helen war danach ziemlich stinkig mit mir. Attitüden seien – wohldosiert – okay, paßten zu meinem Image, aber Extravaganz wirke nur stilvoll, wenn man dabei die Contenance zu wahren verstehe. Pressevertreter zu beleidigen sei wie mit Pistolen auf Stechmücken schießen. Zu laut und sehr selten erfolgreich. Ich schrieb mir das gleich auf und lernte es auswendig.

Nachmittags klappte recht wenig, und Shasha schleuderte entnervt ihren Pferdeschwanz hin und her, wie jemand, der sich geißeln will. Bei den Übergängen waren wir mehrmals aneinander hängengeblieben, hatten das Gleichgewicht verloren und mußten uns kurz mit der Hand auf dem Boden aufstützen – im Wettkampf würde es Punktabzüge hageln. Ich war erst sicher, daß es an mir lag, aber wie sich hinterher herausstellte, war Shasha sicher, daß es an ihr lag. Na gut, von mir aus auch so. Sie entschuldigte sich, wirkte wütend auf sich selbst und meinte, sie habe sich nicht professionell verhalten. Ich wußte beim besten Willen nicht, was sie meinte, wartete auf eine Erklärung, doch es folgte keine. Shasha rannte aus dem Saal, und Julia trat an ihre Stelle.

Nach dem Training ließen wir uns von Jens massieren, gingen an den Pool, nahmen unsre Proteine und Vitamine, die Frauen legten Gesichtsmasken auf, die Männer tranken Selleriesaft mit Olivenöl und pinkfarbenem Himalajasalz. Ich hatte immer noch keine unverbrauchte Fantasie in petto, auf die ich im entscheidenden Moment vertrauen konnte. Aber angesichts dessen, daß Julia mich vorhin binnen 40 Sekunden entseminiert hatte, war das vielleicht nicht soo dringend wie befürchtet.

Zwischen 16 und 18 Uhr fand eine nicht öffentliche Sitzung des obersten Schiedsrichtergremiums statt, bei der interessante Anträge auf der Tagesordnung standen. Gegen 18:30 Uhr war die Eröffnungsrede des Präsidenten angesagt (Fernsehberichterstattung im Lokalsender). Danach (keine Berichterstattung) konnten alle Delegierten zu Wort kommen, die etwas auf dem Herzen hatten, es gab sowas wie ein *Open Mic*, mit einer Redezeitbegrenzung von zehn Minuten Maximum pro Zunge. Es wurde erwartet, daß Maxime de l'Abbas-Destouches seine Kampfkandidatur offiziell verkünden würde. Wir Sportler waren zur Teilnahme nicht vorgesehen, allenfalls unsere Teammanager durften Mäuschen spielen. Die Funktionäre bekamen auch ein gesondertes Bankett ab 21 Uhr, begründet wurde das mit dem angeblichen Platzmangel im Speisesaal.

Ich griff zum Kopfhörer und träufelte ein Bruckner-

Adagio auf mein entzündetes Gehirn. Jemand betatschte meinen Arm. Es war Marita, die mich bat, den gesamten Dircom-Parcours noch einmal durchzugehen, diesmal mit ihr.

»Warum?«

Sie müsse ja, lispelte sie (sie lispelt nicht wirklich), einspringen, falls Sally durch irgendwas verhindert oder gehandicapt sein würde.

»Es steht doch längst fest«, wandte ich ein. »Julia ist die Reserve für Sally.«

»Und wenn beide ausfallen?«

»Wann kommt das schon einmal vor?«

Aber Marita hatte völlig recht, es konnte einiges passieren, von der Magen-Darm-Infektion bis hin zu Vergiftungen oder Verstauchungen durch einen simplen Ausrutscher auf der Treppe. Oder jemandem fällt ein Klavier auf den Kopf. Na schön. Ich ging mit Marita die einzelnen Positionen durch. Sie agierte verkrampft, besonders bei den beiden Analpositionen, ich rutschte zweimal ab, es war so fürchterlich eng bei ihr.

»Du hast deine Dehnübungen nicht gemacht, oder?«

»Hab ich doch!« Marita klang ganz verzweifelt. Sie sei nun einmal so gebaut. Halte ich für Quatsch, mit Plug-ins und Gleitgel läßt sich vieles erreichen. (Frauen und anal, Thema für sich.) Für den Dircom kam Marita einfach nicht in Frage. Wir hätten keine Chance gehabt, unsre Haltungsnote wäre im Keller gelandet. Sie war die Richtige für das Speedkoitieren, wenn es darum ging, wie schnell drei Männer kommen konnten, die gleichzeitig an ihr rummachen durften, an jedem Loch einer. Ich wußte, wir würden diese Disziplin gewinnen, weil Marita so branchenunüblich eng war, daß dem Spog beim Entseminieren fast schon Gewalt angetan wurde. Und hier ist der richtige Moment gekommen, um von der neuesten IFCS-Gemeinheit zu sprechen. Sie bestand darin, daß die oben erwähnten drei Männer nicht wie früher junge Freiwillige aus dem Austragungsland sein durften, es mußten die eigenen Männer aus dem Team sein. Boah! Das ist ein Abschuß mehr pro Mann und Wettkampf. Und warum das? Weil wir ohne Kondom kämpften (mit Kondom zieht sich die Sache viel zu lang hin, außerdem sieht es scheiße aus). Es gibt also die theoretische Möglichkeit einer Schwängerung einer Sportlerin, und es gibt die theoretische Möglichkeit einer Geburt. Sehr theoretisch. Überaus theoretisch. Aber dieses unfaßbar unwahrscheinliche Kind hätte das Recht gehabt, den Namen seines Vaters zu erfahren. Das ging nicht, wenn es von jemandem stammte, der ein anonymer dänischer Freiwilliger war. Also mußten wir abgehechelten Jungs nun auf Tempo in eine unsrer Teamkameradinnen kommen, in eine für uns beinahe reizlose Frau, die wir in- und auswendig kannten. Wieviel innerbetrieblicher Sprengstoff war vorprogrammiert, denn es war nicht mal eine Streichwertung vorgesehen. Jegliches Versagen konnte fatal, weil irreparabel sein. Die gegenseitigen Schuldzuweisungen würden den Teamgeist wie Säure zerfressen. Neben allen anderen Aspekten wurden die männlichen Sportler nach und nach an den Rand ihrer physischen Möglichkeiten gebracht.

Beim Abendessen berichtete Helen von der eben

zu Ende gegangenen Sitzung. Das Schiedsrichtergremium habe sich von seiner Haltung nicht abbringen lassen, ungeachtet aller Proteste. Keine Showelemente, keine Dildos, keine freie Wahl der Auftrittsmusik, und politische Tattoos waren nun nicht mehr verpönt, sondern dezidiert untersagt. Gardiners Parteigänger hatten sich durchgesetzt. Verdammt. Ich konnte es nicht glauben, verlor jeden Appetit, ging ins Casino und verzockte fast zehntausend Dollar beim Blackjack. Wenn ich mich beschissen fühle, lege ich es gern darauf an, mich so richtig beschissen zu fühlen. Das ist grundbescheuert, zugegeben, aber danach kann es nur besser werden.

Im Fernseher lief Gardiners Rede. Da stand er, lächelnd, mit seinem schlaff herabhängenden Gesicht, dem silbergrauen Toupet und der marineblauen Fliege, die sein Markenzeichen war. Die Rede war so uninspiriert und öde, daß ich sie nur stark gekürzt wiedergebe, teils mit seinen, teils mit meinen Worten.

Für die diesjährigen Weltmeisterschaften einen Austragungsort innerhalb Europas zu finden sei nicht so ganz einfach (sei richtig fies schwer) gewesen. Weite Teile Süd- und Mitteleuropas seien, man müsse das in aller Deutlichkeit zugeben, für unsere Sache verlorengegangen. Eine Sache, die in keiner Weise pervers sei oder sich vor der Gesellschaft verstecken müsse, handele es sich doch um das Natürlichste überhaupt, den Vorgang, durch den wir alle erst in die Welt kommen, präsentiert von Profis, die das ganze Jahr über hart arbeiteten, um das, was sie tun, in ästhetisch höchst ansprechender Art und Weise darzubieten (bla, blabla, bla). Manche Kurzsichtige würden wie immer fragen: Warum man Sex unbedingt als Hochleistungssport betreiben müsse? Antwort: Niemand müsse das. Aber es gebe Menschen, die bei dieser oder jener Tätigkeit besonders gut seien. Diese besonders Guten möchten sich mit anderen besonders Guten messen. Das sei natürlich – und sehr viel gesünder als die Weltmeisterschaften im Wettwodkasaufen oder Pfannkuchenessen. (Wie ich diese Gesundheitsmasche satt habe! Sport ist nicht gesund. Punkt.)

»Als wir diese Spiele vor zehn Jahren zum ersten Mal ins Leben riefen, folgten unserer Einladung nur siebzehn Clubs weltweit. Heute sind es vierundvierzig. Und natürlich ist wieder kein Club aus einem muslimischen Land dabei, dafür aber, man höre und staune, ein Team aus Peking. Dänemark hat den Mut gehabt und die Spiele innerhalb kürzester Zeit organisiert. Dafür sind wir äußerst dankbar. Und wie man hört, sind beinahe alle Wettkämpfe ausverkauft. Die Schwulen- und Lesbenverbände, die sich von uns ausgegrenzt fühlen – völlig zu Unrecht, denn entschieden hat der Markt, also das Publikum –, wollen, wie ich eben höre, Parallelwettbewerbe in Malmö veranstalten, dafür soll es noch Karten auf allen Plätzen geben. Die Wettkämpfe werden, dank der neuen Sirius-Satelliten, weltweit im Netz zu sehen sein, auch in Ländern, deren Regierungen sich darüber ganz und gar nicht freuen dürften. Ich fordere die Sportler auf: Strengt euch an, macht die beste Werbung für unseren Sport, und respektiert die ethischen Regeln, die wir uns auferlegt haben.«

Er redete ziemlich lange über einige Disziplinen,

die aus dem Programm genommen wurden, nicht weil sie anstößig, sondern weil sie »pubertär« (er meinte das Weitspritzen) oder »für den Zuschauer langweilig« gewesen seien (Multimasticon und die längste durchgehaltene Erektion). Genauso hätte man einsehen müssen, daß der weibliche Orgasmus nun einmal immer noch nicht zweifelsfrei registriert bzw. nachgewiesen werden könne beziehungsweise der technische Aufwand hierfür den Rahmen des Wettbewerbs sprengen würde. In allen Disziplinen, bei denen die Häufigkeit des weiblichen Orgasmus eine Rolle spiele, sei zuletzt so massiver Unterschleif betrieben worden, daß man sie komplett habe streichen müssen. Die Spiele seien von diesem Jahr an deutlich weniger zeitaufwendig und deshalb auch weniger kostenintensiv. Alle eingesparten Gelder würden in die Sicherheit investiert. Er gab zu, daß einige Fans den früheren Volksfestcharakter vermissen würden. Diesen aufrechtzuerhalten sei aber aufgrund der weltpolitischen Lage schlicht unmöglich gewesen.

»Wir haben uns dem Druck der Straße nicht gebeugt. Wer so etwas behauptet, redet an der Realität vorbei. Wir *konnten* gar nicht mehr auf die Straße gehen. Die Realität hat die Entscheidung für uns getroffen.«

Am Ende seiner Rede brachte Gardiner die üblichen Formeln und Binsen, betete für den Weltfrieden und stieg von der Bühne. Es gab mauen Beifall, vereinzelte Protestpfiffe und Buhrufe, die im zugespielten Radetzkymarsch untergingen.

Nach den Statuten mußte nun Maxime auftreten,

denn die Verkündigung einer Kandidatur hatte Priorität gegenüber anderen Wortbeiträgen. Aber das Podium blieb für den Moment leer, und das Fernsehen schloß seine halbstündige Berichterstattung ab. Ich verließ das Casino und lief zum Kongreßsaal. Das waren keine zweihundert Meter. Die Ordner an der Tür wußten, wer ich war, und sie machten Gesten, die ich einfach ignorierte. Zusätzlich zischte ich (alter Trick, der immer funktioniert): »Dringende Nachricht für Gardiner!« Und schon waren sie verunsichert genug, ich huschte durch die Tür und stellte mich gegen die Wand. Drinnen bestieg Maxime eben das Podium – und er wirkte, wie soll ich sagen, geknickt, bestimmt nicht wie jemand, der Stärke demonstrieren will. Und wie fürchterlich er aussah! Mit einem pinkfarbenen Bimboludenanzug aus den Siebzigern, einer viel zu kurzen roten Krawatte, schwarzen Springerstiefeln und Pepitahütchen. Der Vollbart war nur tätowiert, sah auf die Entfernung aber echt aus. Aus seinem offenen Hosenschlitz ragte ein rotes Tuch, wie es andere in der Brusttasche tragen. Vielleicht sollte das ein neuer Modetrend werden. Seinem Gang nach war er angeschickert, aber das war er eigentlich immer. Der Neid fraß mich schier auf. Er umfaßte das Mikro mit beiden Händen und hauchte hinein. Einige Leute klatschten, andere warteten gespannt und sahen ihm zu, in einer Mischung aus Faszination und Ekel.

»Liebe Delegierte, liebe Funktionäre, seid gegrüßt, selbst wenn ich den Tod der meisten von euch noch viel herzlicher begrüßen würde. *(Vereinzeltes Gelächter.)* Ich komme sofort zur Sache. Richard Gardiner ist die Pest. Er in Person ist das Geschwür, das die inneren Organe unserer Sportart zerfrißt. Er ist das Gegenteil von all dem, was wir vor elf Jahren wollten, als wir antraten, um mit unserer Sportart nicht zuletzt auch ein Zeichen zu setzen gegen die Entwicklungen, die damals schon furchterregend genug waren. Gardiner sagt, wir hätten uns dem Druck der Straße *nicht* gebeugt, wir seien von vornherein im Haus geblieben und hätten die Jalousien runtergezogen, da hat er recht. Wir haben gekuscht. Jetzt präsentiert er euch China. Die Kassen stimmen wieder. Aber die Seele, Freunde, die Seele ist verloren. Wo stand vor elf Jahren geschrieben, daß CS-Sportler drogenfrei sein müssen? Wo stand geschrieben, daß der CS ein Sport für Heteros ist? Gardiner hat einen Kindergarten aus uns gemacht, und nach und nach wird aus dem Kindergarten ein Gefängnis werden.«

Bis hierher war ich völlig mit ihm einverstanden, aber er nahm die Idee von Egalité und Fraternité zu verbindlich, forderte Extraspiele für Behinderte; ich meine: Wie stellte er sich das praktisch vor? Die Blinden gegen die Einbeinigen? Klar, er war gegen Ausgrenzung jeder Art, er wollte selbst Tiere auf der Bühne – sofern das nicht gegen deren Willen geschah. Er wollte die alte kosmische Ekstase zurück, das große orgasmische Super-Om. Aber dafür gab es, wenigstens in einigen Ländern noch, die verschwitzten Swingerclubs mit ihren All-you-can-fuck-Orgien plus ein paar guten Drogen. Um das zu bekommen, brauchte man nun wirklich kein Sportalibi. Und dann kam der Hammer.

»Gardiner, euer Kindergärtner, will euch beschützen. Ja, vielleicht, aber ihr wißt genau, daß er euch wegsperrt. Ihr alle zeigt dem Terror eure Angst. Warum haltet ihr euch für so wichtig? Was ist denn so schlimm daran, wenn eine Bombe mal fünfzig von uns zerreißt? Oder auch hundert? Ein schneller Tod, darüber tanzen wir hinweg. Man muß Opfer bringen für die Freiheit. Im zweiten Weltkrieg sind jeden Tag 50 000 Menschen gestorben, im Kampf gegen die Nazis, im Kampf für die Freiheit der Welt. Und ihr regt euch auf, wenn es pro Jahr fünfzig von uns Insekten erwischt? Ihr könntet mutig sein und stolz, denn unversteckter Sex ist praktizierte Freiheit, und ich wäre gerne euer Präsident geworden auf diesem ekstatisch-heiligen Pfad. Ihr wißt alle, daß ich heute meine Kandidatur bekanntgeben wollte. Leider ist mir das nicht möglich. Meine Geldgeber haben mich im Stich gelassen, sozusagen. Ich habe in den letzten Tagen mit vielen von euch geredet und um Unterstützung gebeten. Es kam nicht genug, um mit dem ausreichenden Maß an Tapferkeit in einen für mich aussichtslosen Kampf zu gehen. Ich werde auf andere Art versuchen, der Freiheit von Nutzen und mir selbst die reinste Freude zu sein, ohne mich jemals verbogen zu haben. Chers amis, Mesdames et Monsieurs, adieu!« Er bohrte in der Nase, schnipste, was er dort fand, hinter sich und trat vom Podium herab.

Vereinzelte Klatscher, viel Gelächter, einige nachdenkliche, gar bedrückte Gesichter. Maxime stürmte mit einem irren, verzweifelten Gelächter aus dem Saal. Er hätte keine Chance gehabt, das stimmte schon. Als Franzose, ohne nationalen Verband, der hinter ihm stand, schon gleich gar nicht. Daß in diesem Jahr kein französisches Team antrat, wegen des Verbots aus Paris, war ein schwerer Schlag für das Prestige des IFCS.

Richard Gardiner hatte nun keine Konkurrenz mehr zu fürchten, denn es meldeten sich keine weiteren Kandidaten, aber er würde sich, schon weil das so Sitte war im IFCS, von den Delegierten im Amt bestätigen lassen, indirekt, durch eine Art »Entlastung«. Vielleicht läge der Prozentsatz der Zustimmung bei unter 50 %, so daß Gardiner *gezwungen sein würde, freiwillig zurückzutreten*, wenn ich das mal so um zwei Ecken ausdrücken darf. Aber danach sah es weiß Gott nicht aus. Dazu hätte schon etwas ganz Unerwartetes passieren müssen. Und das passierte auch. Diese Entlastung durch einfache Mehrheit fand nämlich nicht statt. Nach viel Geblubber einzelner Wichtigtuer wurde die Veranstaltung gegen 22:30 Uhr für beendet erklärt, ohne daß es zur Entlastung oder irgendeiner anderen Art von Delegiertenbefragung gekommen war. Was lautstarke Proteste hervorrief. Und was folgte darauf? Radetzkymarsch fortissimo und Abgang Gardiners.

Später hieß es, die Entlastung sei als Tagesordnungspunkt nicht vorgesehen gewesen, da man ja mit Maximes Kandidatur gerechnet habe. Selbstverständlich finde sie noch statt, und zwar am Tag nach der Siegerehrung. Soso.

Kurz vor Mitternacht sah ich Maxime de l'Abbas-Destouches in der Lobby stehen. Er hatte eine halbhübsche Begleiterin im Arm, rauchte, verbotenerweise, in der Nichtraucherzone eine dünne lange

Mädchenzigarette und wirkte seltsam gelöst und fröhlich. Meine Neugier war zu groß, ich ging zu ihm hin und fragte, sehr direkt, weswegen genau er kapituliert habe. Er kreischte, fiel vor mir auf die Knie und behauptete, mein allergrößter Fan zu sein. Wir könnten jetzt sofort für einen Dreier auf sein Zimmer gehen. Er fand es nicht mal nötig, das Plazet seiner Trulla einzuholen. Ich lehnte höflich ab und wiederholte die Frage. Er schnaufte, ließ schamanischen Singsang ab, hob mehrmals die Schultern.

»Nun, Leon, ich hätte null Aussicht auf Erfolg gehabt. Um noch ehrlicher zu sein, glaub ich nicht mehr an die Zukunft dieses Sports. Nicht in dieser Form, nicht unter diesen Umständen. Wir werden bald in den Untergrund gehen. Gehen müssen. Und dann – ja, dann stehe ich gerne für ein Amt zur Verfügung. Ich werde kein korrupter, schmerbäuchiger Funktionär werden, eher ein Zeremonienmeister der alten Sorte, wie früher, in den Clubs. Sex wird wieder Sex sein. Verrucht und aufregend. Ach, Leon, ich bewundere deine Kunst so sehr. Nadja macht zungenanal wie sonst niemand westlich Griechenlands. Überleg es dir, bitte! Coco gäb's auch, Eins-a-Stoff, so rein, da steht auf den bloßen Konsum Gefängnis drauf!«

Ich seufzte schwuchtelig, verwies auf die strengen Drogentests und sagte, daß ich sein Angebot ansonsten natürlich sehr gern akzeptiert hätte. Er seufzte schwuchtelig zurück und leckte seiner Nadja übers Dekolleté. Widerlich. Nein, er war nicht der glorreiche Underdog, den man ins Rennen schicken konnte, und sei es auch nur aus Prinzip. Er stellte all jenes dar, was unser Sport einst mühsam hatte überwinden müssen, um anerkannt und lukrativ zu werden. Maxime war kein Gegengift, er war nur ein anderes Gift. Im Grunde habe ich Typen wie ihn nie ausstehen können. Warum? Nun, ich finde, egal, was man macht und tut, wichtig ist ein Mindestmaß an Ernst dabei. Ohne den nötigen Ernst ist alles nur absurd und sehr bald stinkfade. So wie ein Fußballspiel ohne Regelwerk. Ich ließ ihn stehen und ging zum Lift.

Später am Abend, schon nach halb eins, klopfte jemand an die Tür meines Zimmers, es war Shasha, sie müsse etwas Privates mit mir besprechen. Das war äußerst ungewöhnlich, ich meine, es war ja nicht so, daß wir am Tag überhaupt keine Möglichkeit gehabt hätten, uns unbeobachtet ein paar Minuten zu unterhalten. Na gut, dachte ich, sie wird schon wissen, warum das nötig ist.

»Setz dich, Leon. Trinken wir einen zusammen?«

»Alkohol?«

»Warum nicht? Angst vor Helen?«

»Ein Bier, denk ich, wäre okay.« Shasha holte zwei Heineken aus der Minibar. Wir stießen an. Mir war ganz mulmig zumute, ich hatte keine Ahnung, was kommen würde. Sie entnahm ihrem Rucksack einen kleinen Ringordner, kaum größer als ein Taschenbuch. Der Ordner enthielt Ausdrucke etlicher E-Mails, sie gab mir das oberste Blatt.

»Lies! Aber leise. Falls das Zimmer verwanzt ist.«

Das Zimmer verwanzt? So paranoid kannte ich Shasha bisher nicht. Ich las.

Liebe Sally Cellar,
ich verehre Sie seit Jahren, und wenn Sie nun denken, ich sei einer der vielen Wichser weltweit, die auf Ihr Foto onanieren, blablabla blabla bla. Rhabarber, Rhabarber etcetera.
Über eine Antwort würde ich mich riesig freuen.
Mit herzlichem Gruß, Noël Anderssen, Kopenhagen

Eine Fanmail wie Tausende, die täglich eintreffen. Die wir nicht beantworten können, die wir auch nicht beantworten dürfen. Die wir normalerweise gar nicht zu sehen bekommen. Keine Kommunikation mit Fans. Das erledigt Helen mit Hilfe von ein paar Studenten. Zuschriften von Normalos werden in der Regel ohne Replik gelöscht. Krüppel oder Todkranke hingegen erhalten aus Publicitygründen ein Originalautogramm mit einem standardisierten Begleitschreiben.

»Und? Was ist damit?«

Sally nahm mir das Blatt aus der Hand.

»Die Mail kam vor etwa fünf Wochen. Achte auf den Briefkopf: Sie war an meine private, geheime Mailadresse gerichtet. Aber gut, es war ein sehr höflicher Text, also habe ich höflich geantwortet.«

»Du hast *was?*«

»Ich habe Mitgefühl mit Rollstuhlfahrern. Ich konnte mit ein paar wenigen Worten diesen armen Menschen glücklich machen. Warum hätte ich das nicht tun sollen, Leon, warum?«

»Neinnein, so war das nicht gemeint, bitte – mach, was du willst.«

»Noël hat dann noch mal geschrieben, sehr lang

und sehr nett, und wieder habe ich geantwortet. Es hat mir einfach gutgetan. Und als klar war, daß die Spiele in Kopenhagen stattfinden, seiner Heimatstadt ... «

Sie ließ den Satz mit voller Absicht unvollendet und nahm einen tiefen Schluck.

»Sag bloß, du willst ihn treffen?«

»Genau.«

»Was geht mich das an?«

»Du mußt mich decken.«

»Ich muß WAS?«

»Bist du schwerhörig?«

»Nein, aber ... Wie stellst du dir das vor?«

»Ich werde morgen das Hotel für eine halbe Stunde verlassen, über die Tiefgarage. Ich möchte, daß du dich während dieser Zeit intensiv mit Helen unterhältst, über ein Problem, das dich plagt.«

»Was für ein Problem denn?«

»Weiß ich doch nicht, was du für Probleme hast. Denk dir eins aus!«

»Das ist ganz schön viel verlangt.«

»Ich kann dir einen blasen dafür.«

»Sehr witzich.«

»Tu das bitte für mich, und du hast einen dicken Stein in meinem Brett.«

»Wann trefft ihr euch denn?«

»Sag ich dir morgen. Noël weiß noch nichts von seinem Glück. Ich hab es vorhin erst beschlossen und werd ihm jetzt gleich noch schreiben. Er ist praktisch Tag und Nacht online.«

»Wie sieht er denn aus?«

»Keine Ahnung.«

»Wie? Er hat dir nie ein Foto geschickt?«

»Nein, er hält sich für unansehnlich oder häßlich. Ich rechne mal mit dem Elefantenmenschen. Alles, was weniger schlimm ist, ist gut.«

Was für eine dubiose Angelegenheit! Warum wurde Shasha so gar nicht mißtrauisch? Ich dachte etwas nach, vielmehr ich tat pro forma so, als würde ich nachdenken. Shasha sollte nicht glauben, mir würde die Entscheidung ganz leichtfallen. Natürlich hätte ich für sie fast alles getan.

»Gut, ich laß mir was einfallen.«

Shasha nickte, lächelte und gab mir einen Kuß auf die Wange. Dann schob sie mich sanft von sich, so wie jemanden, mit dem man heute lieber noch keinen intimen Umgang haben will. Sehr lustich. Aber ich war erregt wie seit Jahren nicht mehr. Eigentlich hätte ich Shasha dringend abraten müssen. Wie konnte sie wissen, was dahintersteckte? Etwas Raffiniertes vielleicht, über Monate hinweg Geplantes. Ich sagte ihr, sie solle bloß aufpassen, an keinen CC zu geraten. CC steht für Creepy Creatures und meint die Fans, mit denen man echt nicht befreundet sein will. Menschen, die entweder böse sind oder verrückt oder beides, in jedem Fall lästig. Meistens Männer, die auch gerne LS-Sportler wären, aber 30 Kilo Übergewicht haben und einen Spog in USB-Stick-Größe. Sie wollen auf irgendeine Weise dabei sein und nerven mit Briefen und Mails, oder sie tauchen beim Training auf und verwickeln dich in ein Gespräch und geben dir Ratschläge und werden unangenehm und manchmal pampig und sogar gewalttätig.

Dieser Noël, der angebliche Rollstuhlfahrer, konnte

irgendwer sein, konnte Gefährliches vorhaben. Shasha handelte unvernünftig, geradezu fahrlässig. Dennoch dachte ich mir ein passendes Problem aus, mit dem ich Helen morgen ablenken würde.

Erst in diesem Moment wurde mir bewußt, in welchem Ausmaß ich für Shasha verfügbar (in other words: ihr verfallen) war.

S-KK@gmx.de an NoelA@gmail.com
5. Mai 2028 23:34

Lieber Noël, morgen mittag habe ich ein freies Zeitfenster von ca. einer halben Stunde. Ich würde dich gerne treffen. Das ist beileibe nicht einfach, aber machbar. Kannst du gegen 12:30 Uhr in die Nähe der Tiefgarage des Candic kommen? Ich werde dort, jenseits der Kontrollstelle, auf dich warten. Wenn du nicht kommst, wäre ich enttäuscht. Ja, das ist aufdringlich, ist ein Überfall. Ich möchte dein Gesicht sehen, deine Stimme hören. Egal, wie du aussiehst und klingst. Vielleicht erzähle ich dir sogar, ob ich hin und wieder unsportlichen Sex habe.
Herzlich, deine Sally

NoelA@gmail.com an S-KK@gmx.de
5. Mai 2028 23:58

Liebste Sally, ich überlegs mir. Das wird mir heute nacht den Schlaf rauben, so viel ist sicher. Was versprichst du dir nur davon? Selbstverständlich ist die Versuchung groß, auch wenn ich denke, daß wir einander keinen Gefallen tun mit dieser Begegnung. Aber geschmeichelt und beschenkt fühle ich mich durchaus. Das sollst du wissen. Vielleicht bis morgen. Wenn ich nicht erscheinen sollte, dann respektiere bitte meine Gründe. So, jetzt denke ich nach. Schlaf du, bevor ich mir noch Vorwürfe machen muß, deinen sportlichen Erfolg zu gefährden. In Verehrung, Noël

...

»Was macht die Arbeit, Schatz?« Tommy hätte sich nicht vorstellen können, daß dieser Satz, der doch ganz glaubhaft Interesse und Einfühlsamkeit heuchelte, fragwürdig formuliert sein könnte.

»Die Arbeit macht leider gar nichts. Ich mache die Arbeit. Und ich schaffe sie kaum. Immerhin blieb es heute ruhig. Neulich wäre beinahe auf drei Teenager geschossen worden, weil sie Silvesterböller gezündet haben. Sag mal: Hatten wir uns nicht geeinigt, daß du eine Zeitlang für das Abendessen sorgst?«

Tommy zuckte zusammen. Er hatte es schlicht vergessen, hatte den halben Tag am Smartphone Scrabbleturniere bestritten. Kein Problem, dachte er. Wozu gab es den Lieferservice?

»Pizza oder Sushi? Oder was vom Inder?«

»Ich gehe gleich ins Bett, bin hundemüde.« Caro ließ ihre Klamotten auf den Boden fallen und warf die Schlafzimmertür hinter sich zu. Das war ihre Art, gegen seine Nachlässigkeit zu protestieren. Sollte er deswegen ebenfalls aufs Abendessen verzichten? Bis auf Toastbrot, Essig und zwei Sorten Senf war fast nichts im Haus. Als Arbeitsloser, der er war, gestand Tommy sich ungern ein, daß Caros Job, der ihn mitversorgte, der alles hier am Laufen hielt, ihm schwer auf die Nerven zu gehen begann. Sie mußten sich aussprechen. Aber was sollte er sagen? Er hatte *versagt*, da gab es nichts schönzureden. Caro wurde immer dünner. Und dünnhäutiger sowieso.

Tommy war ein nur mittelmäßig begabter Archäologe gewesen, und vor etwa zehn Jahren, als mehr als die Hälfte der interessanten Grabungsgebiete in Afrika und im Nahen Osten für europäische Archäologenteams zu gefährlich wurde, verlor über die Hälfte der Zunft ihren Arbeitsplatz. Deswegen konnte Caro ihm keine gerechtfertigten Vorwürfe machen. Er hatte Pech gehabt, das war alles. Sollte er jetzt in einem Kiosk anfangen oder, mit bald 50 Jahren, als Zeitungsausträger? Das konnte ihm niemand zumuten. Als erfolgloser Mann einer erfolgreichen Frau fühlte er sich, statt jeden Tag auf Knien zu danken, daß seine Versorgung gesichert war, vom Leben doppelt betrogen. Er wußte selbst, daß das keine gute, geschweige denn gesunde Haltung war, aber was sollte er dagegen machen? Und Caro hatte sich ja auch verändert. Nicht zum Allerbesten, das ließ sich schon so sagen.

Früher zum Beispiel wäre sie nach zehn Minuten noch mal ins Wohnzimmer gekommen, hätte ein Seinwirwiedergut gebrummelt, und sie hätten gekost und einander gesagt, wie sehr sie einander liebten. Inzwischen fanden beide das schmalzig.

Morgen früh würde er als erstes einkaufen gehen. Und abends für seine Frau kochen, selbst wenn er das selten gut hinbekam. Er legte sich auf die Couch und verbrachte die Nacht dort, nur in eine Decke gehüllt.

Caro mußte ihren Schlaf haben, er wollte nicht riskieren, sie noch mal aufzuwecken. Vorher aber schaltete er, weil es sonst nichts Konstruktives zu tun gab, den Fernseher ein, machte noch eine Flasche Wein auf und spielte weitere Runden im Online-Scrabbleturnier. Bald würde diese verfluchte Fickweltmeisterschaft vorbei sein. Doch wenn Caro *nicht* versagte, wenn sie die ihr gestellte Aufgabe bravourös bestand – und es war ihr von Herzen zu wünschen (oder etwa nicht?) –, würde man ihr dann nicht neue Aufgaben, vielleicht noch größeren Kalibers, zuschanzen? Brauchte sie diese Karriere? Wozu genau? Die Holms mußten keinen Nachwuchs durchfüttern, sie kamen mit Caros Gehalt prima aus. Tommy begann, seiner Frau Vorwürfe zu machen, wenn auch nur in einem abgelegenen Teil seines Hinterkopfes, wo Gedanken noch nicht mehr sind als ganz vage, unausformulierte Gefühle.

# DRITTER TAG

Am nächsten Morgen klappte ich das Handy auf und las eine SMS von Shasha: *Hallo Leon, bitte trage dein »Problem« Helen heute um 12:30 vor, zieh sie für eine halbe Stunde aus dem Verkehr. Thx so much, Sally*

Wir trainierten von 10:30 bis 11:45, danach hatten wir Freizeit bis zum frühen Nachmittag.

Um zwanzig nach zwölf bat ich Helen um ein Vieraugengespräch, das sie mir auch sofort gewährte, da ich ein sehr besorgtes Gesicht machte. Es war in der Folge gar nicht leicht, das Gespräch auf eine halbe Stunde auszudehnen, denn Helen lehnte meinen Vorschlag, *sie* solle doch als Kandidatin gegen Gardiner antreten, strikt ab. Erstens könne das nicht mehr termingerecht erfolgen, zweitens sei Politik noch nie ihre Sache gewesen, und drittens sei sie die Mutter des Teams Berlin und an nichts anderem interessiert. Ich hielt ihr erstens entgegen: Ja, formell habe sie recht, aber in den Statuten stehe auch, besondere Umstände würden Ausnahmen jeder Art zulassen, wenn dadurch verhindert wird, daß unser Sport Schaden nimmt. Das, meinte sie, müßten schon sehr besondere Umstände sein. Zweitens sagte ich: Politik sollen andere machen, es gehe nur darum, Gardiner zu stürzen und eine neue Richtung vorzugeben. Danach könne sie die Macht an kompetente Leute ihres Vertrauens delegieren und – damit sei auch drittens entkräftet – zurückkehren zu ihrem geliebten Team Berlin. Dies alles fand sie nun doch ein wenig bemerkenswert, auch nicht mehr völlig abwegig, und sie fühlte sich geschmeichelt. Frauen, die sich geschmeichelt fühlen, haben es mit dem nächsten Termin nicht mehr so furchtbar eilig. Ich sah auf die Uhr, als Helen sich vom Tisch erhob. 13:02 Uhr. Mission erfüllt.

Shasha stand schon wieder in der Hotellobby und wirkte unzufrieden.

»Wie war's?« fragte ich. »Lief alles glatt?«

»Er ist nicht gekommen. Ich meine, er war nicht da. Nicht anwesend.«

»Zu schüchtern vielleicht.«

»Noël ist ein überaus höflicher Mensch. Er würde nie ohne triftigen Grund meine Zeit verschwenden.«

»Hast du den Typen mal gefragt, woher er deine private Mailadresse hatte?«

»Bist du ängstlich? Oder eifersüchtig?« Shasha grinste, und ich schüttelte genervt tuend den Kopf.

Dann fragte sie mich, ob alle Rollstuhlfahrer inkontinent seien und Windeln tragen müßten. Woher zum Teufel sollte ich das wissen? Warum das wichtig sei? Sie erzählte mehr von Noël und was er ihr so alles geschrieben hatte. Sie wußte nicht einmal, wo er wohnte. Es fiel ihr schwer zu begreifen, wie jemand die Gelegenheit für ein Treffen mit ihr auslassen konnte. Ich entgegnete, daß ich den Kerl schon verstehen könne, es sei relativ nachvollziehbar, wenn er Angst habe, einen ihm heiligen Briefverkehr mit grotesken Bildern aus der Realität zu durchmischen. Auf dem Papier bzw. dem Bildschirm herrsche sozusagen Waffengleichheit, die Bühne ist weiß und rein, nur Worte und Gedanken träten auf. Face to face dagegen käme das unter zwei Menschen wohl krassest denkbare optische Ungleichgewicht zum Tragen. Sowie der von ihr erwähnte olfaktorische Faktor. Den Gestank von urindurchweichtem Rollstuhlleder könne man nicht eben mal so leicht hinwegparfümieren.

Shasha hörte mir zu, und ich hatte das Gefühl, sie hörte mir zu wie nie zuvor. Als würde sie jeden Satz in ihrem Kopf prüfend hin und her schwenken wie ein Genußtrinker ein Glas kostbaren Cognacs. Ich wünschte, sie würde gleich etwas murmeln wie: Ja, Leon, du hast recht, du bist einfühlsam und gibst mir guten Rat. Statt dessen meinte sie, mit etwas jugendlichem Trotz in der Stimme:

»Wir bekommen doch sicher seine Adresse raus.«

»Wieso: *wir*?«

In diesem Moment kam Helen um die Ecke, griff Shasha am Arm und schleifte sie in Richtung Lift. Es war wirklich so, als ob sie sie gewaltsam entführen wollte. Ich konnte mir denken, was passiert war, und eine Stunde später, unten am Pool, bestätigte Shasha mir meine Ahnung. Wir sprangen, wie auf eine geheime Vereinbarung hin, gleichzeitig ins Wasser und schwammen eine Bahn, dann erst fragte ich, aber so, als stünde kein gieriges Interesse dahinter:

»Was war los?«

»Ist doch egal.«

»Red!«

»Also schön, ich hab einen der Kontrollposten nett

gebeten, mich durchzulassen, ohne Registrierung. Er sagte, okay, dieses eine Mal, weil Sie es sind. Der schien gutmütig zu sein. Und hat sich nur wichtig gemacht. Ich wußte nicht, daß die Überwachungskameras automatisch jeden Aus- und Eingang dem Sicherheitschef melden. Und natürlich hat Helen darum gebeten, informiert zu werden, falls einer vom Team den Hotelbereich ohne vorherige Ankündigung verläßt.«

»Vielleicht wußte der Posten das genausowenig wie du. Und? Was mußt du löhnen?«

»Zehn Mille in die Sportschaftskasse.«

»Wenigstens unterstützt du eine gute Sache damit.«

Team Berlin ist nämlich vieles, aber nicht geizig. Was sich am Jahresende in der Sportschaftskasse gesammelt hat, geht an die Manustenzhilfe e.V. Das sind Leute, die, meist ehrenamtlich, per Handarbeit (»manuelle Assistenz«) Schwerstbehinderten helfen, zum Orgasmus zu kommen. Aber es sind nie genug und viel weniger Frauen als Männer, und die wenigen Frauen sind meistens nicht sehr hübsch, denn leider sind sich die meisten hübschen Frauen zu fein dazu, also muß man zusätzliche Kräfte anwerben und ihnen etwas bezahlen, damit sie bei den Hilfebedürftigen Hand anlegen und Gutes tun.

Eines der gravierendsten Probleme der Menschheit wurde meiner Ansicht nach nie genügend thematisiert. Es besteht darin, daß manche Frauen aufgrund ihrer Schönheit so vieles erreichen können, was unschönen Frauen immer verwehrt bleiben wird. Diese glücklichen Frauen würden in den allermeisten Fällen einen Teufel tun, ihren naturgegebenen Vorteil auf sich beruhen zu lassen. Sie bestehen auf ihrem Reiz und nutzen ihn auch – und machen ihre Körper dadurch zu einem Zahlungsmittel, zu einem teuren Sexsubjekt, das sich gegen Bezahlung in ein Sexobjekt verwandelt. Worauf Frauen natürlich nicht gern reduziert werden wollen. Die Ungerechtigkeit und Bigotterie, die aus alledem entsteht, schreit zum Himmel. Potenziert wird das Unheil mit der peinlichen Willfährigkeit schwanzgesteuerter, charakterschwacher Männer, die praktisch hilflos reagieren, wenn ihnen Schönheit begegnet.

Frauen wie Shasha können zum Beispiel jemanden wie mich darum bitten, die Adresse von Noël Anderssen herauszubekommen. Ich hätte doch ganz einfach achselzuckend nein sagen können. Hätte ihr ins Gesicht sagen müssen, daß sie sich in eine fixe Idee verrennt, daß wir beide nebenbei noch was anderes zu tun haben, nämlich eine Weltmeisterschaft gewinnen, statt nach der Höhle eines Müffelkrüppels zu fahnden. Aber was gab ich Shasha zur Antwort? *Okay, ich versuch's.* Wie irgendein geiler Trottel geantwortet hätte, der davon träumte, eines Tages als Belohnung für geleistete Dienste etwas von sich in etwas von ihr stecken zu dürfen. Manchmal bin ich mir ein Rätsel. Wahrscheinlich ist die Liebe so.

Noël Anderssen stand nicht im Telefonbuch, und das Einwohnermeldeamt gab keine Auskunft. Aber ein Rollstuhlfahrer würde bestimmt im Webkatalog irgendeines staatlichen Fürsorgeprogramms zu finden sein, in Dänemark gibt es das noch. Solche Seiten sind im Normalfall kaum geschützt und selbst für begabte Kinder zu hacken, dafür hätte ich nur Tobias anrufen müssen, meinen Computerbuddy in Berlin. Aber es stellte sich dann als nicht mehr nötig heraus. Noël hatte nämlich, wie Shasha mir beim Abendessen mitteilte, buchstäblich das Weite gesucht.

S-KK@gmx.de an NoelA@gmail.com
6. Mai 2028 20:02

Lieber Noël,
wo bist du gewesen? Ich hatte mich wirklich gefreut, dich einmal leibhaftig vor mir zu sehen, und bin fest davon ausgegangen, daß du kommst, weil du sonst abgesagt hättest. Es war nicht einfach, mich inoffiziell aus dem Hotel zu stehlen, und dann läßt du mich im Stich, und bis jetzt habe ich keine Nachricht von dir. Ich hoffe, du liegst im Koma, bist wenigstens schwerverletzt oder hast gar noch eine bessere Ausrede parat. Guten Abend!

NoelA@gmail.com an S-KK@gmx.de
6. Mai 2028 22:15

Liebe Sally,
es gibt keine originelle Ausrede. Ich war nur zwei Straßen von unserem Treffpunkt entfernt und habe mir unsere Begegnung auf hunderterlei Arten vorgestellt. Wir hätten uns wohl die Hand gegeben oder du mir einen gutgemeinten Kuß auf die Stirn – und schon dies wäre zuviel gewesen. Wir wären danach wieder in unsere diversen Welten zurückgekehrt, ich hätte meine Stirn ein paar Wochen lang nicht gewaschen – und plötzlich stellte sich mir die Frage: Was soll das? Sind

wir Kinder? Da ich aber hin- und hergerissen war, bis zuletzt, habe ich nun beschlossen, für die Dauer der Weltmeisterschaft die Stadt zu verlassen, um nicht erneut in Versuchung zu kommen. Ein paar Tage an der Atlantikküste werden mir guttun. Mach deinen Kopf bitte frei für die anstehenden Wettkämpfe.
Ich hoffe, du wirst mich verstehen und mir vergeben.
Dein dich anbetender
Noël

Shasha gab mir die Zeilen auf ihrem Tablet zu lesen, und ich mußte schmunzeln. Ich war diesem überskrupulösen Weichei auf gewisse Weise dankbar. Dank ihm kam ich mit Shasha ins Gespräch wie selten zuvor. Sie hätte sich ja auch sonstwem offenbaren können. Die Sache bewies mir, daß Shasha mich nicht komplett unsympathisch fand. Woran ich mit gutem Grund gezweifelt hatte. Frauen stehen ja oft, viel öfter als Männer, im physischen Konflikt mit sich selbst. Plastischer ausgedrückt: Shasha, die beinahe täglich von mir penetriert wird, ohne mich zu lieben – kann sie mich abseits jeder sportlichen Pragmatik anders denken als einen – wenn auch geduldeten – Körperparasiten? Irgendwelche Krankemanzen hätten mich vielleicht sogar einen Vergewaltiger genannt. Frauen haben zu ihrer Prispog ein ähnlich bedeutungsbleischweres Verhältnis wie Männer zu ihrem. Nichts auf der Welt schwankt so heftig hin und her zwischen Waffe und Wunde.

Im Grunde lassen sich fast alle Frauen für ihre Spogs bezahlen. Die meisten liefern aber nur unprofessionelle Arbeit ab, und es ist logisch, daß sie dafür nicht viel Gegenleistung bekommen. Andererseits gibt es auch solche, die hoffnungslos überbezahlt werden, weil sie das Glück hatten, an einen reichen Idioten zu geraten.

Es sind doch die Frauen selbst, die sich zu Sexobjekten reduzieren, indem sie ein Riesentrara darum machen, wenn Männer (vor allem minderwertige Männer) es wagen, ihnen mal an den Hintern zu fassen. Was wirklich nicht zu den großen Katastrophen im Leben zählt, egal, was die Weiberlobby an Traumata herbeibehauptet.

...

Carolyn Holm war die Einsatzpläne wieder und wieder mit ihren engeren Mitarbeitern durchgegangen, bis wirklich jede Kraft, die sie hatten, genau dort plaziert war, wo sie optimal von Nutzen und Wirkung sein würde. Alle Notfallszenarien waren durchgespielt, selbst ein Angriff per Helikopter oder mit Panzerfäusten. Für den Fall, daß der Zaun unter dem Druck der Demonstranten nicht hielt, konnte das Militär in Kompaniestärke in zehn Minuten zu Hilfe eilen. Scharf geschossen werden durfte nur, wenn Gefahr für Leib und Leben drohte. Der Schutz der Sportler hatte oberste Priorität. Bei einer kurzen Einsatzbesprechung sollten nun die Erfahrungen der ersten Tage reflektiert und mögliche Verbesserungen vorgeschlagen werden. Aber es kamen keine Vorschläge, alles schien perfekt. Hannes Madsen, ein erfahrener Beamter mit Nietzsche-Schnauzbart und so etwas wie Holms ungeliebte rechte Hand, sagte dann doch noch was.

»Wir hätten den Zaun unter Strom setzen können.«

»Wurde im Vorfeld überlegt – und nicht genehmigt. Würde zuviel kosten und wäre ethisch fragwürdig.«

»Kann doch nicht mehr kosten, als es uns Geld beim Personal gespart hätte.«

»Rechnen Sie das dem Minister vor, Hannes, nicht mir.«

Carolyn Holm reagierte leicht gereizt auf die Klugscheißereien ihres Einsatzleiters. Als ob man die Elektrifizierung des Zauns nicht von Anfang an und wochenlang hin und her kalkuliert hätte.

Das Budget war voll ausgereizt worden, aber dafür konnte man jetzt ein wenig entspannter sein. Praktisch jedes Lokal im Umkreis von fünf Kilometern wurde von Videokameras überwacht, auch alle Straßen und Parkplätze. Mikrofone waren hingegen nicht genehmigt worden.

Hannes Madsen kam näher. Anscheinend sollten nicht alle im Raum hören, was er zu sagen hatte.

»Sally Cellar vom Team Berlin hat zu Mittag einen Ausflug gemacht.«

»Und? Sie ist erwachsen. Was kam dabei raus?«

»Nichts. Sie hat zwei Straßen weiter auf jemanden gewartet, zwanzig Minuten lang, dann gab sie auf und ging zurück.«

»Wie? Zu Fuß? Allein? Sally Cellar?«

»Ganz genau.«

»Na schön. Geht uns eigentlich nichts an. Kann man ihr nicht verbieten. Ist ja auch nichts passiert.«

»Wir mußten es allerdings melden.«

»Wem?«

»Na, dir, Caro, sowieso. Und dann noch Helen Gartemann.«

»Wer ist das gleich noch mal?«

»Die Teammanagerin von Berlin. Sie hat einen Deal mit uns vereinbart.«

»Von dem ich nichts weiß?«

»Deshalb sag ich's dir ja jetzt. Sie will informiert werden, wenn jemand aus ihrer Sportschaft das Gebäude verläßt.«

»So weit kommt's gerade noch! Nein, nein, Hannes, eine Infopflicht gibt es künftig nur noch mir gegenüber, ist das klar? Diese Helen kann mich mal!«

»Hab's gespeichert.«

...

Früh am Abend fuhr ich in den zehnten Stock, auf mein Zimmer, denn am nächsten Morgen begannen die Wettkämpfe. Das letzte Training war ziemlich befriedigend verlaufen, wir waren alle in Form, und das Los hatte uns Uthalt Reykjavík beschert. Kein großes Ding. Ein Pflichttermin.

Es klopfte an die Tür. Ein Zimmermädchen wollte die Überdecke von meinem Bett abziehen. Inzwischen darf man ja wieder Zimmermädchen sagen, und ich hab bereits vergessen, wie das zwischendurch mal geheißen hat. Raumpflegerin? Nee, das war der Euphemismus für Putze. Ich komm grad nicht drauf, egal, das Zimmermädchen trug einen olivgrünen Anzug, weiße Strümpfe und ein rotes Halstuch – beinahe pfadfinderhaft, aber irgendwie ... putzig. Sie zog ein paar Autogrammkarten aus ihrer Schürze und stellte sich in nahezu akzentfreiem Deutsch als *Grit* vor. Von wegen Zimmermädchen. Grit nannte sich »Flurbeauftragte vom Personal Service Management« und war speziell zur Betreuung einiger deutschsprachiger Sportler im zehnten Stock eingeteilt. Ein großer Fan, wie sie mir sogleich mitteilte. Auf ungewöhnlich zielstrebige Art.

»Sollte ich Ihnen in irgendeiner Weise von Nutzen sein können, wäre mir das eine Ehre, auch wenn ich Ihnen sicher nicht auf die Nerven gehen will. Nur falls Sie sich fragen, ob und wie entgegenkommend ich wäre. Verzeihen Sie meine Direktheit, aber die Situation erfordert eine beschleunigte Aussprache. Sie empfinden das hoffentlich nicht als respektlos.«

Ich mußte grinsen. Grit machte große Augen, voller Unsicherheit und Erwartung. Sie sah, alles in allem, lecker aus, ein wenig ehrgeizlos im Wuchs, aber das hat mich noch nie gestört. Ihr Mund war breit und sinnlich, dabei schmallippig. Nichts auf der Welt finde ich schlimmer als aufgespritzte Lippen. Nicht einmal Pest und Cholera? Nein, was sollte man denn gegen Pest und Cholera haben? Alles, was die Zahl der Menschen auf Erden reduziert, ist toll und begrüßenswert. Aber bleiben wir für den Moment bei Grit und ihrer Nase, das war so eine frech hervorschießende Spitznase mit Nasenlöchern wie ganz schmale Nullen. Das arme Mädchen. Ich ließ sie warten. Ihr ganzer Körper zitterte vor Nervosität, man merkte, daß sie sich den Text ihrer Ansprache lang überlegt hatte, so vorbereitet und aufgesagt wirkte er. Sollte ich höflich oder deutlich sein?

»Liebe Grit, ich weiß Ihre Offenheit durchaus zu schätzen, sie ist mir sympathisch und willkommen. Dennoch wäre mir – wenigstens für den Moment – wohler, würden Sie einfach nur Ihren Job ausüben. Seien Sie bitte nicht beleidigt, weil ich von Ihrem Angebot nicht im Übermaß erregt bin. Doch abgesehen von allen ästhetischen Aspekten – ich dürfte so etwas nicht tun, verstehen Sie? Es gibt für das Team, vor allem während einer Weltmeisterschaft, einen strengen Verhaltenskodex. Autogrammkarten unterschreib ich Ihnen, so viel Sie wollen.«

Grit entspannte sich augenblicklich, wirkte beinah erleichtert. Dann tat sie, wozu sie gekommen war: Sie zog die Tagesdecke von meinem Bett. Toll, wie sie das machte. Ich sagte ihr das.

»Toll gemacht, Grit.«

»Finden Sie mich denn gar nicht hübsch? Ich frage nur so – rein aus Interesse. Wenn ich was an mir verändern kann, sagen Sie es mir offen. Gute Ratschläge nehm ich niemandem übel.«

Was sollte ich darauf bloß antworten, ohne ihr noch mehr weh zu tun? Mir lag nichts daran, sie zurechtzuweisen. Ich war sogar kurz davor, sie zu umarmen.

»Ach, liebe Grit, Sie sind eine begehrenswerte Frau. Zweifeln Sie nie daran. Ich aber bin ein Monster. In früherer Zeit, als ich noch ein normal funktionierender Mann war, habe ich alles als Trainingsobjekt benutzt, was ich bewältigen konnte. Nur für das euphorisierende Gefühl, rundum begehrt zu sein und haben zu können, was und wen immer ich will. Das ist vorbei und kommt nie wieder. Ich bin wie tot und hasse mich selbst. Mehr wollen Sie sicher nicht über mich wissen. Und wenn Sie es dennoch wollten, hätten wir ein Problem. Gehen Sie jetzt, bitte.«

Grit überlegte einige Sekunden und reagierte heftiger als gedacht.

»Gut. Sollten Sie es sich noch anders überlegen, genügt ein Wort. Ich bitte um Entschuldigung. Es war mir nicht bewußt, daß es sich um eine so große Sache handeln könnte … Nun ja. Umgekehrt dürfen Sie mich jederzeit am Arsch lecken. Verzeihung! Guten Abend!«

Sie machte auf dem Absatz kehrt und verließ mit drei schnellen, watschelnden Schritten das Zimmer. Wie sie das tat, gefiel mir, es erinnerte an den Gang von Stummfilmkomikern. Ich notierte mir ihren Namen in Gedanken. *Grit.*

S-KK@gmx.de an NoelA@gmail.com
6. Mai 2028 23:18

Lieber Noël, du bist feige. Sorry, aber es gibt keine alternative Diagnose. Jetzt muß ich gar noch ein schlechtes Gewissen haben, weil dich diese Flucht wahrscheinlich deine letzten Ersparnisse kostet. Warum ist das alles so schwer und kompliziert? Laß mich wenigstens die Kosten deines Strandaufenthaltes übernehmen. Mich kratzt das nicht, und ich würde mich definitiv besser fühlen. Du willst doch sicher auch, daß ich mich bestens fühle. Teile mir also bitte deine Kontoverbindung mit.
Herzlichen Gruß, Sally

# VIERTER TAG

Über die Hotelgarage beschritten wir den unterirdischen Gang hinüber zur Arena. Überall flankierten uns mit Maschinenpistolen bewaffnete Cops. Die Arena war ausverkauft, was für die ersten Runden nicht unbedingt zu erwarten gewesen war.

Morgens um sieben, noch vor dem Frühstück, mußten wir alle zu den Bluttests, wurden auf Krankheiten und Drogen gecheckt. Jedwede Stimulantien wie Cialis, Viagra oder ähnliches waren untersagt, bis auf ein paar Kräuterpräparate, die erstaunlicherweise wirkten, obwohl sie im Blut kaum nachweisbar waren und es sie ohne Rezept in jedem Erotikshop gab.

HIV-Infizierte durften noch nie an den Spielen teilnehmen, was man ja einigermaßen nachvollziehen kann. Spogs in Kondomen will das Publikum nicht sehen. Inzwischen durfte überhaupt kein chronisch Kranker mehr mitmachen, egal, woran er litt. Sogar wenn die Krankheit nicht ansteckend war. Eine Maßnahme, um den Haßpredigern ein Argument zu stehlen, doch forderte sie einen hohen Preis in Form von etlichen Härtefällen. Insa Sokkoleinen zum Beispiel, eine tolle Sportlerin aus Helsinki, durfte wegen ihres Asthmas nicht teilnehmen, obwohl es gut behandelbar war und sie nur sehr selten husten mußte. (Dann allerdings klang es fürchterlich, ja.) Rein theoretisch konnte man jemanden von den Spielen ausschließen, der sich regelmäßig gegen Migräne behandeln ließ.

Kein Team hatte seinen eigenen Arzt dabei, dadurch wurden etliche Kosten eingespart. Es gab Ärzte aus dem Austrägerland, die die Tests auswerteten und später am Ring Platz nahmen, aber sehr selten einschreiten mußten, wir waren ja alle noch junge Leute. Manchmal galt es schnell und effektiv Sanitäterdienste zu verrichten, wie ein Cut Man bei den Boxern, zum Beispiel wenn eine Sportlerin aus ihrer Prispog blutete. Sowas will sicher niemand sehen (naja, kaum jemand, ein paar Superperverse gibt es immer), und es schadet unserem Ruf. Einmal, vor vier Jahren in Paris, war es zu einem schlimmen Unfall gekommen, als Zaide Gutman von Biluj Tel-Aviv Stilettos trug und ihrem Teampartner versehentlich den Absatz ins Auge stach. Der Arzt war sofort zur Stelle und versuchte mit drei Fingern das ausgelaufene Auge vom Parkett aufzuheben und wieder in die Höhle zu träufeln. HAHAHA, Scherz! Nein, das ist tragisch und traurig, das Auge war verloren, ob mit oder ohne Arzt, und seither herrscht Stilettoverbot, weil gemeingefährlicher Schmuddel. Danach kam das komplette Accessoireverbot, kein Kleidungsstück war mehr erlaubt, auch keines, das nur der Körperzier galt. Nur Haargummis, um die Frisuren der Frauen zu bändigen. Die Männer waren fast alle kurzgeschoren. Haare stören nur beim Sex, ob oben oder unten. In diesem Jahr waren sogar Piercings verboten worden, da man ja an einem hängenbleiben und es herausreißen kann. Aber wenn man drüber nachdenkt: Womit genau will ein nackter Mensch am Piercing eines anderen nackten Menschen hängenbleiben? Das meiste an den neuen Regularien war zum Totlachen oder Kotkotzen.

Beim modernen Leistungssex wird sehr darauf geachtet, daß nichts geschieht, was dem einen Geschlecht optische oder tatsächliche Dominanz über das andere verschafft, aber natürlich ist das alles eine Frage des Beobachterstandpunkts, dessen dahinterstehender Weltsicht und der allgemeinen wie speziellen Interpretation. Die einen interkursieren, die anderen werden interkursiert, um es mal so zu sagen. Oder sagen wir es anders: Die einen verwöhnen, die anderen werden verwöhnt. Super. Dann paßt es in beide Richtungen. Krasses Beispiel: Bukkake, jene Gruppengesichtsbesamung einer Frau, bei der sie von keinem Mann berührt wird, nicht mal mit der Fingerspitze. Inzwischen fahren da immer mehr drauf ab. Aber vor 20 Jahren, als das aus Japan zu uns kam, sagte fast jede Frau erst mal, das sei nun wirklich die schlimmste Form von Demütigung. Dabei kann man es auch, und eigentlich viel logischer, als die höchste Form der Anbetung interpretieren. Etliche Frauen haben begonnen, das genauso zu sehen, sie genießen es, im Mittelpunkt zu stehen (zu sitzen oder zu knien) und ganz sicher NICHT berührt, NICHT vergewaltigt zu werden. Trotzdem hat Gardiner Gesichtsbesamung komplett untersagt, selbst wenn es dem ausdrücklichen Wunsch der Frau entspricht. Warum? Die Frau könne ja, gezwungen oder ungezwungen, die Unwahrheit sagen, ihrem Team oder wem auch immer zuliebe. Und in den weniger gebildeten Teilen der Welt werde das eben *nicht* als Anbetung interpretiert. Ja, das meinte Maxime mit dem Kindergarten, der sich langsam in ein Gefängnis verwandelte. Wir wollten die absolute Freiheit und landeten bei einem 600 Seiten dicken Regelwerk.

Jetzt Konfettiregen. Bläserfanfaren leiteten das Spektakel ein, es folgte ein Fahnenzug mit den Flaggen der, ich hab nicht gezählt, ich schätze mal gut dreißig Nationen. – Aber bitte, wozu? Es war eine Clubweltmeisterschaft, kein Team vertrat seine Nation, allerhöchstens seine Stadt und manchmal sogar nur einen Stadtteil, wie bei den beiden Londoner und New Yorker Teams. Ah, ich begriff. Gardiner wollte Farbenpracht, viel Rot mit gelben Sternen drin. Sprich, er wollte die chinesische Flagge als sein Verdienst augengerecht präsentieren. Danach mußten wir Sportler eine Runde drehen und mit Fähnchen winken, ich zog es vor, das Fähnchen zwischen die Zähne zu klemmen und in die Hände zu klatschen, bald machten es mir etliche Sportler nach, und auch das Publikum klatschte in meinem Rhythmus.

Danach gab es eine Ansprache. Und noch eine. Es folgte eine kurze Pause, bevor es mit Ansprachen weiterging. Dann endlich kam es zu den finalen Ansprachen, vom dänischen Sportminister, von Gardiner, vom Kopenhagener Bürgermeister, der auch eine Grußbotschaft der Ministerpräsidentin vorlas. Alle diese Leute betonten am Anfang ihrer Rede, »nur ganz kurz das Wort ergreifen« zu wollen, und jeder laberte mindestens eine Viertelstunde.

Jens nutzte die Zeit, um uns noch einmal Schultern

und Nacken zu massieren, er hatte die Stimme eines grollenden Bären und redete uns gut zu, semantisch auf schäbigem Niveau (»Ihr mochd dös, ihr gehd da naus und haud se alle wech, ihr säid die besdn vonna Wöld ...«), aber sein sonores Brummen nahe am Ohr, das tat gut, mir jedenfalls. Helen besah sich Maritas Hintern, ob der Davidstern auch korrekt weggeschminkt worden war. Dann wurden dem Publikum noch mal die neuesten Regeländerungen erklärt, der Gong ertönte, und die elften Weltmeisterschaften im Competition Sex begannen.

Wir wollten gewinnen, und wir hatten hart gearbeitet, auch im mentalen Bereich. Schon die Art, wie man in den Ring steigt, ist Teil des Kampfs. Nicht überheblich, nicht respektlos, aber voller Selbstbewußtsein, Kraft ausstrahlend. In Sachen akustisches Encouragement hatten wir ein Problem. Die Titelmelodie aus *Rocky I* war seit vielen Jahren unsere Auftrittsmusik, und wir konnten sie einfach nicht mehr hören, nach über dreihundert Kämpfen. Es wäre höchste Zeit gewesen, mal zu was anderem zu wechseln. Aber die Melodie hatte uns Glück gebracht, und die Fans bestanden darauf, mitzugrölen *(»Team Bääärlin! Fuck haaarder!«).* Unsre einzige Hoffnung war, daß Gardiner in der nächsten Saison auch noch Musik verbieten würde.

Der Kampf gegen Reykjavík verlief so einseitig wie von den Buchmachern vorhergesagt.

Im Speedkoitieren schaffte Marita uns, also Ed, Käffchen und mich, nach 2:38 Minuten – Reykjavík brauchte zwanzig Sekunden länger. Der Analpart, den ich übernahm, verlief heute endlich mal geschmeidig, zu meiner vollen Zufriedenheit. Nichts zu beanstanden.

Julia gewann das Duell der Orastimas nur überraschend knapp, mit 17:14 zu 17:24. Da hatte eine kleine Sensation in der Luft gelegen. Ed gewann den Speedmasto mit 0:23 zu 0:40. Eds Leistung war umso höher zu bewerten, als er ja vorher schon rangemußt hatte. Im Dircom legten Shasha und ich eine 9,1-Performance hin, bei einer B-Note von 9,2. Da war noch Luft nach oben. (Reykjavík: 8,3 bzw. 7,5.) Der Endstand bei den Manustimas war ebenso deutlich: Marita lag mit zwei Minuten vorn.

Käffchen, ich meine Kevin, machte schon seit Tagen einen etwas traurigen Eindruck. Nach der Abschaffung aller Multimasto-Disziplinen konnte er der Welt nicht länger seine Talente demonstrieren, die unseren Triumph noch um einiges deutlicher gestaltet hätten. Aber es stimmt schon, der Wettkampf an sich wurde enorm beschleunigt, dauerte nur noch zwei statt vorher fünf Stunden, und ich will hier keine Zeilen schinden, indem ich jedes Mal alle Einzelergebnisse aufzähle, die man jederzeit per Almanach abrufen kann. Das einzige, was interessiert, ist ja das Ergebnis. In toto lautete es am Ende: Berlin 19320 Punkte, Reykjavík 16437. Wir gaben den vielen freiwilligen jungen Männern Autogramme, die sich Julia und Marita zur Verfügung gestellt – und allesamt abseminiert hatten. Kein einziges Streichresultat! Selten erlebt sowas. Jetzt hatten wir gute sechs Stunden Pause, dann ging es um acht Uhr abends weiter, gegen den Sieger aus Houston gegen Sydney. Nichts, wovor man Angst haben mußte. Unsere ärgsten Konkurrenten kamen aus Brooklyn, Amsterdam und Winnipeg. Sagten die Buchmacher. Natürlich wäre uns ein Freilos lieber gewesen.

Am Nachmittag kam es vor dem Zaun zu ersten Demonstrationen. Religioten, Faschisten, Muselmännchen. Vom zehnten Stock des Candic genossen wir einen schönen Blick über die fast zweitausend Protestler. Sie blieben vorerst ruhig und rannten nicht gegen die Umzäunung an. Sie skandierten Sprüche und schwenkten Transparente. Hier und da kam es auch zu Rangeleien zwischen Hakenkreuz und Halbmond. Die Militärpolizei hatte alles im Griff, soweit zu sehen war. In der Hotellobby war währenddessen Maxime de l'Abbas-Destouches dabei, eine Gegendemonstration ganz eigener Art zu inszenieren, unter dem Motto: WIE GEIL DAS ALLES SEIN KÖNNTE. (Dieser Satz stand eddingfett auf einem DIN-A4-Blatt, das vor ihm auf dem Boden lag.) Aus einem Ghettoblaster kam dreißig Jahre alter Hip-Hop, dazu sang, vielmehr kreischte Maxime und tat so, als würde er seine Trulla von hinten vögeln. Komplett bekleidet. Ob er keinen hochbekam oder ob er Angst vor einer Anzeige wegen obszöner Zurschaustellung fürchtete – wer weiß. Ab und an griff er in die Taschen seines schmutzig gewordenen Anzugs und warf Konfetti in die Luft, das er wahrscheinlich in der Halle vom Boden aufgesammelt hatte. Seine Trulla legte alle drei Minuten für drei Sekunden ihre Titten frei, und die Idioten im Publikum johlten entzückt. Ich sah ein paar Minuten zu, es war dermaßen erbärmlich und beschämend, daß man nicht so einfach wegsehen konnte. Ich fühlte mich zum Handeln geradezu gezwungen.

Dosto sagt, sinngemäß: Wenn man gesund ist, sollte man sich in jedem Moment dessen bewußt sein, eben daß man gesund ist, daß man noch über Möglichkeiten verfügt, um fast alles, was man will, aus sich zu machen. Wenn der Tag verdaddelt wird, fühlt sich der Abend wie eine Niederlage an. Aber die Nacht, in der man dann Großes erschafft, wird heilig sein, für alle Zeit.

Abendergebnis: Berlin 20021 – Sydney 18505. Von den ursprünglich 44 Teams waren noch 32 im Wettbewerb, die ab jetzt im K.-o.-System gegeneinander antraten. Unter den Ausgeschiedenen befanden sich zur allgemeinen Überraschung die Teams aus Tel Aviv und Seattle. Tumulte gab es, als Team Peking beim Dircom gegen Tallinn zum Sieger erklärt wurde, obwohl alle Reporter und weite Teile des Publikums den umgekehrten Ausgang erwartet hatten. Vermutlich wollte der IFCS vermeiden, daß der neue chinesische Markt zu schnell das Interesse verlor und Team Peking sein Gesicht. Auch Team Kopenhagen, mit der Wild Card des Ausrichterlandes zur WM gekommen, soll ein wenig durchgeschleppt worden sein.

**NoelA@gmail.com an S-KK@gmx.de**
**7. Mai 2028 23:01**

Liebste Sally,
ich habe eure Siege im TV geguckt, du warst großartig. Geld brauche ich nicht, also an sich schon, aber nicht unbedingt deins. Ich höre die Möwen kreischen und das Meer im Sand nach verlorenen Muscheln suchen.

Leon war auch toll, wie immer. Wie ist der eigentlich so privat? Love, Noël

S-KK@gmx.de an NoelA@gmail.com
7. Mai 2028 23:18

Lieber Noël,
laß mal Leon beiseite, ich möchte mich schriftlich lieber nicht über Teammitglieder äußern, dafür hast du sicher Verständnis. Falls du umdenken solltest und mich doch noch treffen willst, gibt es nur eine Möglichkeit. Wir müssen das Halbfinale erreichen, danach gibt es nämlich einen Ruhetag. Herzlich, S. Übrigens, wenn ich im ersten Satz dieser Mail eure beiden Namen übereinanderlese – das sind ja Palindrome. Lustig.

NoelA@gmail.com an S-KK@gmx.de
7. Mai 2028 23:41

Liebste Sally,
dieser Ruhetag wäre die einzige Möglichkeit, um uns zu treffen? Warum? Weil du dir nach den Spielen keinen neuen Flug nach Dänemark leisten kannst? Ach herrje. Soll nicht lieber ich dir etwas Geld schicken? Warum ist dir unsre Begegnung so wichtig? Willst du mir vor dem Finale schnell nochmal über den Buckel streicheln? Angeblich soll das Glück bringen. Ich hab nur leider keinen. Laß gut sein. Erzähl mir lieber was. Jetzt bin ich müde und wünsche eine gute Nacht,
Yours, Noël

…

Weil erstaunlich wenig passiert war und es auf dem Hotelgelände nur drei Festnahmen gegeben hatte, alles wegen Kleindelikten, kam Carolyn Holm noch vor 22 Uhr nach Hause. Tommy hatte einen Salat für sie vorbereitet und Tofustücke in der Pfanne gebraten. Da konnte kaum etwas schiefgehen, und es gab jetzt auch haltbares Brot im Haus, dazu Scheibensalami und Gouda. Tommy hatte anscheinend nicht mitbekommen, daß Carolyn schon seit drei Jahren kein Fleisch mehr aß, schon gar kein Schweinefleisch. Über Wild, vom Jäger geschossen, hätte sie vielleicht noch mit sich reden lassen.

»Guckst du dir im Fernsehen die Spiele an?« Es interessierte sie tatsächlich, und sie wußte noch nicht einmal, ob es sie stören würde, falls er es tat.

»Hin und wieder werf ich beim Zappen 'nen Blick drauf. Ist doch aber immer dasselbe. Ich versteh auch nicht, warum immer neue Pornofilme gedreht werden. Es gibt doch eine Milliarde mal mehr, als irgendwer in seinem Leben gucken kann.«

»Interessante Frage. Aber es gibt ja auch viel mehr Bücher, als jemand im Leben lesen kann.«

Tommy fand die Fortführung seines Gedankens mit Büchern statt Pornos absurd und bedenklich und – so entschuldigte er Caro sofort – wohl der Übermüdung geschuldet. Er stellte sich hinter seine Frau und massierte ihre Schultern, während sie aß.

»Seit du diesen Job angenommen hast, schläfst du kaum noch vier Stunden pro Nacht.«

»Du willst eigentlich sagen, daß *wir* nicht mehr miteinander schlafen, oder?«

»Nein. Obwohl ... wenn du es schon erwähnst ...«

Tommy war äußerst überrascht, daß sie ausgerechnet heute dieses zuvor stets aus der Welt geschwiegene Thema ansprach. Vielleicht hatten die Spiele sie inspiriert.

»Du kannst dir meinetwegen einen runterholen, wenn du willst. Ich ziehe mich aus und spiel an mir rum. Mehr geht im Moment einfach nicht. Hab Verständnis bitte.«

»Okay …« Tommy wäre mit diesem Angebot durchaus zufrieden gewesen, hätte er auch nur einen Hauch von Lust verspürt. Er rubbelte ein paar Minuten an sich herum, bevor er aufgab und sich mit seinem fortgeschrittenen Alter entschuldigte. Carolyn sollte um Himmels willen nicht das Gefühl bekommen, nicht länger begehrenswert zu sein. Sie wirkte nicht allzu betroffen und ging gleich zu Bett.

Beider Interesse aneinander, was das Fleischliche anging, war nach und nach auf fast Null gesunken. Wenn sie hin und wieder noch miteinander schliefen, dann im Glauben, der andere erwarte das. Aber so, wie es jetzt war, wurde es von beiden nicht als schlimm empfunden, im Gegenteil. Schlimmer wäre doch gewesen, aus dieser ganz natürlichen Abnutzung eine Trennungskonsequenz herzuleiten, wie bei einem jungen, unreifen Paar, das seiner Triebhaftigkeit noch wehrlos ausgeliefert ist.

# FÜNFTER TAG

Das Startgeld betrug pro Team 30 000 Dollar, dem Sieger winkte das Zwanzigfache. Bei solchen Summen muß man mit jeder noch so schäbigen Trickserei rechnen. Dazu gehören psychologische Spielchen wie Provokation, Beleidigung und Verhöhnung des Gegners im Netz oder bei Interviews, dazu gehören das Streuen von ehrabschneidenden Gerüchten, nächtliche Ruhestörungen, von lästigen Telefonanrufen bis hin zu falschen Feueralarmen, dazu gehören aber auch härtere Kaliber, justitiable Versuche, die physische Gesundheit des Gegners gezielt zu verletzen. Das gemeinschaftliche Abendessen der Sportler fand deshalb nach dem Kantinenprinzip statt. Man stellte sich mit einem Tablett an und ließ sich aus diesem oder jenem Topf einen vollen Teller reichen. Vergiftungen durch bestochene Köche waren auf diese Weise beinahe ausgeschlossen.

Helen wachte über unseren Speiseplan. Nichts durfte verzehrt werden, was etwaige Flatulenzen hätte auslösen können. Ein Furz im Ring würde riesige Abzüge in der B-Note verursachen, aber selbst Beklemmungen durch unterdrückte Blähungen mußten unbedingt vermieden werden. Jedes Gericht, das aus der Küche kam, wurde durch die Trainer untersucht und abgesegnet, alle verwendeten Zutaten mußten auf einer langen Liste angegeben werden. Mit einer Tüte Zwiebelpulver hätte ein Scherzkeks einige Ergebnisse durcheinanderwirbeln können. Auf die Kämpfe konnte selbstverständlich gewettet werden. In Asien, wo die Menschen, vor allem die Männer, wahnsinnig und verantwortungslos sind, werden riesige Summen auf die Spiele gesetzt. Jeder vom Team Berlin ist schon mal von einem dieser Sonnenbrille und Boss-Anzug tragenden Schlitzäuglein angesprochen worden, oft auf Flughäfen, wo man sie nicht so schnell wieder loswerden kann – ob man nicht zu einer kleinen Zusammenarbeit bereit wäre, die Rendite würde sagenhaft sein. Ganz sicher weiß man es ja nie, aber ich denke, alle von uns haben ein reines Gewissen. Heute beim Frühstück kam Timo Mertens vom Team Amsterdam an meinem Tisch vorbei, klopfte mir auf die Schulter und fragte, wie ich das gemeint hätte mit dem »Penisneid«? Ich sagte, es tue mir leid, er solle mir's nicht übelnehmen, sei ja nur ein Spruch gewesen. Er ließ seine Hand auf meiner Schulter liegen und bohrte mir einen sehr spitzen Fingernagel ins Fleisch. Es war nicht einfach, still sitzen zu bleiben und keinerlei Reaktion zu zeigen. Das tat wirklich weh, und wenn ich nicht mit sowas gerechnet hätte, wäre ich allein schon vor Überraschung jaulend aufgesprungen. So aber verzog ich keine Miene und sah ihn nur freundlich an. Er ließ los, nickte anerkennend und wünschte mir noch einen schönen Tag.

Die Auslosung hatte uns Sex Pride New Orleans beschert. Ein Team, das seit Jahren ausschließlich aus Schokos besteht. Schwarze Rassisten. Die waren ganz gut, aber sie würden nicht gewinnen, denn erstens waren wir ein Quentchen besser, zweitens sind die meisten Ringrichter *weiße* Rassisten und bewerten dunkelhäutige Sportler regelmäßig unter Wert. Unser Edgar kann ein Liedchen davon singen. Weil ich oft danach gefragt werde: Nein, die Länge des Spogs (bei Schwarzen im Durchschnitt etwa anderthalb Zentimeter mehr als bei Weißen) spielt keine Rolle, auch nicht in der B-Note. Die Jury ist ausdrücklich dazu angehalten, die Beschaffenheit des männlichen Sportgeräts als nicht maßgeblich zu betrachten bzw. eventuelle Unterschiede zu übersehen. So steht es ja auch in den Regeln. Mal unter uns: Die können schreiben, so viel sie wollen, natürlich macht ein Großgemächt mehr her, natürlich hinterläßt es einen tieferen Eindruck, bei der Teamkollegin, bei den Zuschauern, bei der Jury. Isso. Doch gibt es einen echten und schwerwiegenden Trost für alle, die von der Natur nicht ganz so viel mitbekommen haben. Ein kleinerer Spog muß mit weniger Blut gefüllt werden, um in den Zustand der Wettkampfhärte zu geraten. Deshalb ist ein voluminöser Spog immer auch ein Risikofaktor, und die meisten Trainer entscheiden sich nach leidvollen Erfahrungen lieber für den Sportler mit dem ordentlichen Gerät als für den mit dem King-Kong-Ding.

Wieder war die Halle bis fast auf den letzten Platz gefüllt, und das an einem Werktag um elf Uhr morgens.

Es ist immer ein erhebendes Gefühl, von einer grölenden Menschenmasse begrüßt zu werden, solange sie dir gewogen ist. Weil viele Fans aus Deutschland es nicht weit hatten nach Dänemark, waren geschätzt siebzig Prozent des Publikums auf unserer Seite. Bis auf den Speed stehen jeweils nur einer oder zwei von unserem Team auf der Matte, die anderen haben viel Zeit. Manche, wie ich, setzen sich Kopfhörer auf und hören Musik, andere treiben Meditation oder lesen ein Buch. Jens stupste mich an. »Guck mal, was bedeutet das denn?« Er zeigte auf ein Transparent. Wir sollten Transparente, die anfeuernde, aber auch fiese Sprüche enthalten können, geflissentlich ignorieren. Irgendwann sieht man trotzdem hin. Aber das hier war neu. Neu und eigenartig. Jens lieh mir sein Opernglas. LEON MERK DIR DIE 12243648 stand da auf einem Schild, das ein junger Mann mit schwarzem Haar und Schnurrbart hochhielt.

In der ersten Sekunde dachte ich: Hä? Wie soll man sich denn während eines Wettkampfs eine achtstellige Nummer merken, wenn man nicht einmal weiß, wozu. Aber in Wirklichkeit war es ganz einfach, sie sich zu merken, 12 24 36 48 – alles Vielfache von 12. Man denkt darüber nach, und – peng – ist das eingefräst ins Hirn. Vielleicht ein seltsamer Trick, um mich abzulenken. Der junge Mann, der ein bißchen nach Inder oder Paki aussah, winkte mir zu, sobald er gesehen hatte, daß ich ihn gesehen hatte. Verdammt, dachte ich, hoffentlich bekomme ich das gleich wieder aus dem Kopf. Bekam ich zwar nicht, aber der Wettkampf lief trotzdem wie erwartet. Shasha und ich waren richtig gut, Julia sowieso, nur Ed war ein wenig schwächer als gestern, aber das war vorhersehbar, sowas fällt unter »natürliche Abnutzungserscheinungen«. Die Schokos müssen übrigens auch mit dem Nachteil leben, daß viele technische Feinheiten bei ihnen optisch gar nicht so deutlich wahrgenommen werden. Das klingt vielleicht im ersten Moment albern und wie ein zweifelhafter Scherz, es ist aber tatsächlich so. Man müßte schwarzbraune Sportler ganz anders und schärfer ausleuchten als hellhäutige. Die Konturen sind sonst kontrastärmer, verschwommener, und manches bleibt wortwörtlich im Dunkeln. Egal, nicht mein Problem, und wir hätten auch so gewonnen, wobei ich mir sehr wohl bewußt bin, an welchem Punkt gesundes Selbstbewußtsein in Arroganz umschlägt.

Nach dem Dircom lagen wir mit fast 500 Punkten vorne. Das ist unter normalen Umständen von keiner Weltmacht aufzuholen. Marita betrat den Ring, mit ihr zehn freudestrahlende dänische Jünglinge. Die Manustima von New Orleans hatte fast zwölf Minuten gebraucht, um fünf von ihren zehn Freiwilligen zu erleichtern. Das war solide, fast schon gut, aber keine Bedrohung. Nicht mit 500 Punkten Vorsprung. Ich setzte meine Kopfhörer auf und grübelte über diese komische achtstellige Nummer nach. Vermutlich eine Telefonnummer. Nielsens Vierte Symphonie – ich hatte einen dänischen Komponisten gewählt, falls mich irgendein Reporter danach fragen würde – konnte mich aufpeitschen, mit neuer geistiger Energie versorgen für die Abendrunde. Daß irgendetwas nicht rund lief, merkte ich erst, als die Rufe im Publikum so laut wurden, daß sie selbst die schweren

Blechblaskaskaden Nielsens übertönten. Ich sah hin und traute meinen Augen nicht. Es waren sieben Minuten vergangen, und Marita hatte noch keinen der strammen, durchweg gut bestückten Jungs zum Kommen gebracht.

»Jens, wie oft hat sie gewechselt?«

»Sie hat es schon bei fast allen probiert. Dschieses!«

Eine Manustima hat das Recht, jemanden auszusortieren, wenn sie das Gefühl hat, daß mit demjenigen irgendwas nicht stimmt oder nicht paßt oder nicht glattläuft. Dann wird die Zeit, die sie auf ihn verwendet hat, später abgezogen. Es gibt immer faule Eier, wie das bei uns im Jargon heißt. Junge Typen, deren Hängsel im Rampenlicht plötzlich nicht steif werden oder nicht kommen wollen oder gar nicht erst kommen können, weil sie vielleicht irgendetwas eingenommen haben, zuviel Viagra zum Beispiel. Die Freiwilligen dürfen das ja bzw. werden daraufhin nicht kontrolliert. Manche Idioten haben Angst, sich vor der Weltöffentlichkeit zu blamieren, und schlucken zum ersten Mal in ihrem Leben die blaue Pille und am Ende gar noch eine ganze, wo eine halbe schon heftig genug wirkt. Die Folge ist, daß ihr Gerät sich anfühlt wie aus Stein und beinahe gefühllos wird, über Stunden hinweg, zur Freude vieler Frauen im Allgemeinen. Aber zum Nachteil Maritas im Speziellen.

Bei Minute Neun kam endlich der erste. Die fünf aussortierten Jünglinge gingen nicht einfach von der Bühne, diese Penner fühlten sich bloßgestellt und unvollendet. Zwei von ihnen ließen sich zu doofen Sprüchen herab. Bei Minute 12 kam der zweite. Bei Minute 15 der dritte. Wir lagen jetzt schon drei Minuten hinter New Orleans, das bedeutete, über den Daumen gepeilt, einen Abzug von dreihundert Punkten. Das ganze Team stand kreidebleich neben dem Ring, und wir feuerten Marita an, mit aller denkbaren Verzweiflung in der Stimme. Wir krächzten und brüllten. Die Halle tobte. Es würde eine Sensation geben. Ich konnte heute abend wieder in Berlin sein. Das war der positive Aspekt. Verrückt, was in einem Gehirn so vor sich geht, wenn es in Panik gerät. Die Gedanken rennen sozusagen in jede Richtung los. Minute 17. Der vierte kam. Minute 18 und 26 Sekunden. Der fünfte! Nein, das war es noch nicht, die Uhr wurde angehalten, der Ringrichter prüfte das Ejak und entschied, daß das kein Samen war, nur BDS. Zum Haareraufen. BDS steht für Bulbourethraldrüsensekret, die Vorflüssigkeit, die im Volksmund »Lusttropfen« genannt wird. Die Uhr lief weiter. Marita hätte keine Pause machen dürfen, sie hätte, trotz aller Erschöpfung und Verzweiflung, genauer hinsehen und nachlegen müssen. Die Zeit verrann. Der Dreckspimmel, der so kurz vor dem Kommen gewesen war, benötigte quasi einen neuen Anlauf, so to speak. Verdammte Hölle. Wir rauften uns die Haare. Der dickliche Typ, der so unendlich doof aussah mit seinen roten Haaren, dem Vollbart und den Milliarden Sommersprossen, spritzte endlich ab, in hohem Bogen unter Lauten, die einem Hahnenschrei ähnelten.

20 Minuten und drei Sekunden. Die Sirene ertönte. Wettkampf beendet. Der Computer spuckte das Ergebnis aus, und binnen eines Lidschlags erschien der Punktestand auf den Leuchttafeln.

*New Orleans 20 502*
*Berlin 20 504*

Wir fielen wie Besoffene übereinander her, kreischend, triumphierend, wir küßten einander sogar, was so gut wie nie vorkommt. Für diese Art von Erleichterung gibt es in unserer Sprache kein angemessenes Wort. Nicht einmal Erlösung oder Wiederauferstehung. Es ist Wunderglücksjubel. Ich küßte Helen auf die Wange und Julia und Shasha auf den Mund. Marita war im Ring sitzen geblieben, in sich zusammengesunken, ihren Kopf zwischen beiden Armen verborgen. Sie zitterte noch minutenlang, kaum fähig zu sprechen. Das Publikum schrie unseren Namen. Die meisten feierten, der Rest verfluchte uns.

Wir waren um schätzungsweise drei Sekunden einer grotesken und schmählichen Niederlage entgangen und hätten in der Kabine ein Riesentrara darum machen, Schuldige suchen können, bei den Freiwilligen, beim Regelwerk oder bei Marita, der de facto ein kleiner Lapsus angelastet werden konnte. Wir debattierten mit keiner Silbe darüber, mußten den Kopf freibekommen für den nächsten Kampf. Ich meine, so etwas kann passieren, es ist schon vorgekommen und wird wieder vorkommen. Extremes Pech bei der Auslosung der Freiwilligen und eine kleine, winzige Ungeschicklichkeit aus mangelnder Erfahrung. Aber verflucht – wir hatten schlußendlich gewonnen, waren das Winning Team, und noch enorm viel Arbeit lag vor uns. Sollten wir Marita auf die Reservebank setzen und Shasha oder Julia den Job erledigen lassen? Niemand dachte ernsthaft daran. Drei Sekunden, die über so viel Geld entschieden hatten.

Wir wären in der Weltrangliste um zwanzig Plätze abgerutscht, und unsere Werbeverträge ... Ich mochte gar nicht drüber nachdenken. 12243648. Daran dachte ich. Es war, als hätte mir jemand diese Nummer in die Hirnhaut tätowiert.

Apropos: New Orleans legte noch Protest ein, wegen des angeblich politischen Tattoos auf Maritas Hintern. Das war eine fiese Nummer, ein allerletzter hinterfotziger Strohhalmversuch, ein Negertrick, der von wenig sportlichem Anstand zeugte. Das Komitee wies den Protest auch prompt zurück, Maritas Tattoo war überhaupt nie zu sehen gewesen, die Schminke hatte gehalten, trotz allen Angstschweißes, den sie vergossen haben mußte. Sex Pride erntete einen Shitstorm dafür.

Selten im Leben war ich derart froh über einen freien Nachmittag gewesen, ich wollte nur noch auf mein Zimmer, relaxen, Nielsen genießen, dann ein Wannenbad und eine Oberschenkelmassage, dazu Sushi gegen den Hunger, denn das Frühstück vor einem Wettkampf ist karg und auf eine Schale Müsli mit Früchten beschränkt. Rohen Fisch hatte Helen uns explizit verboten, denn er birgt Risiken in Monaten ohne R im Namen. Aber Helen würde nichts davon erfahren, und ich bestellte mir zwei Portionen aufs Zimmer. Alsbald stand Grit, meine »persönliche Betreuerin«, mit dem Tablett vor der Tür. Ich lud sie ein, das Mahl mit mir zu teilen. Schon um sicherzugehen, daß sie nichts ins Essen gemischt hatte. Es täte mir, sagte ich, sehr, sehr leid, sie gestern so von oben herab behandelt zu haben. Es tat mir tatsächlich leid, denn mein Hochmut war unklug gewesen. Wenn Menschen dich bitten, benutzt zu werden – sag niemals nein. Im mildesten Fall verprellt man einen Fan. Alle haben einen Nutzen, alle – und in deinem Interesse liegt herauszufinden, womit sie dir im Detail nützen können. Klinge ich wie Machiavelli? (Ihr Ungebildeten, googelt *Machiavelli*! Sofort!) Kann sein, aber Weltmeister wird man nur, wenn man versteht, alle Hebel zu ziehen. Ich küßte Grit, zog ihr den Rock herab und gab ihr, was sie wollte. Wenn auch nur mit zwei Fingern. Es war wenig Aufwand – und machte sie überaus glücklich. Von nun an besaß ich eine neue Verbündete.

Grit zückte ihr billiges Chinesenhandy und wollte ein Foto schießen, von ihrer Spog mit meinem darin. Na gut. Solange keine Gesichter darauf zu sehen sein würden. Verständlich. Ungefährlich. Bitte sehr. Wir legten zusammen, was wir hatten, sie knipste und grinste glücklich. Danach rauchten wir. Man kann das ja nicht Sex nennen, aber wenn man den Begriff mal ganz ganz weit auslegt, so wäre das eines meiner groteskesten Szenarien gewesen. Wenn ich es nicht selbst erlebt, sondern erzählt bekommen hätte, wäre es vielleicht sogar als Fantasie verwendbar gewesen. Apropos erzählen. Grit ließ eine spannende Geschichte vom Stapel. Im Hotel habe es heute einen Todesfall gegeben.

»Echt?«

Sie sprudelte los, und die Angst, sie könne mir langweilig werden, stand ihr ins Gesicht geschrieben. Mich belustigte das. Heute nacht sei Maxime de l'Abbas-Destouches tot aufgefunden worden. Soweit

Grit bei den ersten Ermittlungen habe mithören können, gehe die Polizei von einer Überdosis aus.

*Dschieses*, würde Jens sagen. Wie interessant! Grit erzählte, man habe den Leichnam heute nacht in aller Stille über die Hintertreppe aus dem Hotel transportiert. Lange lasse sich sowas natürlich nicht unter den Teppich kehren. Die Presse habe in jedem großen Hotel ihre bezahlten Informanten.

Ich seufzte schwuchtelig betroffen und sagte, die Sache sei beklagenswert. Überaus beklagenswert einerseits. Andererseits habe Maxime einen Sack voll guter Gründe gehabt, sich aus der Welt zu schaffen. Seine Performance in der Hotellobby sei derart peinlich gewesen, danach habe er wohl keinen anderen Ausweg mehr gesehen. Das Ganze, flüsterte ich, gehe mir nahe, und zwar sehr, sehr, sehr.

»Hast du ihn näher gekannt?«

»Nicht wirklich. Ein wenig.«

Wir knutschten, um der entstandenen Stille einen anderen Rahmen zu verleihen.

Ich fragte Grit, in welchem Zimmer Maximes Trulla residierte. Um der Hinterbliebenen zu kondolieren. Das macht man ja so, es ist die mindeste Form der Anteilnahme. Ich ging los und klopfte. Sobald sie öffnete, erinnerte ich mich wieder an ihren Namen: Nadja. Sie wirkte völlig außer sich, war über Stunden hinweg verhört worden und zeigte sich in ihrer Einsamkeit dankbar für tröstende Worte. Das sei kein Selbstmord gewesen, behauptete sie immer wieder. Maxime habe keinerlei Grund gehabt, sich umzubringen. Man müsse von einem Mord ausgehen. Ich stimmte ihr von ganzem Herzen zu und nahm sie in den Arm. Maximes revolutionäre und überaus kraftvolle Visionen hätten, sagte ich, für die IFCS-Funktionäre auf Dauer eine zu massive Bedrohung dargestellt. Nadja trank jedes meiner Worte. Sie konnte nicht genug bekommen. Ich legte nach.

»Für mich ist ganz klar, wer dahintersteckt.«

»Meinen Sie?«

Ich nickte stumm, deutete per Geste an, mehr im Moment nicht sagen zu können oder sagen zu dürfen. Nadja kam mir entgegen, wollte erneut in den Arm genommen werden. Ich streichelte ihren Hals und die Brust über ihrem Herzen. Sie fuhr darauf ab, ziemlich pietätlos, ich sah mich gezwungen, sie zur Besinnung zu räuspern.

»Sagen Sie, Nadja – warum war er denn nachts nicht bei Ihnen, ich meine ... warum hattet ihr *zwei* Zimmer?«

»Wir hatten uns doch eben erst kennengelernt. Hier im Hotel. Wir waren kein Paar. Schon gar nicht verliebt. Ich war sein Model. Für die Kameras. Er stand doch eher auf Männer.«

»Sie meinen, er hat für Ihre Dienste bezahlt?«

»Ja, sicher. Das bedeutet aber nicht, daß ich aus dem Gewerbe bin, damit das mal klar ist!«

»Absolut.«

Ein Blick ergab den nächsten. Irgendwie bin ich in Nadja so reingerutscht. Fragen Sie mich bitte nicht, warum. Irgendwas werde ich mir davon schon versprochen haben. (Und von wegen zungenanal. Die wußte gar nicht, was das ist.)

Abends gewannen wir sang- und klanglos gegen Riga, wenn ich das mal so leicht verquer ausdrücken darf. Kaum zu begreifen, wie diese Bauerntrampel so weit gekommen waren. Achtelfinale. Inzwischen hatte sich die Neuigkeit herumgesprochen.

S-KK@gmx.de an NoelA@gmail.com
8. Mai 2028 23:48

Lieber Noël,
ich nehme an, du hast mitbekommen, wie abgrundknapp es heute für uns lief. Wir hatten noch mal Glück. Die arme Marita hing am Nachmittag ziemlich durch, aber seitdem es dann gegen Riga so rund lief, scheint alles wieder im grünen Bereich. Was du vielleicht noch nicht weißt: Ein alter Bekannter, Maxime de l'Abbas-Destouches, ist tot. Spezialisten des CS kennen ihn noch als Aktiven. Seine Leiche wurde im Hotel gefunden. Die Rede ist von einer Überdosis. Stell dir vor, ich selbst habe noch mit ihm in einem Ring gestanden, vor sechs Jahren in Paris. Damals war ich blutjung, und er war drogenfrei, ein recht achtbarer Sportler ... Danach outete er sich, wurde ... extravagant, wenn man es unbedingt positiv ausdrücken will. Kurz vor seinem Tod soll er, sagt Leon, in der Hotellobby eine unterirdische Figur abgegeben haben. Ich war nicht dabei und kann es nicht beurteilen. Es wäre übertrieben zu sagen, daß wir uns gut gekannt hätten, dennoch bin ich traurig.
Was hat das Meer heute gemacht?
Herzlich, Sally

NoelA@gmail.com an S-KK@gmx.de
9. Mai 2028 00:10

Liebste Sally,
seit ein paar Minuten steht es auch im Teletext. Da ich deinen Werdegang schon etwas länger verfolge, kann ich mich dunkel an jenen Kampf in Paris erinnern, man kann ihn immer noch im CS-Netzarchiv abrufen, wenn man Sirius-Abonnent ist. Maxime war sogar kurz mal Präsident des französischen Verbands, steht da. Das ist nun schon der zweite Todesfall von Leuten, die dir, mehr oder weniger, nahestanden. Was kann ich sagen – außer Phrasen? Darin bin ich nicht sehr gut. Das Meer macht immer das Seine, beharrlich und unbeirrbar. Bei eurem Kampf gegen New Orleans habe ich am ganzen Körper gezittert, als Marita von dieser dunklen Strähne verfolgt wurde. Die dänischen Jüngelchen waren nicht normal, wenn du mich fragst. Sieh dir auf dem Video ihre Gesichter an. Die haben sich gegen Marita regelrecht gewehrt, mit der geballten Kraft ihres Willens. Ich habe daraufhin ein wenig im Netz geforscht. Es gibt antisemitische Kampagnen bei einigen nordisch denkenden Fans aufgrund von Maritas Tattoos, dabei ist sie doch gar keine Jüdin, oder? Ich weiß, daß sie offiziell keine ist, aber viele denken das von ihr. Wollte man sie zum Sündenbock machen, für den Fall, daß Team Berlin gegen eine komplett schwarze Sportschaft aus dem Wettbewerb fliegt? Ich will nicht wie ein Verschwörungstheoretiker klingen. Wahrscheinlich ist der Fall ganz profan mit reinem Pech zu erklären, und nachdem ihr so viel davon überstanden habt, ist euch der Weg zum vierten Titel wohl kaum noch zu nehmen. Ich bin in Gedanken bei dir. Love, Noël

Wir mußten morgen erst am Nachmittag ran, gegen Winnipeg, einen Mitfavoriten. Konnten ausschlafen und anständig frühstücken. Kurz vor 22 Uhr rief ich die Ohrwurmnummer an. 12-24-36-48. Warum nicht? Es ist besser, so etwas ein für allemal zu klären und loszuwerden.

»God aften?« (»Guten Abend?«) Am Ende der Leitung war eine jugendlich-männliche Stimme, ich versuchte es mit Englisch.

»Hier ist Leon. Mit wem spreche ich?«

»Leon? Der Sportler?«

»Ja.«

»Verscheißern Sie mich?«

»Nein.«

»Das ist ja geil. Moment, ich geb Sie weiter.«

Eine Weile tat sich nichts, aber im Hintergrund waren leise Stimmen zu hören.

»Leon?« Das klang nun wie ein junges Mädchen. »Bist du's wirklich?«

»Leibhaftig. Und mit wem habe ich die Ehre?«

»Hätt ich nie gedacht, daß du anrufen würdest. Ich bin dein größter Fan. Dein Management blockt alles ab. Ich hab meinen Bruder gebeten, das Transparent hochzuhalten. Ich darf ja noch nicht in die Halle. Gemalt hab ich es aber selbst.«

»Wie alt bist du?«

»Siebzehn.«

»Also in Wahrheit fünfzehn. Sei mir nicht böse, aber das Gespräch neigt sich gerade einem sehr plötzlichen Ende zu. Gute Nacht.«

Ich legte auf. Welcher Schwachsinn hatte mich getrieben, dort anzurufen? Ist fast immer dasselbe.

Junge Mädchen, die ihr erstes Mal mit mir erleben wollen und meinen, mir damit das exquisiteste Geschenk auf Erden zu kredenzen. Deflorationen sollten guten Vibratoren überlassen sein, die sind einfühlsam und geduldig und standhaft. Pfeif auf die Romantik. Nichts ist romantisch, wenn Blut dabei fließt. Außer man tötet einen Nebenbuhler.

Kurz nach dem Telefonat klopfte Grit an meine Tür. Sie habe heute nachmittag, vermutlich in diesem Zimmer, ihren Schlüssel verloren, wahrscheinlich, als ich ihr den Rock herunterriß. (Herunterriß? Ganz sanft herabgezogen hab ich ihn. Aber wahrscheinlich wollte sie, daß ich ihr den Rock herunterreiße, und so hat ihr Gedächtnis die Sache dann abgespeichert.)

»Was für einen Schlüssel?«

»Für die gesamte neunte und zehnte Etage. Sieht aus wie 'ne Kreditkarte, nur ganz weiß, ohne Aufdruck.«

»Hab ich nicht gesehn.«

»Na, macht nichts«, meinte sie, »hab 'nen neuen programmiert. Sag mal ... Ich will nicht aufdringlich sein, aber ... kann ich vielleicht ... bei dir schlafen?«

Ich wollte sie zuerst lachend aus der Tür schieben, andererseits stand ein riesiges Doppelbett in meiner Suite. Warum eigentlich nicht?

»Nur schlafen!« sagte ich, mit viel Betonung auf *schla.*

»Klar.«

Vielleicht würde es ganz nett sein, morgens mit weicher Haut an meiner Seite zu erwachen und aufmunternde Küsse zu bekommen. Im Sinne des *mental encouragement*. Ich löschte gleich das Licht. Grit rauchte noch eine Zigarette am offenen Fenster.

Ich träumte was in dieser Nacht. Grit und ich haben geheiratet. Überall Gläser voll mit rotem Sekt, ein großes Prickeln unter der Sonne. Mit Shasha habe ich auf dem Dach eines hohen Gebäudes getanzt. Ach nein, das bin gar nicht ich, der mit ihr tanzt. Das ist der Weihnachtswolf.

…

Carolyn Holm wurde um halb ein Uhr nachts davon unterrichtet, daß im Hotel die Leiche von Maxime de l'Abbas-Destouches gefunden worden sei, in seinem Zimmer. Er habe offensichtlich Selbstmord begangen, habe sich mit seiner Krawatte erhängt. Das Zimmer sei aufgeschlossen worden, nachdem er sich den ganzen Tag nicht bei seiner Freundin Nadja gemeldet hatte. Weil vor der Tür das Schild BITTE NICHT STÖREN hing, habe Nadja lange geglaubt, ihn in Ruhe lassen zu müssen, bis sie dann endlich das Zimmer von einem Hotelmanager öffnen ließ. Zu diesem Zeitpunkt war Maxime vielleicht, so die erste grobe Schätzung vor Ort, schon seit über fünfzehn Stunden tot. Spuren von Gewalteinwirkung fanden sich nicht. Carolyn war heilfroh, daß die Spurensicherung die Nacht dazu benutzen konnte, das Zimmer zu prüfen, so würde die Sache nicht arg viel Aufsehen erregen, denn die meisten Sportler schliefen bereits und bekamen nichts mit. Die Presse würde für die morgige Ausgabe auch nicht mehr rechtzeitig reagieren können. Wenn sonst auf der Welt nichts Außergewöhnliches passiert sein sollte, war das schließlich ein Fall für die Schlagzeile.

*Der Tod eines bunten Hundes.* Oder so. Und im Untertitel: *Was verschweigt die Polizei?* Denn das ist ja eine interessante und immer erlaubte Frage. Auch wenn es nur ein langweiliger Suizid war. Oder doch nicht? Im Lauf des Tages bekam der Fall Maxime eine neue Dimension. Carolyn Holm war aufgefallen, daß die Spurensicherung im Zimmer des Toten kein Handy gefunden hatte. Hannes Madsen meinte, vielleicht habe er keines besessen. Hannes war immer für jene Lösung, die keine Arbeit verursachte, selbst wenn sie dazu völlig abwegig sein mußte. Carolyn ließ sich von seiner Mentalität nicht anstecken, und Nadja Stefanowna bestätigte, daß Maxime selbstverständlich ein Handy besessen habe, wie jeder andere Mensch auch. Sie gab den Kriminalern die Nummer, und Carolyn kam auf die glorreiche Idee, das Handy einfach mal anzurufen, vielleicht besaß es ja eine Trackingfunktion gegen Diebstahl. Hannes Madsen meinte, Maxime könne es auch verloren haben, es müsse nicht unbedingt gestohlen worden sein. Warum aus dem Fall immer noch mehr und mehr machen?

Das Handy war in Betrieb. Es ließ sich über Satellit orten, bis auf wenige Meter genau. Es befand sich immer noch im Hotel. Nach wenigen Minuten wußte Caro es ganz genau. Madsen fiel die Kinnlade runter, und er riet seiner Chefin zur Vorsicht, politisch gesehen könne das der Griff in ein Wespennest sein. Aber Carolyn Holm hörte nicht auf ihn und ließ Zimmer 917 sofort öffnen und durchsuchen. Das Handy fand sich unter der Matratze, dort, wo jeder Zweijährige zuerst nachgesehen hätte. Nummer 917 war das Zimmer Richard Gardiners, des IFCS-Präsidenten.

# SECHSTER TAG

Am Morgen gab es die üblichen Demonstrationen. Draußen patrouillierte viel Militärpolizei, was aber neu war, waren die vielen Zivilbeamten im Hotel. Es schwirrten Gerüchte über die Flure. Die Umstände von Maximes Tod sollten, hieß es im Buschfunk, nicht so ganz eindeutig sein, man habe einige Zimmer durchsucht, darunter auch die von Gardiner und seiner Führungsriege. Diese Leutchen seien jetzt auf hundertachtzig, angeblich habe man irgendetwas Verdächtiges bei Gardiner gefunden. Jeder, der ein bißchen Fantasie und Geltungsdrang besaß, fügte noch ein dramatisches Detail hinzu.

Helen meinte, wir sollten an den Pool gehen und uns auf den Wettkampf konzentrieren. Alles andere sei Politik und gehe uns nichts an.

»Vergeßt nicht, euch auf Japsenglatzen abzulinsen!«

Manchmal behandelte sie uns wie Kinder. Dabei ist unser Team ein Vorbild in Sachen Prophylaxe. Vor dem Wettkampf untersucht man sich gegenseitig auf Pickel in den schwer einzusehenden Körperpartien. Sie müssen zum frühestmöglichen Zeitpunkt entdeckt werden, denn manche können binnen einer Stunde zu etwas Monströsem wachsen, das in Großaufnahme dann sehr eklig aussieht.

Um uns auf andere Gedanken zu bringen, las Helen neue Fanfants vor. Also die schon erwähnten Fantasien, die gutmeinende Anhänger (nicht alle davon Creepy Creatures) ans Team schicken. Meistens sind es Männer. Frauen schreiben eher selten. Ich weiß nicht, warum. Ich weiß auch nicht, warum das Wort »Frauenfantasie« so ungebräuchlich ist. Eine der Stories heute war nicht übel:

> Grüße ans Team Berlin! In meiner Nachbarklasse gab es mal son junges schlankes XS-Mäuschen, das gern Faltenrock mit Schottenkaro trug und weiße Strümpfe. Diese Schulmädchenmasche. Das Mädel war auf 'nem basisdemokratischen Trip, und eines Abends wollte sie von allen Jungs in der Klasse gevögelt werden. Aber es sollte kein Gangbang, es sollte intim sein – für alle. Auf ihrer eigenen Geburtstagsparty ging sie ins Schlafzimmer ihrer Eltern, räkelte sich nackt im Bett. Einer nach dem anderen sollte eintreten, aber immer nur einer. Insgesamt sechzehn Jungs. Jeder sagte dem nächsten Bescheid ... Nur zwei machten nicht mit, einer, weil er schon zu betrunken war, der andere, weil er seiner Freundin treu bleiben wollte. Vierzehn also. Manche brauchten nicht mal eine Minute, bis sie kamen. Die Mädels auf der Party merkten nichts von der Aktion. Euer Jack aus Lichterfelde

Nette Story, sehr wahrscheinlich frei erfunden. Frauen sind nicht so demokratisch, nicht mal, wenn sie noch ganz jung sind. Aber es konnte als Half-Minute-Fantasy funktionieren, wenn ich mich in das Mädel reindachte. Im Traum das Geschlecht zu wechseln ist fast das einzige, was für mich am Sex noch irgendwie ein klein wenig reizvoll sein kann. Ich würde ein Jahr meines Lebens dafür geben, nur um einen Tag mal Frau sein zu dürfen. Von mir aus könnte man Männer abschaffen. Vielleicht bis auf ein paar Zuchtbullen, die man in Käfigen hält.

Helen notierte sich die Adresse des Fanfant-Absenders, er würde ein schickes Accessoire aus dem Merchandisingprogramm bekommen.

Käffchen stieß, vielleicht weil er unterbeschäftigt war, eine völlig nutzlose Diskussion an. Ob man Marita als Speedkoitina nicht doch durch Sally oder Julia ersetzen solle. Grund war wiederum dieses blöde Tattoo auf ihrem Hintern. Wenn sie als Manustima agierte, konnte wenig passieren. Aber wenn eine Frau von drei Typen auf Zeit genommen wird, auch anal, dann könne Körperschminke schnell mal verwischen, und der Davidstern käme zum Vorschein. Dann drohe uns die Disqualifikation.

Käffchen war ein Idiot. Ich meine, er hatte durchaus recht mit dem, was er sagte, aber der Zeitpunkt war unmöglich. Jetzt, drei Stunden vor dem Kampf, sollten wir alles umschmeißen und auf Maritas körperliche Vorzüge verzichten? Das wäre amateurhaft gewesen. Und seine Worte übten gewaltigen psychischen Druck auf Marita aus, die sich eben erst wieder gefangen hatte und ohnehin obenrum nicht die Robusteste war. Die Debatte wurde beendet, indem ich, zugegeben etwas selbstherrlich, die Verantwortung übernahm. Denn schließlich war ich derjenige, der Marita anatrieren würde, und wenn dabei die Schminke verwischen sollte, dann durch *meine* Unachtsamkeit. Kevin wagte nichts weiter zu sagen. Er konnte sich nicht leisten, meine Autorität in Frage zu stellen. Wir gingen auseinander, schweigend, um die letzten beiden Stunden auf den Zimmern zu verbringen. Das Klima war, ich will nicht sagen: vergiftet, das wäre übertrieben. Aber dieser dämliche Davidstern hing wie ein Damoklesfallbeil über uns. Der wunde Punkt unserer Vorbereitung. Marita hätte ihn vor Monaten weglasern lassen sollen. Jetzt sahen wir das alle so. Man kann nichts wegwünschen. Nicht jetzt.

Auf dem normalen Postweg erreichte mich eine Karte. Der Hotelmanager übergab sie mir, als ich an der Rezeption vorbeikam. Eine Ansichtskarte von Kopenhagen aus Kopenhagen nach Kopenhagen. Zugegeben, es ist nicht ganz einfach, mich zu kontaktieren, wenn man sich nicht an Helen wenden will. Aber das hier war doch drollig. Und es sah völlig unverdächtig aus:

> Lieber Leon, Sie werden sich wundern, ausgerechnet von mir zu hören, nachdem Sie meinen Namen gegoogelt haben. Ich würde sehr gern mal mit Ihnen unter vier Augen reden. Ich schwöre bei Allah, daß ich nichts Böses oder Hinterlistiges vorhabe. Im Gegenteil! Mit herzlichem Gruß, Faisal Boutari

Das war absurd. Ich brauchte Boutaris Namen nicht zu googlen, ich wußte auch so, wer er war. Netter Versuch. Bin ich verrückt?

WHAT THE FUCK???

In meinem Zimmer war jemand gewesen. Man hatte sich nicht einmal Mühe gemacht, den Umstand zu verbergen. Die Schranktüren standen offen, ebenso die Schubladen. Ich trat auf den Flur hinaus und unterhielt mich mit Sportlern, denen dasselbe passiert war. Die Polizei hatte mein Zimmer durchsucht. Zum Glück war alles noch da, auch die Trauben in der Minibar.

Ich wollte mich jetzt nicht weiter damit beschäftigen, wollte den Kopf freibekommen. Vom Fenster aus sah ich die Demonstrationen. Salafisten begannen damit, Transparente zu verbrennen. Wasserwerfer löschten die Brände. Neue Transparente wurden entzündet. Und wieder gelöscht. Es sah aus wie eine Choreographie. Bis jetzt war noch nicht mal ein Warnschuß gefallen.

Madsen brachte den Befund aus dem Labor. In Maximes Blut war ein Cocktail aus Alkohol, Kokain und Barbituraten nachgewiesen worden und, das fand er besonders geil und aufsehenerregend, Rückstände von Benzodiazepam. Nur dank einer neuartigen Methode, ausgerechnet jüngst in Dänemark entwickelt, sei das so spät nach dem Todeszeitpunkt noch möglich. Benzodiazepam in solcher Dosierung – danach mußte man sich eigentlich gar nicht mehr aufhängen. Tatsächlich sei die Todesursache ein Genickbruch gewesen, aber es bestehe die Möglichkeit, daß Maxime sich da in einem Zustand der Bewußtlosigkeit befand. Hundertprozentig auszuschließen sei ein Suizid aber nicht.

Winnipeg ist ein Eins-a-Team, Nummer drei der Weltrangliste. Das Ergebnis war völlig offen, auch wenn die Buchmacher uns als knappen Favoriten sahen. Solche Kämpfe werden durch Nuancen entschieden. Einiges würde darauf ankommen, ob ich im Dircom während der letzten dreißig Sekunden die Zusatzpunkte erreichen konnte. Und ich besaß noch immer keine wirklich gute neue Fantasie, die mir die Punkte garantieren würde.

Helen hatte uns, wie ich durch Zufall erfuhr, versichert. Das bedeutet, wir hatten über die Teammanager einen Secret Deal mit Winnipeg abgeschlossen. Für den Fall, daß wir verlieren würden, bekämen wir, falls Winnipeg mindestens das Halbfinale erreichte, zehn Prozent von jedem Preisgeld, das Winnipeg zustand. Und umgekehrt. Solche Versicherungen zwischen Topteams sind im CS üblich, aber noch nicht im Achtelfinale. Helen hielt unsere Niederlage also für gut möglich. Und hatte gedealt, ohne unser Teamplazet einzuholen. Kein lupenreiner Stil, um das mindeste zu sagen, sie hatte meiner Meinung nach die Grenzen ihrer Kompetenz damit ein für allemal ausgereizt. Ich überlegte, die anderen davon in Kenntnis zu setzen, aber das wäre kontraproduktiv gewesen, hätte die Stimmung nur weiter gesenkt. Helen unter vier Augen darauf anzusprechen und zu protestieren schien mir der bessere Plan. Aber selbstverständlich erst *nach* dem Kampf.

Der mit einer herben Enttäuschung begann. Ausgerechnet Käffchen versagte im Speed. Er, der so nutzlos-defätistische Töne in die Debatte eingebracht hatte, kam eine ganze Minute später, als es seiner Papierform entsprochen hätte. Vielleicht litt er unter einem schlechten Gewissen Marita gegenüber und war dadurch gehemmt. Keine Ahnung. Kevin trug bislang nur in dieser einzigen Disziplin eine sportliche Verantwortung, er konnte sich nicht darauf herausreden, ausgepowert zu sein. Winnipeg führte schnell mit 200 Punkten Vorsprung, und diesem Rückstand liefen wir aussichtslos hinterher. Julia machte im Orasticon ein bißchen was gut, und Ed zeigte sich zuverlässig wie immer. Beide Disziplinen gewannen wir, und der Rückstand schmolz auf 120 Punkte. Im Dircom zeigte Shasha ihre ganze Klasse. Ich empfand es als große Ehre, mit solch einer Sportlerin auf die Matte zu gehen. Sie war atembezaubernd, das Publikum stand beinahe geschlossen auf, um ihr zu huldigen. Wir bekamen, denn ich war auch nicht ganz schlecht, als B-Note eine 9,8 – Winnipeg »nur« eine 9,5. Doch die Extrapunkte waren mir nicht gelungen, ich kam nicht einmal in die Nähe eines Ejak. Glücklicherweise ging es meinem Gegner nicht anders. Der Abstand betrug jetzt nur noch 60 Punkte, aber vor den zwei letzten Disziplinen sind 60 Punkte immer noch ein erfolgversprechendes Polster. Im Manusticon erzielte Pat Spencer vom Team Winnipeg ein mehr als passables Ergebnis von neuneinhalb Minuten, was für sie sogar einen persönlichen Rekord darstellte. Das war's im Grunde gewesen, und ich überlegte mir bereits, was ich auf der Pressekonferenz von mir geben würde, ohne meine Enttäuschung zu brüsk offenzulegen. Und dann kam Marita. Sie agierte beidhändig, was ungefähr dem Risiko entspricht, das eine Handballsportschaft eingeht, wenn sie bei entscheidenden Must-win-Spielzügen auf offene Deckung umschaltet. Eine Art Hail-Mary-Aktion, in sich konsequent, weil kein anderes Mittel mehr bleibt. Es war sagenhaft. Ganz großes Kino. Die Welle ging reihum. Der erste dänische Freiwillige samte nach einer Minute ab, der nächste nach drei, der letzte nach siebeneinhalb. Die Halle tobte. Wir lagen am Ende mit 15 Punkten vorn, und später in den Nachrichten sah ich ein Foto, das mich laut jubilierend, den Gorilla trommelnd, neben einer weinenden Pat Spencer zeigte. Daran muß ich arbeiten. Muß mich demütiger zeigen, auch wenn es mir selbstredend nie darum gegangen war, den unterlegenen Gegner zu verhöhnen. Ein Wettkampf ist nicht zu Ende, nur weil Sieger und Verlierer feststehen und die Jury das Ergebnis verkündet hat. Auch im medialen Nachspiel lassen sich noch Punkte erzielen. Pat Spencer in den Arm zu nehmen und zu trösten hätte verlogen und schleimig gewirkt. Im Zweifelsfall ausgepumpt liegen bleiben und die Fäuste gen Himmel strecken – damit macht man nie etwas falsch. Marita strahlte wie ein schwer beschenktes Kind an Weihnachten. Sie mußte Dutzende Interviews geben und erledigte auch diese Pflicht recht ordentlich, trotz ihrer Piepsstimme. Käffchen hätte ihr gratulieren und auf Knien danken müssen. Doch hatte er die Halle bereits vor dem Dircom verlassen, als niemand mehr an unser Comeback glaubte. Das war stillos und eigentlich nicht hinnehmbar, nein.

Wie sollten wir damit jetzt umgehen, teamintern? Für den Moment scheißegal. Wir standen im Viertelfinale, was in vielerlei Hinsicht eine Riesenerleichterung war. Denn von nun an konnten wir versagen, ohne unser Gesicht zu verlieren. An diesem Tag erreichten auch Kopenhagen und Peking die nächste Runde. Ich habe deren Wettkämpfe nicht verfolgt und kann wenig darüber äußern, was Substanz besäße, aber im Netz mehrten sich die Stimmen, die offen über Manipulation bis Schiebung redeten.

Beim Abendessen wurde kein einziger Konflikt angesprochen. Wenn man in Feierlaune ist und die Nachbartische mithören könnten, ist die Gelegenheit sowieso ungeeignet. Aber ich raunte Helen ins Ohr, sie solle keine Deals mehr auf eigene Faust aushandeln. Sie riß die Augen auf und setzte zu einer Ausflucht an, vielleicht sogar zu einer Lüge, aber dann dachte sie nach und nickte nur, mit einer leichten Kopfschwenkung, die man mit etwas gutem Willen als Entschuldigung interpretieren konnte.

Später schlüpfte Grit in mein Zimmer, und wir sahen auf dem Cinema Channel den neuesten Disney-Film, tranken ein Glas Rotwein und schmusten. Plötzlich, gegen elf, klopfte jemand an die Tür. Wer konnte das sein? Ich öffnete nicht, stellte mich taub. Zwanzig Minuten später rief Helen auf meinem Handy an. Das konnte ich nicht ignorieren. Sie entschuldigte sich für die Störung, aber die Polizei habe Gardiner festgenommen. In seinem Zimmer habe man etwas von Maxime gefunden und Medikamente und Chemikalien, die auch in Maximes Blut nachgewiesen worden seien. Sie wollte mir die Neuigkeit lieber heute abend noch mitteilen, damit ich Zeit genug haben würde, sie bis morgen mental zu verarbeiten. Aha.

Ich hatte große Lust, mit jemandem darüber zu reden, und öffnete ein zweites Rotweinfläschchen.

»Was bedeutet das? Wird man die Spiele abbrechen?« Grit rauchte einen sehr dünn gerollten Joint und war hibbeliger als ich selbst.

»Glaub ich kaum. Da steckt zuviel Geld drin. Wozu auch? Ein Präsident wird verhaftet. Die Show braucht keinen Präsidenten, das kann alles gut ohne ihn weitergehen.«

Die Situation war unübersichtlich. Laut den Statuten des CS mußte der Vizepräsident (das war Douglas Cowper aus London) kommissarisch die Amtsgeschäfte übernehmen, aber sich alsbald einem Mißtrauensvotum stellen und dafür sorgen, daß die Mitglieder Kandidaten für eine Neuwahl aufstellen konnten. Alsbald bedeutete: zum frühestmöglichen Zeitpunkt. Also bei der Vollversammlung nach der Siegerehrung, wenn so viele Delegierte vor Ort sein würden. Es galt, Schaden vom CS abzuwenden. Die Katastrophe als Chance zu begreifen war womöglich das Gebot der Stunde. Als ob das alles noch nicht aufregend genug war, konfrontierte mich Grit mit einer Beichte der besonderen Art.

»Ein Mann hat mich heute angerufen. Er meinte, er würde dich gerne kennenlernen und mit dir reden. Persönlich. Unter vier Augen.«

»Wer denn? Und warum, verdammt, weiß er von dir und mir?«

»Ich bin verantwortlich für den zehnten Stock.«

»Du allein? Für alle Gäste aus dem zehnten Stock?«

»Nein, aber irgendwoher wußte er eben, daß ich *deine* Kontaktperson bin. So schwer ist das nicht herauszubekommen.«

»Und? Wer ist es?«

»Faisal Boutari.«

Ich stieß Grit von mir. Wurde laut. »Du bist doch auf mich angesetzt, du Sau!«

Sie leugnete und beschwor ihre Unschuld. Ich glaubte ihr kein Wort und scheuchte sie aus dem Zimmer. Beinahe hätte ich sie geschlagen. Beinahe hätte ich sie erwürgt und zerteilt. Eruption.

Zitternde Hände, fast zehn Minuten lang. Durchschnaufen. Ruhig atmen. Natürlich würde ich niemals eine Frau schlagen. Geschweige denn das andere.

S-KK@gmx.de an NoelA@gmail.com
9. Mai 2028 23:11

Lieber Noël,
was für ein Tag geht zu Ende. Helen hat mir eben erzählt, daß Gardiner verhaftet wurde. Wegen MORDVERDACHT! Das kann doch alles nicht wahr sein. Bei solchen Entwicklungen wird vieles andere irrelevant. Du hast sicher gesehen, welche Herkulesleistung Marita heute vollbracht hat. Es scheint, du könntest recht behalten mit dem, was du über unser Glück prophezeit hast. Im Team, leider, kriselt es, ohne daß ich auf Details eingehen kann und will.
Herzlich, Sally

NoelA@gmail.com an S-KK@gmx.de
9. Mai 2028 23:24

Liebste Sally,
es spricht für deine Bescheidenheit, wenn du mit keinem Wort erwähnst, daß du mindestens genauso viel zum Sieg des Teams beigetragen hast wie Marita. Darf ich dich fragen, wie es sich anfühlt, wenn einem sechstausend Menschen zu Füßen liegen bzw. wenn sie – ganz im Gegenteil – aufstehen, um dir Ovationen zu bereiten ? Ist das erotisch ?
Love, Noël

S-KK@gmx.de an NoelA@gmail.com
9. Mai 2028 23:50

Lieber Noël,
ja, das ist es. Das Kribbeln, die Gänsehaut am ganzen Körper, das ist tatsächlich ein bißchen so wie beim ersten Kuß, nur noch stärker, viel stärker, es wandert vom Hintern die Wirbelsäule hinauf und verteilt sich schwer und heiß auf den Schultern. Ob auch zwischen den Beinen, kann ich nach einem Dircom beim besten Willen nicht sagen. Hab eine angenehme Nacht.

…

Carolyn Holm hatte ihre Leute angewiesen, am Nachmittag das gesamte Hotel nach Waffen zu durchsuchen, Zimmer für Zimmer, egal, wer darin wohnte. Für den Fall, daß jemand mosern würde, solle gesagt werden, es handele sich um eine Schutzmaßnahme nach einer Bombendrohung. Und das war nicht einmal gelogen, denn es gab pro Tag etwa drei bis vier Bombendrohungen.

Bei den Durchsuchungen kam nichts heraus, keine Waffen, nicht einmal größere Mengen an Drogen. Gardiner war in die City überstellt worden und wurde dort von der Mordkommission verhört, der Fall ging Carolyn nicht länger etwas an. Was sie sehr schade fand. Sie konnte an eine Schuld Gardiners nicht recht glauben, andererseits wäre eine Nichtfestnahme kaum zu begründen und schon gar nicht zu verantworten gewesen. Ihr Bauchgefühl sagte, daß Gardiner in etwas hineingeraten war. Aber wie der Ausbilder damals auf der Polizeischule tausendmal gesagt hatte: »Frauen, hört nicht auf euer Bauchgefühl, trainiert euer Hirn, das kann viel mehr!«

Der Typ war ein Chauviarsch gewesen, aber er hatte leider recht gehabt. Unzählige Menschen saßen wegen seltsamen Bauchgefühlen im Gefängnis. Caros männliche Kollegen litten noch häufiger daran, es war ihnen nur weniger bewußt, die hielten es für das Relikt eines archaischen Jagdinstinkts, der irgendwas mit Intelligenz oder gar übernatürlichem Verständnis zu tun hatte. Alles Quatsch. Menschen sind Wesen, die innerhalb der ersten Sekunden Partei ergreifen, tatsächlich aus einem uralten Instinkt heraus, weil einst in der Wildnis gewisse Situationen eine sofortige Beurteilung erforderten, um zu überleben. Von dieser spontanen Parteinahme weichen die Menschen oft nicht mehr ab, egal, was die kommenden Fakten noch so alles erzählen. Was nicht paßt, wird vom eitlen Gehirn zurechtgebogen.

»Wenn wir die Erlaubnis bekommen hätten, auch

im Hotel Videoüberwachung einzurichten, ich meine auf den Fluren, wäre jetzt alles ganz einfach.« Als sie den Satz beim Abendessen Tommy gegenüber gesagt, ja beinahe hinausgeschnaubt hatte vor Wut, erschrak sie kurz und wunderte sich über ihre Haltung, die sich in den letzten Wochen so fundamental geändert hatte.

»Hör mal, Caro, du kannst doch nicht ernsthaft wollen, daß Hotelflure überwacht werden. Hotels, das sind die Paläste der Anonymität.«

»Während der WM hätte man eine Ausnahme machen können.« Es gab ja selbst hierzulande schon jede Menge Leute, die dafür waren, allen Bürgern Mikrochips unter die Haut zu pflanzen, wie den Haustieren. Jeder würde damit zu jeder Zeit lokalisierbar sein. Die Aufklärungsquote der meisten Verbrechen würde sich den hundert Prozent annähern. Carolyn ahnte, daß es bald so kommen würde. Und welches Gegenargument könnte stichhaltig sein, wenn es darum ging, Menschenleben zu schützen?

»Vielleicht ist es mit dem Leben der Menschen ähnlich wie mit dem Sex. Ungeschützt fühlt es sich intensiver an.« Tommy wußte, daß er einen Fehler beging, noch bevor er den Satz beendete.

»Das findest du jetzt einen cleveren Spruch, oder? Hast du eigentlich je eine Leiche gesehen?«

»Nicht mit Fleisch dran. Halt, doch, Mumien. Ich war Archäologe, weißt du noch?«

Carolyn sagte nichts mehr. Mit dem letzten Satz hatte sich ein Abgrund aufgetan zwischen den beiden. Zum ersten Mal dachte sie länger als eine Sekunde daran, ihn zu verlassen.

# SIEBTER TAG

Am nächsten Morgen, gleich nach dem Frühstück, traf ich mich mit Grit am Ende des Flurs, im Vorratsraum für Toiletten- und Minibarartikel. Es war nicht so, daß ich über Nacht komplett umgedacht hatte, aber ... nun ja, sagen wir so: Es hätte ihrerseits subtilere und raffiniertere Möglichkeiten gegeben, mir Schaden zuzufügen. Außerdem – was genau hatte sie verbrochen? Ein Islamist hatte sie gebeten, mir auszurichten, daß er mich sprechen wolle. Ja, und? Hätte sie mir das verschweigen oder erst kurz vor dem Wettkampf erzählen sollen? Im Grunde mußte ich mich bei ihr entschuldigen. Und ein wenig neugierig war ich auch. Wie genau hatte sich Boutari das denn vorgestellt? Was wollte er von mir? Warum konnte er mit mir nicht telefonieren oder mir z. B. über Grits Account Mails schicken? Und wo zum Henker sollten wir uns hier unter vier Augen unterhalten, ohne daß irgendwer davon Wind bekommen hätte? Und warum sollte ich auch nur das geringste Risiko eingehen, nach erreichtem Viertelfinale einer Weltmeisterschaft von diesem Menschen auf irgendeine Weise verletzt oder beeinträchtigt oder auch nur aufgewühlt zu werden? Fragen über Fragen. Natürlich blieb die Möglichkeit bestehen, daß Boutari Grit von Anfang an dafür bezahlt haben könnte. Damit sie sich mir an den Hals warf. Damit sie sich mein Vertrauen erschlich. Aber wofür? Zu welchem Zweck? Sie hätte mich vorgestern nacht erschlagen oder vergiften oder herbe verwünschen können. Soweit ich sehen und spüren konnte, ging es mir gut. Grit hatte mich nie nach was ausgefragt, geschweige denn den Versuch gemacht, mit mir ein niveauvolles Gespräch zu führen.

Dennoch – unter »normalen« Umständen wäre ich schon aus Respekt vor Helens Ethikkatalog, also aus Verbundenheit zu meinem Team, das mir vertraute, nie und nimmer auf etwas so Dubioses eingegangen. Um mich her war allerdings nur noch wenig *normal*. Und hinterher würde ich vielleicht mehr wissen. Mehr ist IMMER mehr.

Wie also, fragte ich Grit in der Kleiderkammer, habe sich Herr Boutari ein Treffen mit mir vorgestellt?

Verblüffenderweise (eher: ganz natürlicherweise) hatte das Mädel darauf keine Antwort parat. Sie müsse ihm ja erst einmal meine Gesprächsbereitschaft übermitteln. Zu diesem Zweck habe ihr Boutari eine Telefonnummer gegeben. Sie bat mich inständig um Vertrauen und küßte mich wie im großen Kino, ich meine tatsächlich: wie eine verliebte Braut am Abend vor der Schlacht den Bräutigam küßt. (Im Hintergrund gemischter Chor und Sonnenuntergang.)

Dosto sagt, sinngemäß: Für einen Mann ist Langeweile schlimmer als der Krieg. Dieses Leben ist kurz, und wenn man etwas erreichen möchte, muß man sich in den wenigen Jahren, die zur Ausbildung seiner selbst genügen müssen, konzentrieren. Jewsky hingegen meint ... aber pfeif auf Jewsky. Jewsky ist eine Pussy, klammert sich an Gott und träumt vom ewigen Leben.

Die letzten acht teilnehmenden Sportschaften an der CS-WM waren Berlin, Amsterdam, Kopenhagen, Brooklyn, London-Hackney, Graz, Peking und Hawaii. Um elf Uhr wurden die Paarungen ausgelost. Jeder hatte Angst vor Amsterdam und uns, jeder wünschte sich die Außenseiter aus Graz. Am Ende hießen die Paarungen Kopenhagen – Graz, Hackney – Amsterdam, Brooklyn – Peking und Berlin – Hawaii. Damit konnten alle zufrieden sein. Um die Zeit zwischen 15 und 22 Uhr ein wenig zu füllen, gab es ab dem Viertelfinale einen zweiten Dircom pro Begegnung. Helen hatte vor zwei Tagen festgelegt, daß Julia und Kevin ihn austragen würden. Nach dem Eklat von gestern, als Kevin den Saal – somit symbolisch das Team – verlassen hatte, waren alle zornig auf ihn. Leider konnten wir es uns nicht leisten, ihn abzustrafen. Ed hatte ohnehin schon genug zu tun. So blieb nur eins: pragmatisch sein, vernünftig, das Ganze unter den Teppich kehren. Aber ist es vernünftig, einen Schwelbrand unter den Teppich zu kehren?

Mit jedem Tag, den ich in dieser Stadt verbrachte, sank meine Stimmung. Antidepressiva haben eine schwer zu berechnende Nebenwirkung auf Libido und Potenz, die kamen für mich derzeit nicht in Frage. Ich wollte wieder in meiner Hütte sein und auf den Wolf schießen, aber diesmal nicht aus der Sicherheit heraus, sondern draußen im Schnee, wo wir beide eine Fifty-fifty-Chance haben würden.

Berlin – Hawaii startete voraussichtlich gegen 17:30 Uhr. Wir mußten einen halben Tag im Hotel totschlagen, bevor wir uns entspannen konnten. Vor dem Zaun sammelten sich immer mehr Menschen und randalierten. Die Polizei hatte einen der Demonstranten durch Gummigeschosse verletzt, als der Vollidiot mit seiner Zwille Stahlkugeln auf sie schleuderte. Einige Feuerwerksraketen flogen gegen die Hotelwände, und manchmal wurde sogar ein Fenster im zehnten Stock getroffen. Selten, doch es kam vor.

Das Hotel zu verlassen war uns nicht mehr möglich, ohne den Veranstaltern große Kosten für den notwendigen Geleitschutz zu verursachen. Praktisch waren wir Gefangene. Nur nachts gab es Ruhe. Das nächtliche Demonstrationsverbot in Dänemark wurde respektiert, was ich erstaunlich fand angesichts der Wut bei Tage. Man muß dazusagen, daß der Lärm nicht wirklich an unsre Ohren drang, alle Zimmer waren schallisoliert mit diesem neuen Silikonglas. Da kam nichts durch, gar nichts.

Ich verbrachte zwei Stunden im Fitneßraum, dann zog ich mich in mein Zimmer zurück.

Dosto sagt, sinngemäß, die Natur ist grausam und ein Ort der Furcht. Man kann Glück haben und von einem Löwen gerissen werden. Er beißt dir ins Genick, und du hast es schnell hinter dir. Aber wenn du als Fisch in der Welt unterwegs bist, und ein Pelikan schnappt dich, dann wird dich sein Magensaft langsam zersetzen. Und du kannst nicht einmal schreien, und darüber hinaus hast du nie das Festland gesehen, und der Natur ist alles scheißegal.

Jewsky sagt: Jesus Christus bietet Trost und Hoffnung. Der Paradiesclub wird in Kürze eröffnet, und die Auserwählten erhalten eine Einladung ins Grab geschickt. Darf liegenbleiben, wer nicht zur Party will? Jewsky schweigt sich hierüber aus.

Grit sah kurz herein und meinte, Herr Boutari finde leider keine Möglichkeit, die strengen Sicherheitsvorkehrungen des Hotels zu umgehen, aber was er mir zu sagen habe, sei von Bedeutung. Ob es mir eventuell möglich wäre, das Hotel nach Mitternacht zu verlassen und ihm quasi entgegenzukommen?

Ich antwortete, nein, das sei mir nicht möglich. Also möglich vielleicht schon, irgendwie, aber daß er sich das an den Hut stecken könne. »Bezahlt er dich eigentlich dafür?«

»Wofür?«

»Na, dafür, daß du hier den Boten spielst. Dafür muß er dir doch etwas zahlen, oder nicht?«

»Ich hab nichts verlangt. Weswegen auch? Es sind doch nur ein paar Sätze, die ich ausrichten muß.«

»Du mußt? Wie meinst du das?«

»Ich muß gar nichts. Ich hab mich womöglich falsch ausgedrückt. Ich *soll*, hätte es heißen müssen. Ich *soll* Sätze ausrichten. Leon, darf ich dir etwas vorschlagen?«

»Was kommt nun?«

»Ich will mich wirklich nicht einmischen, aber wenn du diesen Menschen wirklich treffen willst, gäbe es eine Möglichkeit ...«

»Was hättest DU denn davon?«

»Nichts, gar nichts, es betrifft einzig dich und ihn.

Wenn du jetzt und hier sagst, ich soll nie mehr davon reden, rede ich nie mehr davon.«

»Gut. Dann rede nie mehr davon.«

»Okay. Ich dachte nur, es könnte dich vielleicht interessieren.« Sie schmollte ein bißchen.

»Herrgott, also sag schon! Wie sähe die Möglichkeit aus?«

Der Wettkampf gegen Hawaii verlief einseitig und beinahe langweilig, was wir diesmal unserer überragenden Orastima Julia zu verdanken hatten, die ihre Gegnerin deklassierte, wie es während der Endphase einer WM selten vorkommt. Wir anderen aus dem Team mußten praktisch nur noch Durchschnittsleistungen erbringen und taten das auch. Völlig egal. Wichtig war allein, daß wir nach zwei äußerst knappen und glücklichen Siegen wieder einmal souverän gewannen, Selbstbewußtsein tankten und die Konkurrenz beeindruckten. Ich hatte über einen Strohmann in Berlin 50 Mille auf uns gesetzt und erhielt 85 zurück. Keine schlechte Quote dafür, daß Hawaii praktisch chancenlos gewesen war. Kopenhagen hatte zuvor mit Hängen und Würgen das tapfere Graz hinausgekegelt, aber im Grunde wirkte es sonderbar genug, daß überhaupt eines der beiden Teams bis ins Halbfinale vorgedrungen war. Nach dem Abendessen ging ich mit dem Team wieder in die Halle zurück, um die möglichen Gegner von morgen zu studieren. Ich hasse diesen Teil des Professionalismus und hätte mir lieber einen freien Abend gegönnt. Der dann erst gegen halb elf begann. Was es bis dahin zu sehen gab, hatte mich überrascht. Peking, das Team, das zum ersten Mal überhaupt auf internationaler Ebene mitmischte, beherrschte Brooklyn deutlich. Und Brooklyn bestand wie Tel Aviv fast ausschließlich aus Itzigs, die sich nicht so leicht die Butter vom Brot nehmen lassen. Diesem Team galt noch vor Monaten meine Bewunderung, aber am heutigen Abend lief bei denen einiges schief – und Peking bekam in den Dircoms B-Noten von 9,9 und 9,7. Darüber konnte man heftig diskutieren. Aber natürlich war mir auch klar, daß viele im CS über das Ausscheiden der jüdischen Sportler insgeheim heilfroh waren, denn ein Sieg der Shlomos hätte die Muselmännchen draußen am Zaun zum Kochen gebracht. Von daher erlaubten sich die Punktrichter vielleicht ein paar … Freiheiten, nennen wir es mal so. Entscheidend war das aber nicht gewesen, Team Brooklyn hatte neben sich gestanden, wie es hin und wieder vorkommen kann. Und dann London-Hackney gegen Amsterdam. Vieleicht wissen einige, daß ich Timo Mertens wegen seines nachtragenden und humorarmen Charakters nicht besonders leiden kann, aber er wäre mir komplett egal, wäre er nicht auch so ein begnadeter Sportler. Es machte einfach großen Spaß, ihm zuzusehen, er war der Nurejew des CS, war Ästhet, war Virtuose, war zugleich auch ein Wilder und ein Schlangenmensch. Überwältigend, trotz seines relativ bescheidenen Spogs. Es war, als würde ein Mann von 1,60 Meter Körpergröße die amerikanische Basketballiga durcheinanderwirbeln.

Und obwohl Hackney wirklich einen guten Tag erwischte und lange Paroli bot, entschied am Ende die Nuance mit Namen Mertens.

Kopenhagen, Peking, Amsterdam und Berlin hießen demnach die Halbfinalisten, und alles redete bereits vom Traumfinale der beiden letztgenannten Teams. Die Auslosung aber lautete: Berlin gegen Amsterdam und Kopenhagen gegen Peking. Was für ein gottverdammter Mist. Wir setzten uns sofort zusammen und handelten mit Amsterdam per Telefon einen 30%-Versicherungsdeal aus. Die schienen genauso erschrocken wie wir. Zum ersten Mal waren die Wettquoten für beide Teams exakt gleich. Nachmittags um drei gab es die andere Begegnung, abends um sieben waren wir an der Reihe, das bedeutete eine etwas längere Regenerationsphase. Wenigstens das.

...

Seit Tommy arbeitslos geworden war, hatte er viel Zeit damit verbracht, aus dem Fenster zu sehen. Gelohnt hatte sich das selten, bis auf der gegenüberliegenden Seite der Straße vor einigen Wochen ein muslimisches Pärchen eingezogen war, beide Mitte Zwanzig und noch kinderlos. Er, ein schlanker, sportlich-eleganter Mann im Anzug von der Stange, verließ jeden Morgen um sieben das Haus, kehrte nachmittags um fünf zurück und verbrachte den Abend meist vor dem Fernseher. Wahrscheinlich irgendein kleiner Beamter oder Bankangestellter. Sie, eine echte Schönheit mit langem schwarzen Haar, brachte täglich zwei, drei Stunden die Wohnung auf Hochglanz und ging an jedem dritten Tag einkaufen. Sonst tat sie nichts Bemerkenswertes, telefonierte hin und wieder, las in niveauarmen Zeitschriften, sah sich Liebesromanzen auf Kanal 2 an und verbrachte den Großteil ihrer Zeit auf dem Sofa oder im Badezimmer. Eine immer heruntergelassene Jalousie verwehrte Tommy den Blick auf das, was sie dort tat. Die Straße betrat sie nur mit Kopftuch, was ihre Schönheit beinahe neutralisierte. Saß sie aber auf dem Sofa, konnte er sie in aller Ausführlichkeit betrachten. Er hatte sich zu diesem Zweck ein teures Fernglas zugelegt, und weil er Angst hatte, von ihr erwischt zu werden, legte er sich eine Decke über den Kopf, in die er zwei Löcher geschnitten hatte. Von seinem dritten Stock sah er hinunter auf ihren zweiten. Manchmal bohrte sie in der Nase und schnippte, was sie darin fand, in ein Tempotaschentuch. Offensichtlich litt sie unter Heuschnupfen, was ihn sehr erregte, und wenn sie sich die Augen rieb, griff er oft selbst zum Tempotaschentuch. Daß das sonderbar war, um das mindeste zu sagen, wußte er selbst. Einmal konnte er ihre nackten Schultern betrachten, als sie mitten im Wohnzimmer die Bluse wechselte. Ahnte sie denn gar nichts von ihrem heimlichen Fan? Es hatte den Anschein. Ihr Schlafzimmer lag außerhalb seines Sichtfelds im hinteren Teil der Wohnung. Doch war Tommy sich sicher, daß das junge Paar regelmäßige Reproduktionsversuche unternahm, meist ab halb zehn nach dem Spielfilm. Was es jeweils zu essen gab, konnte Tommy nur schwer erkennen. Aber die Frau kochte definitiv aufwendig und setzte ihrem Mann immer etwas Warmes vor, das er während der Abendnachrichten hastig verschlang. Tommy war einmal über die Straße gegangen und hatte sich das Klingelschild angesehen. Seitdem wußte er, daß die beiden Yerzül hießen. Er gab ihnen Vornamen. Ihm Abdul, ihr Soraya, nach der Gattin des ehemaligen Schahs von Persien. Ein Spanner zu sein wäre ihm nicht in den Sinn gekommen. Warum sollte es verboten sein, aus dem eigenen Fenster zu sehen? Er besorgte sich für seine alte Kamera ein starkes Teleobjektiv.

...

Um Mitternacht betrat ich die Tiefgarage. Auch dort patrouillierten mit Maschinenpistolen bewaffnete Militärpolizisten, das Gelände war wirklich hervorragend abgesichert. Grit war kein schlichtes Zimmermädchen, sie besaß gewisse Kompetenzen, hatte studiert und stand in der Hierarchie des Hotelmanagements weiter oben, als es ihr Alter – sie war 26 – hätte vermuten lassen. Erstaunlich viele Angestellte hörten auf ihre Anweisungen. Der Plan, den sie mir vorgeschlagen hatte, klang dennoch verrückt, und ich weiß nicht genau, warum er mich reizte. Vielleicht genau deswegen. Im Grunde führe ich ein ödes, durchreguliertes Leben und bin froh um jeden kleinen Ausflug ins Sonderbare. Grit wartete bereits in ihrem Wagen, einem alten Seat, ich setzte mich hinten rein, und die Fahrt ging los. Wagen, die nach draußen fuhren, wurden nicht kontrolliert, und falls überraschend doch, hatten wir uns eine Story zurechtgelegt, obwohl wir genaugenommen nicht hätten begründen müssen, was wir da trieben und wozu. Es war für eine Hotelangestellte doch ganz normal, ihren Arbeitsplatz am Abend zu verlassen und nach Hause zu fahren, sogar in so einer Ausnahmesituation wie der CS-WM. Natürlich hatte ich mich rückversichert und eine zeitversetzte Mail an das Team geschrieben, mit wem und wohin ich unterwegs war. Falls ich binnen drei Stunden nicht zurück sein sollte, würde die Mail automatisch abgeschickt werden. Natürlich konnte ich dann bereits tot sein oder ein gefolterter Gefangener. Es war der pure Wahnsinn und im Sinne des Teamethos mit nichts zu entschuldigen. Kann sein, ich bin manchmal nicht ganz richtig im Kopf. Kann sein. Die Neugier einerseits, andererseits die Möglichkeit, vielleicht etwas zu erfahren, was mir oder dem Team von Nutzen sein konnte … Nein, ich will nicht drum herum palavern, es blieb unverzeihlich. Die Fahrt dauerte keine fünf Minuten, dann parkten wir vor einer Tankstelle, die 24 Stunden geöffnet hatte und in einem Anbau ein kleines Fernfahrercafé betrieb. Es war alles genau so, wie von Grit beschrieben. Im Café, schon von außen gut sichtbar und hell beleuchtet, wartete Boutari.

Er trug einen mittelblauen Armani-Anzug mit weinroter Krawatte, einen äußerst gepflegten Bart und Hornbrille. Exzellentes Englisch sprach er auch. Wir sagten einander guten Abend, bestellten Tee, dann bat ich ihn, möglichst ohne Umschweife zum Punkt zu kommen, denn ich müsse schon bald im Bett sein. Er lächelte. Die Araber, die ich aus Berlin gewohnt war, wären an dieser Stelle schon eingeschnappt gewesen.

»Ich freue mich sehr, daß Sie mir die Chance geben, mit Ihnen in Kontakt zu treten. Das waren nun aber auch schon alle Umschweife, und ich komme sofort zum Thema. Lassen Sie uns zuerst über Maxime de l'Abbas-Destouches reden. Er hat seine Kandidatur zurückgezogen, nicht weil er sich für chancenlos hielt. Gardiner hat ihn gekauft. Um ganz sicherzugehen. Ich vertraue Ihnen das an und hoffe sehr, daß Sie nicht verkabelt sind.«

»Bin ich zufällig gerade nicht.«

»Ich glaube Ihnen einfach mal. Die Sache ist die: Gardiner und ich sind, ich will nicht sagen: Freunde – aber Gesprächspartner, die des öfteren ein gewisses Einvernehmen erzielt haben. Er ist auf mich zugegangen, um den CS zu schützen. Nun will ich beim besten Willen nicht behaupten, daß ich gutheiße, was Sie und Ihre Kollegen tun. Aber ich gehöre ganz gewiß auch nicht zu dem Lynchmob, der die Halle gerne mit Kalaschnikows stürmen würde. Die zurückliegenden Jahre haben gezeigt, daß Glaubenskriege nie gewonnen werden können. Wenn es nach mir geht, erobern wir die Herzen der Menschen, nicht ihre Festungen. Leider bin ich nicht der einzige, der in meiner Organisation das Sagen hat. Wie immer und überall gibt es auch andere Meinungen. Das soll nicht wie eine akute Drohung klingen.« Er unterbrach sich kurz und nippte an seinem Tee. »Wir wollten konkret bleiben: Richard Gardiner kam auf mich zu, um mit mir zu reden. Reden ist immer gut. Und Gardiner ist ein verantwortungsvoller Mann. Ihr Sportler liegt ihm wirklich am Herzen. Er tut einiges, um eure Sicherheit zu garantieren. Er hat sogar mit den Faschisten und den Neuen Christen geredet. Jetzt sitzt er in Untersuchungshaft. Das alles ist –«, er sprach jetzt staccato, »äußerst (Pause) beunruhigend.«

»Ich pflichte Ihnen bei. Allein – was genau hat das mit mir zu tun?«

»Halten wir fest: Wenn Maxime Suizid begangen hätte, dann aus plötzlicher Scham darüber, sich verkauft zu haben. Aber so skrupulös war er nicht. Er wurde ermordet und wahrscheinlich aus dem einzigen Zweck, die Tat Richard Gardiner in die Schuhe zu schieben. Wir sind sehr besorgt.«

»Wer ist wir?«

»Es fiele mir schwer, bei der Antwort auf Ihre Frage ins Detail zu gehen, selbst wenn ich das wollte. Statt dessen will ich Ihnen nun etwas Unangenehmes sagen, und ich meine es in keiner Weise beleidigend ...«

»Ja?«

»Sie, Leon, werden nicht zum vierten Mal Weltmeister werden.«

»Nein?«

»Nein. Natürlich würde ich es Ihnen wünschen und gönnen. Aber es wird nicht passieren. Woher ich das weiß? Tut nichts zur Sache. Seien Sie bitte nicht allzu enttäuscht, und bedenken Sie, daß niemand, der dreimal Weltmeister war, dies noch ein viertes Mal erreichen muß, um oben bei den ewigen Legenden zu landen. Ich rede mit Ihnen, weil Sie einer der prominentesten CS-Sportler sind, das Sinnbild von Standhaftigkeit und Zuverlässigkeit und Siegeswillen.«

»Versteh ich nicht. Kein Wort.«

»Das wiederum verstehe ich sehr gut. Ich habe Ihnen schon sehr viel gesagt, womöglich zuviel bereits.«

»Das wird ein zunehmend sinnloses Gespräch. Wobei ich umgekehrt auch Sie nicht beleidigen möchte.«

»Verehrter Leon! Passen Sie auf: Das Problem bei diesem Eiertanz ist, daß ich Ihnen etwas mehr erst sagen könnte, wenn von Ihrer Seite ein Signal erfolgt ist, mir entgegenzukommen. Aber Sie halten mich für einen Spinner, der heiße Luft produziert. Das ist an Ihrem Blick klar abzulesen.«

»Verehrter Herr Boutari, es ist spät und wird sekündlich später. Was wollen Sie von mir? Sagen Sie es bitte jetzt, oder ich gehe.«

Er fixierte mich zum ersten Mal, wenn auch nur für ein, zwei Sekunden, und schien darüber nachzudenken, was er noch sagen konnte, ohne sich zu weit aus dem Fenster zu lehnen.

»Leon, ich biete Ihnen folgendes an: Treten Sie vom aktiven Sport zurück, und konvertieren Sie zum Islam. Das wäre ein großartiges Signal, weltweit. Wir würden Ihnen diesen Schritt mehr als nur vergolden. Dann kandidieren Sie als Präsident des CS und verhindern Douglas Cowper. Sie würden gewählt werden. Sie sind sogar beinahe der einzige, von dem man sicher annehmen kann, daß er gewählt würde. Sie repräsentieren ein paar Wochen und dürfen danach machen, was immer Sie wollen. Ich weiß, daß Sie als Aktiver nicht für einen Funktionärsposten kandidieren dürfen, deswegen müßten Sie noch *vor* dem Finale zurücktreten. Aber das hört sich härter an, als es ist, denn wie ich vorhin gesagt habe: *Sie werden nicht gewinnen.*«

»Und warum müßte ich zum Islam konvertieren?«

»Müßten Sie nicht unbedingt. Fänden wir aber klasse.«

»Lieber Herr Boutari, einen schönen Abend!«

Ohne mich noch einmal umzudrehen, ging ich auf den Parkplatz und stieg in Grits Wagen. Würde etwas passieren? Würde eine Kugel mich durchbohren? Ich achtete auf das Geräusch von näher kommenden Schritten. Nichts. Ich stieg ein.

»Fahr los!«

Grit legte den Gang ein und ließ kurz die Reifen quietschen.

»Wie lief das Gespräch?«

»Surreal.«

S-KK@gmx.de an NoelA@gmail.com
11. Mai 2028 00:15

Lieber Noël,
morgen also Amsterdam. Das wäre auch ein tolles Finale gewesen. Ich stehe ein wenig auf Timo Mertens. Er dürfte ruhig mal mit mir trainieren. Weißt du was? Wenn die Spiele vorbei sind, würde ich gerne ans Meer fahren. Hast du einen Tip für mich? Vielleicht sollte ich es machen wie Leon und nach der laufenden Saison in den Ruhestand treten. Du glaubst gar nicht, wie müde man sich nach einem Viertelfinale fühlt. Aber das Adrenalin hält einen halbwegs auf Trab. Wie geht es dir?
Kuß, Sally

NoelA@gmail.com an S-KK@gmx.de
11. Mai 2028 02:24

Liebste Sally,
ich sitze an meinem Laptop und studiere Daten, die irgendwer, selbstverständlich anonym und schwer kryptisiert, bei Blackleaks ins Netz gestellt hat. Es sind private Dateien von – halt dich fest: Maxime de l'Abbas-Destouches. Ich habe seinen Namen mal bei Google eingegeben, wo man sehr wenig findet, dann bei Darkspace. So stieß ich darauf. Es war nicht einmal besonders schwer. Die Polizei hat sein Handy bei Gardiner gefunden? Nun, die Dateien, von denen ich rede, wurden ganz sicher von diesem Handy heruntergeladen, entweder von jemandem von der Polizei (eher unwahrscheinlich) oder von Gardiner selbst (noch unwahrscheinlicher) oder von demjenigen, der Gardiner das Handy untergeschoben hat (für mich am wahrscheinlichsten). Das Konvolut enthält unter anderem Tausende SMS, die er in den letzten zwei Jahren geschrieben hat, sowie Hunderte Fotos, teilweise pikant, teilweise recht … unappetitlich. Ich erspare dir Details, denn das ist – vielmehr war – seine Privatsache. Selbst Maximes Kontostände konnte ich einsehen, die er per App mehrmals die Woche abgerufen hat. Er litt offenbar unter Geldsorgen, sein Dispo war ständig im Minus, bis ungefähr zehn Tage vor seinem Tod, als plötzlich dreihunderttausend Dollar auf sein Konto wanderten, von einer Adresse auf den – Tataa! – Caiman Islands. Ist das aufregend? Bald darauf hat er auf seine Kandidatur verzichtet. In seinen letzten SMS, fast alle an Freunde aus der Tuntenszene gerichtet, macht er einen, dezent gesagt, lebenslusti-

gen Eindruck, wie jemand, der dem Schicksal ein Schnippchen geschlagen hat und gewillt ist, dies noch mächtig abzufeiern. Ein Selbstmord erscheint mir von daher komplett ausgeschlossen. Auch wenn ich kein Psychologe bin. Die Polizei ist bestimmt nicht blöd und weiß bereits mindestens so viel wie ich.
Dies für jetzt. Denk bitte nicht zuviel darüber nach. Macht morgen Amsterdam fertig. Soso, du stehst auf Timo Mertens ? Na, für die Historie wärt ihr beide sicher ein Traumdoppel. Deinen Kuß verwahre ich in einer Perlmuttschatulle unter meinem Kopfkissen.
Love, Noël

Anders als Sally bei ihrem heimlichen Ausflug hatte ich Glück, und der Posten am Einlaß zur Tiefgarage meldete mich *nicht* bei seinem Chef. Ich gab ihm hundert Dollar, vielleicht machte das den Unterschied aus. Es war nach ein Uhr, als wir endlich in den Federn lagen. Ich mußte Boutari unbedingt aus dem Kopf bekommen. Dutzende denkbare Motive existierten, warum er gesagt hatte, was er gesagt hatte. Grit zeigte sich wenig neugierig, stellte kaum Fragen, und ich sah keinen Nutzen darin, sie einzuweihen. Nur daß Boutari mir anempfohlen hatte, zum Islam zu konvertieren, erwähnte ich wie einen äußerst schrägen Witz. Womöglich stand sie ja doch auf Boutaris Lohnliste. Vielleicht nicht von Anfang an. Aber seit heute. Das war denkbar. Zu vieles war denkbar. Selbst daß ich am Morgen nicht mehr erwachen würde. Und genau das verlieh der Nacht einen gewissen Kitzel, vergleichbar mit der Nacht im Wald, als ich dem Wolf entgegentrat. Ich leckte Grit, bis sie kam. Ich weiß nicht, warum. Vielleicht, um mir damit mögliche Vorteile zu verschaffen, in einer Situation, die undurchschaubar blieb. Und nebenbei: Richtig verkehrt macht man damit nie etwas.

…

Tommy wollte seiner Frau am Abend von Soraya erzählen, so wie er immer alles mit Caro geteilt hatte. Er war sich nicht sicher, warum er das wollte. Um sie eifersüchtig zu machen? Vielleicht nur, um seiner langjährigen Gefährtin zu gestehen, was er so den Tag über trieb. Um ihr mitzuteilen, daß in seinem Leben überhaupt irgendetwas Interessantes vorging. Weil die Angelegenheit im Grunde harmlos war, erhoffte er sich Caros Einverständnis, vielleicht gar eine Form von Komplizenschaft. Womöglich wollte er auch nur mit jemandem darüber diskutieren, der eine gewisse Kontrollinstanz darstellen würde, denn Tommy befürchtete insgeheim, daß ihm seine Obsession entgleiten könnte. Mehrmals war er kurz davor gewesen, hinüberzugehen und Soraya anzusprechen. Das aber konnte nur der Anfang von etwas anderem sein, und dieses andere würde nicht lange harmlos bleiben. Über all das wollte Tommy mit Carolyn reden, und eben, als er dazu ansetzte, läutete ihr Diensthandy. Er ließ sich mit einem lauten Seufzen ins Sofa zurückfallen.

»Caro? Hier ist Hannes. Dieser Leon vom Team Berlin vögelt mit Hotelpersonal.«

»Das ist seine Privatsache.«

»Du wolltest doch alles wissen, was hier vorgeht.«

»Stimmt, ganz richtig. Also danke. Danke für diese Information!«

»Nicht auflegen! Es geht ja noch weiter. Also: Leon und dieses Zimmermädchen, Grit van der Irgendwas, haben soeben das Hotel verlassen.«

»Um diese Uhrzeit? Wo wollen die hin? Haben wir den Wagen auf dem Schirm?«

»Der Satellit sieht alles. Ich kann dir das Bild auf den Laptop schicken.«

»Mach! Das ist doch mal interessant.«

Tommy räusperte einen silbenlosen Protest, fühlte sich ignoriert bis entwertet. Und es kam noch schlimmer; Caro bat ihn, das Wohnzimmer für eine Weile zu verlassen, es sei illegal, wenn er mit auf den Bildschirm starre. Tommy fügte sich, doch in ihm kochte es.

Das Bild kam an. Carolyn konnte nur Umrisse erkennen, von einem Mann, der einem parkenden Auto entstieg und ein Tankstellencafé betrat. Dann schaltete das Bild um, zeigte den Innenraum der Gaststätte und wurde relativ deutlich.

»Wer ist der Mann, mit dem er sich da trifft?«

»Ich kenn ihn. Das ist Faisal Boutari vom Zentralrat der dänischen Muslime.«

»Ein Radikaler?«

»Nee, eher von der gemäßigten Fraktion. Soviel wir wissen.«

»Wie wär's mit einem Lippenleser?«

»Die Bildauflösung ist dafür nicht scharf genug, fürchte ich.«

»Ja, das seh ich jetzt auch. Schade.« Carolyn haderte erneut mit dem Umstand, daß der Finanzetat und die geltenden Gesetze es ihr nicht erlaubt hatten, neben Kameras auch Wanzen in der Umgebung zu installieren. Jetzt verließ Leon das Café. Sie ließ sich das Bild von Faisals Gesicht heranzoomen. Es wirkte ein wenig enttäuscht. Genaueres ließ sich nicht sagen.

Tommy überlegte, wie er es jemals schaffen könnte, Soraya einvernehmlich zu besitzen. Danach überlegte er, wie er sie haben könnte, ohne dafür ins Gefängnis zu müssen. Er überlegte, wie er sie haben könnte, ohne sie zu töten. Letztendlich überlegte er, wie er sie töten würde, nachdem er sie gehabt hatte. Bei aller Liebe. Und obwohl es nur Fantasien waren, die er in keinem Augenblick ernsthaft in die Tat umsetzen wollte, beherrschten sie zunehmend sein Denken.

# ACHTER TAG

Nach dem Frühstück, das ich erst gegen halb elf Uhr einnahm, allein, zog mich Shasha beiseite. Ich empfand es als einen fast zärtlichen Moment, wie er zwischen uns lange nicht vorgekommen war. Sie war aufgeregt, redete irgendwelches Zeug, das ich kaum verstand. Der Krüppel war in ihr Leben zurückgekehrt und hatte ihr was über Maxime erzählt, setzte ihr alle möglichen Flausen in den Kopf. Douglas Cowper hielt derweil im Tagungsraum eine Pressekonferenz ab, in der er sich von Gardiner auf fast brutale Weise distanzierte. Das war nichts anderes als eine Machtübernahme. Dabei konnte fast niemand, hatte ich den Eindruck, Cowper leiden, er ähnelte optisch dem berüchtigten Mr Burns aus den Simpsons, einer gierigen, heuchlerischen, dünnbeinigen Kreatur mit Mönchsfrisur und Geierzinken. Falls die Polizei jemanden in Verdacht hatte, Gardiner die Indizien nur untergeschoben zu haben, mußte eigentlich Cowper an allererster Stelle stehen. Und wenn in den verbleibenden drei Tagen niemand gegen ihn antrat, würde er von den Delegierten im Amt bestätigt werden, was sollten die denn sonst machen?

Ich versuchte mich in die Lage der Polizei zu versetzen. Tappten die im dunkeln? Gingen sie davon aus, daß

Maxime aus dem einzigen Grund getötet worden war, um jemandem einen Mord unterzuschieben? Shasha meinte was von: Maxime habe »Kaimaninsel-Geld« erhalten, viel Kaimaninsel-Geld. Vielleicht hat er was gewußt und jemanden erpreßt und dann, als derjenige zahlte, noch mehr verlangt. Dafür gibt's oft die blutrote Karte. Aber wie und woher sollte ein Kiffer-Hallodri wie Maxime jemals irgendetwas von Bedeutung wissen außer der Uhrzeit? Und was für eine Rolle spielte dieser andere seltsame Vogel, Faisal Boutari?

Nun, es war durchaus denkbar, daß Gardiner mit allen Repräsentanten seiner Gegner geredet hatte, das paßte gut zu ihm. Das Gespräch suchen. Hände schütteln. Die Feinde beschwichtigen. Beschwichtigen? Im Sinne von Bestechung? Nein, womit denn? Gardiner selbst war kein reicher Mann, der Posten war bis auf Spesen und ein Taschengeld ehrenamtlich, und der IFCS verfügte über keine geheimen Konten, keinen finanziellen Spielraum.

Am Nachmittag, bevor Kopenhagen gegen Peking nach einer, so hieß es, sehr spannenden Begegnung ausschied, versuchte ich noch einmal, Helen zur Kandidatur zu überreden. Die besonderen Umstände, von denen wir neulich noch gesprochen hatten, seien ja nun eingetreten. Die Festnahme Gardiners sei ein Geschenk des Himmels, das man in den Dreck trete, wenn man statt dessen Cowper akzeptiere, der im allergünstigsten Licht doch nie mehr gewesen sei als Gardiners Lakai. Daß sich unter ihm etwas Grundsätzliches ändern würde, sei nicht zu erwarten.

»Leon, ich müßte vorher als Teammanagerin zurücktreten. Heute noch.«

»Dann mach das doch. Wen schert's? Die beiden Kämpfe, wenn es überhaupt zwei Kämpfe werden, kommen wir schon ohne dich zurecht.«

»Ich hab dir bereits gesagt, Politik ist nicht mein Ding.«

»Als die Römer den Bauern Cincinnatus fragten, ob er die ihm angebotene Diktatur annehme, hätte er vielleicht auch gern gesagt: ›Oooch, Politik ist nicht mein Ding‹, aber das ging eben nicht, er mußte das Vaterland retten und konnte erst dann auf seine Felder zurück. Weil das so ist. Ich dachte, dir liegt etwas an unserem Sport?«

Ich brachte sie zum Grübeln, brachte ihren Widerstand zum Wanken, leider nicht zum Einsturz.

Der Wettkampf rückte näher, und mit jeder Minute wurde ich gleichmütiger. Das ist das Ergebnis von vielen Jahren Competition-Event-Meditation. Mit Beginn des Kampfes, wenn der tiefe elektronische Gong die Runde einläutet, ist man praktisch im emotionalen Nirwana. Im besten Fall. Konzentration ist nämlich nicht gleichbedeutend mit sich zusammenreißen, fiese Fratzen schneiden und mit geschliffenem Blick fieberhaft jeden möglichen Fehlerquell und Reizherd vorausahnen. Das gilt vielleicht für Revolverhelden im Spaghetti-Western. Konzentration kann auch Gelassenheit sein, Loslassen von Sorgen und Ängsten, zu Wasser werden, damit man jede Form annehmen kann. Feuer zu sein gelingt nur sekundenlang. Wie Wasser zu sein, über Minuten hinweg – und damit viel gefährlicher –, das ist der Schlüssel zum Erfolg.

Carolyn Holm saß in einem großen Raum direkt unter dem Dach der Halle in einem abgeteilten Winkel, den sie dem Regisseur der Fernsehübertragung abgetrotzt hatte. Von hier aus hatte man alles im Blick. Das Spektakel, wegen dem die Massen hereinströmten, interessierte sie keine Sekunde, sie fand es abstoßend und dekadent. Ab und zu sah sie mal hin, weil es zu ihrem Job gehörte, aber wenn von irgendwoher Gefahr drohte, dann sicher nicht vom Ring, in dem die Sportler/innen zugange waren. Die Polizei überwachte die Halle mit Dutzenden Kameras. Vor sich hatte Carolyn einen 24-Zoll-Monitor, auf dem sie jeweils vier Abschnitte einsehen konnte. Ihre Augen tränten vor Übermüdung. Es gab unten in der Pressestelle noch etliche Kollegen, die ebenso auf Bildschirme starrten und jederzeit Alarm auslösen konnten. Im Publikum befanden sich Beamte in Zivil, pro hundert Zuschauern einer, alle trugen ihre Dienstpistolen im Schulterhalfter. Ein Attentäter, dem es irgendwie gelungen wäre, eine Bombe oder eine Schußwaffe durch die Einlaßkontrollen zu schmuggeln, wäre schnell »deaktiviert« worden, wie es im offiziellen Sprachgebrauch hieß. Und dann gab es noch die Uniformierten mit Maschinenpistolen, aber davon nur zwölf. Das Spektakel sollte den Leuten nicht durch allzu martialische Präsenz verleidet werden. Natürlich mußte man theoretisch auch damit rechnen, daß ein Attentäter sich auf hinterlistige Weise erst innerhalb der Halle in den Besitz einer Polizeiwaffe bringen konnte. Deswegen waren die Kollegen angehalten worden, auch aufeinander ein Auge zu haben. Per Walkie-Talkie wurde Carolyn jederzeit über die Lage draußen vor der Halle unterrichtet. Einsilbig, dank eines Zahlencodes. Eins bedeutete: alles in Ordnung, zwei: möglicher Konflikt, drei: konkreter Konflikt, vier: Alarm wegen gegebener Gefährdung, fünf: Großalarm.

Tickets für den Kampf, hieß es, würden auf dem Schwarzmarkt für bis zu tausend Dollar gehandelt. Später wurde im Fernsehen berichtet, daß selbst ein paar der tobenden Irren, die draußen vorm Zaun ihre Hirnlosigkeit demonstrierten, an jenem Abend, während sie Totschlagsparolen brüllten und uns in die Hölle wünschten, zugleich den Verlauf des Kampfes auf ihren Smartlets verfolgten. Es war das Treffen der Giganten, und fast niemand konnte sich dieser Spannung entziehen, nicht einmal der Pöbel vorm Zaun.

Die Auftrittsmusik von Amsterdam war das Piafsche *Non, je ne regrette rien* – das hatte Stil und Esprit, dagegen wirkte unser Rocky angeberisch und derb. Die Teams betraten den Ring, und die einzelnen Spieler holten sich ihren Applaus ab. Die Frauen machten den Anfang, dann folgten Kevin, Ed und ich.

Bei den Niederländern begann die großartige Sanne de Berg, dann kamen Lieke, Mia, der zierliche Daan, Lucas und – Bernhard de Boer. Durch die Halle gingen Laute des Staunens und Entsetzens, aus Tausenden Kehlen zugleich, es folgten einige Schreie, ich meine richtiges Wehklagen, wie von mittelalterlichen Klageweibern, danach Unmutsbekundungen und Flüche. Zum Buhsturm hätte nicht viel gefehlt. Bernhard de Boer war vor zwei Jahren der Alphaspieler Amsterdams gewesen, bevor er in die zweite Mannschaft abrutschte, er mußte als Ersatz für Mertens eingeflogen worden sein. Dergleichen sah das Reglement vor, aber nur in echten Härtefällen, zum Beispiel bei einer schweren Verletzung. Die Trainerin von Amsterdam ging auch gleich zum Mikro und erklärte, was passiert war.

»Liebes Publikum, liebe Freunde des CS, ich soll euch alle von Timo Mertens herzlich grüßen. Er bedauert sehr, daß er heute beim Kampf gegen Team Berlin nicht dabei sein kann, er hätte sehr gern für Amsterdam das Finale erreicht, aber leider ist ihm das nicht möglich. Timo Mertens hat heute, nach heftigem Abwägen aller Vor- und Nachteile, seine aktive Karriere beendet und seinen Spielerpaß zurückgegeben. Er möchte nach der Siegerehrung im laufenden Wettbewerb für das Amt des Präsidenten des IFCS kandidieren. Dafür war sein Verzicht formell notwendig. Er hofft darauf, daß ihm die Fans verzeihen und Verständnis haben werden für seine Entscheidung, die vielleicht in diesem Moment nicht dem Team Amsterdam, aber auf Dauer dem Competition Sex auf der ganzen Welt in entscheidender Weise helfen kann. Ich danke Ihnen allen in Timos Namen.«

Leiser, crescendierender Beifall brandete auf. Die Masse der Amsterdam-Fans zeigte sich ein klein wenig beschwichtigt. Ein ganz klein wenig. Man hätte annehmen können, die Berlin-Fans wären vor Begeisterung aus dem Häuschen gewesen, aber dem war nicht so. Viel zu sehr hatten sie sich alle auf das Gipfeltreffen gefreut. Am Ausgang des Kampfes konnte nun kein vernünftiger Zweifel mehr bestehen; es war, als habe man das vierte Pferd einer Quadriga durch ein Pony ersetzt. Wobei ich natürlich Bernhard, einen verdienten, erfahrenen, sehr erfahrenen Sportler, nicht herabwürdigen will. Käffchen, der stets sein Smartlet bei sich trug, raunte mir ins Ohr, daß die Amsterdamer Siegquote bei Ladbrokes binnen einer Minute von 1,8 auf 4,5 gesunken war. Ich fühlte mich, als hätte man mir einen Schlag gegen die Stirn versetzt, und erst nach einigen Sekunden wurde mir klar, daß Timo Mertens genau das Angebot angenommen haben mußte, über das ich gestern nacht noch laut gelacht hatte. Das war verrückt. Völlig irre. Ich wollte es nicht an mich ranlassen.

Nicht daran denken. Nicht daran denken. Jetzt nicht. Jetzt bloß nicht. Ich holte meine Teammates zum Huddle, beschwor sie, jetzt bloß nicht überheblich und leichtfertig zu werden. Der Gong ertönte. Shasha und ich stiegen in den Ring, wir hielten zum ersten Mal Händchen dabei. Das gefiel mir. Ich wußte, ich würde gut sein. Und ich war gut. Wir alle waren gut. Hervorragend. Zuletzt gab es stehende Ovationen für beide Teams. Eine Sternstunde unsres Sports.

Der Endstand lautete: Berlin 23 504 Punkte. Amsterdam 22 100 Punkte. Bernhard de Boer hatte sich – angesichts der Umstände – recht achtbar aus der Affäre gezogen. Man könnte beinahe sagen, daß es nicht ausschließlich an ihm gelegen hat. Beinahe. Sicher sagen konnte man, daß Amsterdams Siegchancen mit einem Timo Mertens in Normalform gut gewesen wären. Ja, unzweifelhaft.

...

Tommy mußte sich eingestehen, daß er sich kaum mehr in der Gewalt hatte und schwer aufpassen mußte, daß er nicht, wenn er betrunken war, hinüberging, um an Sorayas Tür zu klopfen. Er schlug sich mit beiden Fäusten gegen die Schläfen.

Unfaßbares ging vor. Soraya lackierte sich die Zehen rot. Und es war nicht eine Zehe, es waren zehn. Zehn Zehen, quasi hundert. Alle leuchteten rot und glänzten feucht im Sonnenschein. Warum verbot ihr das niemand? Warum duldete ihr Mann so etwas, selbst wenn er nicht zu Hause war? Wußte er davon? Konnte er davon wissen und es zulassen? Tommy mußte Hand an sich legen. Er hätte hinüberbrüllen wollen zu dieser Frau: »Bedecke dich! Du machst mich wahnsinnig!«

Zwanzig Minuten später klingelte er an ihrer Tür. In irgendeinem Teil seines Kopfes hatte er eine Anklage vorformuliert.

»Ich habe Ihr Haar gesehen. Warum konnten Sie kein Kopftuch tragen? Ich habe Ihre Zehen gesehen. Warum bemalen Sie die so rot? Warum tun Sie all das? Warum tun Sie mir das an? Und was bitte soll ich nun anfangen mit diesem verpfuschten Leben?«

Doch niemand öffnete ihm, und nach ein paar Sekunden freute er sich darüber und rannte in seine Wohnung zurück.

...

Wir konnten es uns leisten, ein wenig zu feiern, es gab ja den morgigen Ruhetag vor dem Finale, aber die Euphorie hielt sich in Grenzen, alle wollten lieber diskutieren als singen, zumal alkoholfrei. Die Meinungen über Timo Mertens' Rücktritt gingen weit auseinander, manche lobten das riesige persönliche Opfer, das er gebracht hatte, andere schmähten ihn als einen Verräter an seinem Team, wieder andere fanden ihn einen kalten Pragmatiker, der dem Kampf mit der bestmöglichen Ausrede aus dem Weg gegangen sei. Es bestanden wenig Zweifel an seiner Wahl, er war eloquent und, außer bei mir, ziemlich beliebt. Derweil düste Cowper durch alle Flure und suchte Unterstützer. Das fand ich interessant, denn er mußte den Leuten ja irgendwas erzählen. Wofür genau *er* eigentlich stand und warum man unbedingt *ihn* wählen sollte statt Timo Mertens.

Grit kam zum Fernsehen. Wir waren schon wie ein altes Paar. Schrecklich. Sie fing an, mir auf die Nerven zu gehen, obwohl sie nicht viel sagte. Und dann passierte etwas, das ich meiner fehlenden Voraussicht zuschreiben muß. Ich ging pinkeln. Jeder Krieger, der in Rüstung auf dem Schlachtfeld steht, weiß, daß das ein grober Fehler sein kann. Für zwei, drei Minuten gab ich die Kontrolle aus der Hand.

Dosto sagt, sinngemäß, daß in den großen Dramen die profanen Momente ausgeblendet werden, obwohl es oft gerade diese profanen Momente sind, in denen Fatales geschieht, einfach, weil der Held wehrlos ist und den Überblick verliert. Jewsky hat dazu keine Meinung, weil ihm profane Momente zu widerlich profan sind. Wie auch immer, ich trat aus dem Bad und sah, wie Grit sich eben eine meiner Weintrauben in den Mund schieben wollte. Ich brüllte laut, Grit erschrak, und es gelang mir, ihr den Mund aufzureißen, bevor sie zubiß. Die Traube fiel auf den Teppich. Intakt.

»Das sind *meine* Trauben!«

Grit starrte mich fassungslos an. Ich beschloß, nicht weiter drüber zu reden, so als wäre überhaupt nichts passiert. Genaugenommen war ja nichts passiert. Zum Glück.

Ich sagte Grit, daß ich sie heute nacht nicht brauchen könne, ich wolle nachdenken. Sie nahm mir das übel, ohne ihren Mißmut in Worte zu kleiden. Ihre Mimik war dabei episch genug. Aber sie war vernarrt in mich und würde mir verzeihen, morgen, spätestens übermorgen. Unsre Beziehung war noch ganz jung, somit berechenbar. Allein zu sein machte mich aber auch nicht froh.

Das Dumme war, daß ich nicht wußte, worüber genau ich nachdenken sollte.

S-KK@gmx.de an NoelA@gmail.com
11. Mai 2028 23:58

Lieber Noël,
ist das nicht fantastisch ? Wir stehen im Finale, und Timo wird höchstwahrscheinlich Präsident werden. Mir wäre lieber gewesen, es hätte gegen Amsterdam den großen Wettkampf gegeben, den alle erwartet haben, aber wenn ich ganz ehrlich bin, ist der Finaleinzug das Entscheidende. Wer was anderes sagt, lügt oder ist nicht ganz richtig im Kopf. Was du mir gestern über Maxime gemailt hast, ist schrecklich, denn es bedeutet, daß er sich tatsächlich nicht umgebracht hat, son-

dern umgebracht wurde. Aber von wem? Wer hätte einen Nutzen davon gehabt? Ein Mord, nur um Gardiner zu diskreditieren? Das ist doch alles sehr … seltsam, ich finde kein besseres Wort. Aber gerade weil Cowper als einziger davon profitieren würde oder, um es besser auszudrücken, ohne Timos Kandidatur davon profitieren würde, muß er von der Bühne abtreten, auf jeden Fall. Er ist mir sowieso sehr unsympathisch. Das sage ich und gestehe zugleich, ihn nicht näher zu kennen. Dich würde ich viel lieber kennenlernen. Kannst du es in deinem Terminplan nicht unterbringen, morgen vorbeizukommen? Noch einen Kuß für die Schatulle, deine Sally

NoelA@gmail.com an S-KK@gmx.de
12. Mai 2028 00:19

Liebste Sally,
ich habe nichts neues erfahren können. Mein Terminplan ist leider von morgens bis abends voll mit Möwenfüttern und Meerschaumkraulen. Im Fernsehen und in den Fanforen wurde heute abend viel darüber spekuliert, welche Richtung die IFCS mit einem Präsidenten Mertens einschlagen könnte. Wie es aussieht, hat er sich als Sportler nie politisch geäußert. Mir ist nicht ganz klar, warum und welche Hoffnungen genau sich mit seinem Namen verbinden. Weißt du vielleicht Näheres?
Love, Noël

S-KK@gmx.de an NoelA@gmail.com
12. Mai 2028 00:20

Lieber Noël,
nein, nichts, leider. Schlaf gut!
Herzlich, Sally

Dosto sagt, sinngemäß: Ein Leben, das genossen werden kann, braucht irgendeine Art von Mysterium. Etwas, das selbst einen Zwerg nach den Sternen greifen läßt. Eine Erweiterung ins Unwahrscheinliche. Jewsky sagt, daß ohne Gott am Ende doch alles trostlos ist.

Ich konnte nicht schlafen und spürte einen gewissen Bewegungsdrang. Am liebsten wäre ich joggen gegangen, und das heißt schon was, denn ich jogge selten, schon gar nicht am späten Abend. Langsam hatten sich die wichtigsten Fragen, die ich mir zu stellen hatte, herausgeschält. Warum wollte Mertens Präsident des IFCS werden? Was war ihm so wichtig, daß er deswegen auf die Möglichkeit verzichtete, Weltmeister zu werden? Und wenn Boutari etwas damit zu tun hatte – ja und hier brachen meine Überlegungen jeweils ab, denn nichts davon ergab irgendeinen Sinn. An Timo Mertens persönlich heranzutreten und ihn nach alldem zu fragen wäre an sich schon wenig verheißungsvoll gewesen, aber für mich persönlich noch etwas weniger als für jeden anderen. Da konnte ich genausogut fernsehen.

Für VIPs wie mich waren die Erotikkanäle im Fernseher freigeschaltet, sehr witzich, aber beim Zappen, während ich einen neuen Film suchte, ging mir etwas auf. Die Anwesenheit eines Pornos manifestiert sich, wenn man ihn allein guckt, vor allem anderen durch die Abwesenheit eines *realen* zweiten Körpers. Du handelst dir einen runter, um dir einen Höhepunkt zu verschaffen, aber in deinem tieferen Inneren fühlst du dich mau und neidzerfressen, weil die Braut im Film niemals mit *dir* ficken wird. Man sieht das Mögliche im Kasten und vergleicht es mit dem Gegebenen im Zimmer. Das Ergebnis ist trostlos, und du handelst dir noch einen runter, um die Trostlosigkeit durch einen kurzen Lichtblick zu unterbrechen. Du guckst immer mehr Pornos und fühlst dich immer schlechter. Es sei denn, man ist ich und kann so viel Sex haben, wie man will. Bei mir ist die Trostlosigkeit noch viel größer als bei all diesen armen Lümmelchen da draußen. Denn ich gucke nicht, ich *lebe* in einem Pornofilm, ich bin wie eine dieser verfluchten Gestalten aus dem Mysterygenre, die sich am Ende als Figur in einem Ölgemälde wiederfindet.

# NEUNTER TAG

Morgens gab es eine Teambesprechung und die Diskussion, ob wir Peking einen 10-Prozent-Versicherungsdeal anbieten sollten. Wir hatten schon Deals mit Winnipeg (10 %) und Amsterdam (30 %) abgeschlossen, und beide Male hatten wir durch unseren Sieg Verlust gemacht, auch wenn sich das erst mal paradox anhört. Sollten wir es nötig haben, gegen Peking zu dealen? Die Buchmacher sahen uns als klaren Favoriten. Aber in einem Finale, so viel weiß jedes halbgefüllte Phrasenschwein, kann alles passieren. Nach einer langen Diskussion einigten wir uns darauf, Peking 20 Prozent Cash-Ausgleich anzubieten. Was bedeutete das? Sollten überraschend die den ersten Preis von 600 000 Dollar gewinnen und wir nur den zweiten von 400 000, dann bekämen wir von ihnen zwanzig Prozent der Differenz, also 40 000 Dollar überwiesen, so daß der Sieger 560 Mille und der Verlierer 440 Mille erhielt. Manche Teams treffen viel höhere Settlements, bis hinauf zur Fifty-fifty-Teilung, und es wird praktisch nur noch um den Titel gespielt. Zwanzig Prozent war okay. Team Peking konnte sich nicht beleidigt fühlen, hatte vielmehr Grund, dankbar zu sein. Wir schickten Helen als Herold und betraten die Bühne für die letzte Pressekonferenz.

...

»Grit van der Sterren?«

»Ja, das bin ich.«

»Carolyn Holm, Polizei Kopenhagen. Ich habe eine Frage an Sie, vielleicht können Sie mir helfen?«

»Wenn ich kann, helfe ich Ihnen gerne.«

»Sie haben sich vor ein paar Tagen einen neuen Generalschlüssel codieren lassen. Weswegen?«

»Ich hatte meinen verloren.«

»Verloren? Wie verloren? Und wo?«

»Keine Ahnung.«

»Das bedeutet, wer immer diesen Schlüssel gefunden hat, hatte Zugang zu allen Zimmern?«

»Theoretisch, aber nicht lange. Als ich den neuen codiert habe, wurde der alte augenblicklich ungültig.«

»Über welches Zeitfenster reden wir hier?«

»Das könnte ich nur beantworten, wenn ich wüßte, wann genau ich meinen Schlüssel verloren habe.«

»Halten Sie es für möglich, daß Sie ihn nicht verloren haben, sondern daß er Ihnen gestohlen wurde?«

»Nein.«

»Warum sind Sie sich dessen so sicher?«

»Wie hätte das gehen sollen?«

»Sie haben mehrere Nächte im Zimmer eines Sportlers verbracht.«

»Das geht Sie nun wirklich überhaupt nichts an.«

»Stimmt. Das ist formell richtig. Wollen Sie trotzdem mit uns kooperieren?«

»Nein. Jetzt nicht mehr. Ihr überwacht die Flure, oder was?«

»Gut. Dann gehen Sie an die Arbeit.«

»Ich mache, was ich will.«

»Sie mich auch!«

...

Helen stieß zu uns und flüsterte, Peking habe jegliches Settlement abgelehnt. Uns fielen die Gesichter in den Kragen. Das wäre unter niveauähnlichen Teams ein schwerer arroganter Affront gewesen. Im Falle des deutlich niedriger gehandelten Teams war es absurd bis geisteskrank. Allerhöchstens war es erklärbar als radikale Motivationsaktion des chinesischen Trainers. Vielleicht fehlte ihm die Erfahrung beim ersten internationalen Auftritt. Es gab aber auch noch eine dritte Möglichkeit. Ich beschloß, sofort mit Cowper zu sprechen. Helen fragte das Team, ob sie uns über die Buchmacher versichern solle. Sprich, hunderttausend Dollar auf einen Sieg von Peking zu setzen. Wenn das je rauskommen würde, konnte unser Image einen schweren Schaden erleiden. Ich meine, alle Sportler zocken ein bißchen, aber im Finale eine so große Summe auf den Gegner zu setzen, das besaß einen üblen Geruch, vor allem, falls wir verlieren sollten.

...

Carolyn Holm trommelte sämtliche Leute zusammen, denen sie noch zusätzliche Aufgaben zumuten konnte.

»Es ist viel Arbeit und genaugenommen nicht völlig legal. Ihr könnt euch weigern, wenn ihr wollt. Ich jedenfalls will, daß alle Teilnehmer dieser WM durchs erweiterte Chronikraster gejagt werden. Bittet die Behörden in ihren Heimatländern um Amtshilfe. Ich will detaillierte Infos haben, zu jeder Sportlerin und jedem Sportler. Alle irgendwie relevanten Vorkommnisse. Und wenn irgend möglich, bitte auch tatsächlich ALLE Vorkommnisse, auch solche, bei denen die Sportlerin oder der Sportler nur am Rande involviert oder erwähnt war.«

...

Jemand klingelte an der Tür. Tommy unterbrach seufzend sein Scrabblematch und ging öffnen. Draußen stand – Soraya. Oder wie immer sie heißen mochte. Er erschrak und wollte im ersten Impuls die Tür zuknallen, so sehr schoß ihm die Schamesröte ins Gesicht. Denn mit einem einzigen Blick wußte er innerhalb des Bruchteils einer Sekunde, worauf sie ihn gleich ansprechen würde. Seine Knie wurden weich, die Ohren heiß. So ertappt war er sich nicht mehr vorgekommen, seit er als Kind im Supermarkt Schokolade stehlen wollte und die Verkäuferin ihn kurz vor dem Ausgang am Kragen gepackt hatte. Aber Soraya lächelte. Ihr Lächeln war freundlich. Wissend, aber wohlwollend.

»Bitten Sie mich nicht herein?« fragte sie leise, und Tommy brachte kaum ein Nicken zustande, so verwirrt und überwältigt war er. Dann trat er beiseite und machte ihr den Weg frei, zugleich überlegte er, sich auf sie zu stürzen und sie zu erwürgen, um wieder Herr der Lage zu werden. »Vergeben Sie mir! Vergeben Sie mir?« Das war der Satz, den er über die

Lippen bringen wollte, er wußte nur noch nicht, ob als Frage oder Aufforderung.

Statt dessen sagte er nichts und glotzte die schöne Frau an. Und hörte ihren Worten zu.

...

Cowper empfing mich auf seinem Zimmer, das war praktisch, denn es erweiterte meine Möglichkeiten um so mancherlei. Er sagte, daß ihn mein Besuch mit Stolz und Freude erfülle, daß er kurz davor gewesen wäre, umgekehrt mich aufzusuchen, bla.

»Cowper, sagen Sie mir, was läuft da?«

»Das kann ich Ihnen auch nicht sagen, mein lieber Leon. Vorab nur eins: Ich habe weder Maxime umgebracht noch diese Tat Gardiner in die Schuhe geschoben.«

»Niemand weiß das besser als ich. Warum aber kandidiert Mertens gegen Sie? Was soll damit verhindert werden?«

Er sah mich etwas ungläubig an, als könne er nicht begreifen, warum ich mich für seine Belange interessierte. Dann grübelte er eine Weile und meinte, es gehe um Dinge, massive, ungeheuerliche Dinge, die er nicht beweisen könne, noch nicht, aber wenn es ihm eines Tages gelänge, sie zu beweisen, würde er handeln. Der Präsident des IFCS habe Zugang zu etlichen Geheimprotokollen. Darum drehe sich die Sache. Er glaube, daß Gardiner einige Unterlagen verschwinden lassen wolle, was ihm im Moment, aus der Untersuchungshaft heraus, schlecht möglich sei.

»Glauben Sie mir, Leon, ich bin der Gute. Zumindest wüßte ich nicht viel Schlimmes über mich zu sagen.«

»Na schön, aber wenn Sie meine Unterstützung haben wollen, müßten Sie schon etwas konkreter werden.«

»Das kann ich nicht. Nicht, ohne einen Wolkenbruch von Gerüchten in die Welt zu setzen. Zumal ich einfach nicht weiß, welche Rolle Gardiner genau spielt, worin seine Motivation besteht und was die Konsequenzen sein werden.«

»Cowper, das ist alles nur wohlfeiles Gelaber, das nichts sagt, aber interessant bleiben möchte. Machen Sie wenigstens eine Andeutung! Wir sind unter uns. Ich bin nicht verkabelt.«

Er dachte nach, legte beide Handflächen auf die Backen und schob mit seinen beiden kleinen Fingern die Augenbrauen nach oben. Das sah vielleicht schräg aus.

»Gut. Es war so: In diesem Jahr wollte ursprünglich keine Stadt die Weltmeisterschaft ausrichten. Keine einzige. Weltweit. Daraufhin hat Gardiner auf eigene Faust gewisse Maßnahmen getroffen, um die Sorgen der möglichen Ausrichter zu verscheuchen. Ich weiß nicht, wer alles involviert ist. Vielleicht sogar die dänische Regierung. Glauben Sie mir, Leon, wenn ich in den nächsten Tagen ums Leben komme, war es mit Sicherheit *kein* Selbstmord, davon können Sie definitiv ausgehen. Ich befinde mich in großer Gefahr. Man ist an mich herangetreten und wollte mich kaufen. Ich habe abgelehnt.«

»Wer genau wollte Sie kaufen?«

Er war nahe daran, es mir zu sagen, aber sein Vertrauen in mich reichte nicht hin, und er wich aus, er wisse es nicht genau, bla.

Ich setzte ihn etwas unter Druck. Was er dann von sich gab, war ungefähr dies: Offenbar seien riesige Summen auf Peking gesetzt worden, als es vor der WM noch eine Quote von 50 : 1 gab. Davon – quasi auf Pump – konnte alles bezahlt werden. Versicherungen gegen alle Feinde unsrer Sportart. Schutzgeld quasi.

»Wenn Peking verliert, gehen einige hochwertige Wetten schief. Dann wird die Bude hier überrannt werden. Und ich weiß nicht, was ich machen soll. Ich hege keinen Haß gegen Gardiner. Er wollte wahrscheinlich nach seinem Verständnis nur Gutes tun und die elfte Weltmeisterschaft unbedingt stattfinden lassen. Er hat dabei allen den kleinen Finger hingehalten, und die haben ihm prompt beide Hände abgebissen. Seine Appeasementpolitik hat das Ganze kaputtgemacht.« Der IFCS liege höchstwahrscheinlich in Trümmern. Er röchelte. Nein, Beweise gebe es dafür nicht. Vielleicht existierten welche, in einem Safe, zu dem nur der Präsident den Zugangscode besitze.

Ich ließ ihn los, er schnappte nach Luft. Wir waren uns bald einig, daß dieses Gespräch nie stattgefunden hatte, falls jemand danach fragen würde.

...

»Ich möchte nicht, daß Sie mich berühren. Niemals. Aber ich will Ihnen danken. Sie beobachten mich, und manchmal bin ich kurz davor, Ihnen mehr von mir zu zeigen, als es der Zufall möchte. Sie geben mir das Gefühl, begehrt zu sein. Sie sind mein kleines

Geheimnis, und ich habe sonst keines. Sie müssen sich nicht unter dieser albernen Decke verstecken. Ich will, daß Sie wissen, daß ich von Ihnen weiß. Nur um eines möchte ich bitten. Beobachten Sie mich nie mehr, wenn mein Mann im Haus ist. Er würde Sie verprügeln, würde er etwas spitzkriegen. Formulieren wir es um: Er würde Sie *mindestens* verprügeln. Das wollte ich Ihnen sagen. Es fühlt sich gut an, Sie in meinem Leben zu wissen. Aber nur als Beobachter, nicht als Liebhaber, dafür wären Sie leider ein paar Jahre zu alt und nicht hübsch genug. Verzeihen Sie meine Offenheit. Wenn Sie mir versprechen, niemals aus Ihrer Rolle zu fallen, könnte es sein, daß ich Ihnen eines Tages mehr zeige, als Sie je zu hoffen wagten. Mein Alltag ist langweilig. Dank Ihnen gibt es darin ein Moment der Spannung. Mehr aber wird nie daraus werden. Nie. Sind wir uns bei dieser Prognose einig?«

Tommy Holm war zu keiner geordneten Antwort fähig. Er nickte hilflos, dabei aber auch glücklich. Jeder kommende Tag würde eine neue Möglichkeit bieten. Er war wieder am Leben, war wie ein Kind im Dezember. Soraya trat aus der Tür. Er hatte versäumt, sie nach ihrem wahren Namen zu fragen. Obwohl. Soraya war doch perfekt.

...

Es gibt im CS einige Mittel, um einen Kampf zu manipulieren. So ist die Beurteilung des Dircoms durch die Ringrichter eine subjektive Angelegenheit, das hab ich schon erwähnt. Andererseits ist die B-Note nicht derart ausschlaggebend, um allein damit einem krassen Underdog zum Sieg zu verhelfen.

Wie würden wir gegen Peking verlieren können? Vielleicht so, wie wir beinahe gegen New Orleans rausgeflogen wären. Was ich sagen will: Für den ordnungsgemäßen Zustand unserer Körper konnten wir einigermaßen garantieren, solange wir nicht fahrlässig eine uns unbekannte Substanz geschluckt hatten.

Beim Zustand der dänischen Freiwilligen konnten wir aber für rein gar nichts garantieren. Deren Körper konnten derart manipuliert sein, daß unsere Orastima (oder Manustima) trotz aller Geschicklichkeit und Kraftanstrengung erfolglos bleiben würde. Allerdings war diese Möglichkeit des Unterschleifs bei Abfassung des Regelwerks bedacht worden. Jedem Team werden pro Disziplin zehn der insgesamt zwanzig Freiwilligen zugelost, und das erst eine halbe Stunde vor dem Kampf. Danach stehen die Freiwilligen quasi unter Aufsicht, nicht zuletzt der vielen Millionen Fans weltweit. Einem von ihnen danach noch etwas unterzujubeln, eine Tablette oder sowas, ist praktisch so gut wie unmöglich. Und selbst wenn – es gab ja noch die Streichwertungen. Man hätte also ganze sechs der zehn Freiwilligen manipulieren müssen, um einen sportlichen Mißerfolg zu garantieren. Das war so gut wie ausgeschlossen. Ich dachte immer wieder darüber nach, mir fiel aber kein Trick ein. Wenn mir nicht, wem sonst?

Plötzlich kam die Erleuchtung. Manchmal sieht man das All vor lauter Sternchen nicht.

…

»Morgen abend hast du's überstanden.« Mit diesem Satz empfing Tommy Holm am späten Abend seine Frau, und die nickte, hatte etwas ganz ähnliches selbst schon gedacht. Bis auf drei Leichtverletzte durch Gummigeschosse war am Zaun während der ganzen Zeit nichts Nennenswertes passiert.

Tommy hatte Sekt gekauft und kaltgestellt, er hatte Chicken Wings besorgt und selbstgekochte Kartoffeln geschält, ausgehöhlt und mit Sour Cream und Schnittlauch gefüllt. Tatsächlich erntete er einen kurzen anerkennenden Blick, der für seinen Geschmack nur ein paar Jahre zu spät kam.

Carolyn beschloß, am morgigen Abend zu feiern, ihren Sieg zu genießen. Danach würde sie Tommy um die Scheidung bitten. Obwohl man ja heutzutage nicht mehr um die Scheidung bittet oder bitten muß. Es ist halt die Redensart.

Was soll man sonst sagen? Die Scheidung »verkünden«? Klingt pompös. Jemandem mitteilen, daß man sich von ihm scheiden lassen will. Und wird. Denn »will« allein klingt, als wolle man noch einmal umgestimmt werden. Doch ihr Entschluß stand fest. Sie würde Unterhalt für Tommy zahlen müssen, ja, aber das tat sie ja bereits.

»Schmeckt es dir, mein Schatz?«

Tommy wirkte heute so um sie besorgt und bemüht. Als ob er etwas ahnen würde. Neunundzwanzig Jahre Ehe.

»Danke, gut.«

...

Marita. Sie war aufgrund ihres Kontostands die Anfälligste von uns. Ich ließ noch einmal im Geiste vorübergehen, wie sie den Kampf gegen New Orleans verbockt und den gegen Winnipeg in letzter Sekunde umgebogen hatte. Womöglich hätten wir schon gegen New Orleans ausscheiden sollen, und die mirakulöse Rettung gegen Winnipeg war nur ein perfider Trick gewesen, Maritas Weste wieder weißzuwaschen. Vielleicht lag ich falsch. Es blieben Ungereimtheiten. Wie konnten die Freiwilligen im Wettkampf gegen Winnipeg unsrer Manustima derart – im wahrsten Sinne des Wortes – entgegenkommen? Vielleicht hatten sie drei Stunden zuvor eben nicht abseminieren müssen, hatten also im vollen Saft gestanden. Damit wäre das Wunder nachträglich zu erklären. Und die Quote auf Peking vor dem Finale stand bei 3,5 zu 1. Immer noch war viel Geld für den zu verdienen, der auf den Außenseiter setzte. Sehr viel mehr Geld verdiente natürlich der, der von Anfang an auf Peking gesetzt hatte.

So etwas Teuflisches. Unerträglich. Es bedeutete, daß ein paar der Ringrichter Bescheid wußten und zur Manipulation bereit waren. Und ein, zwei Leute von der dänischen Organisation mußten ebenfalls gekauft sein. Dahinter standen diverse Interessenverbände. Jetzt herrschte im Bienenkorb Panik, weil der korrupte Präsident wegen angeblichen Mordes im Gefängnis saß. Mir dröhnte der Kopf. Was tun? Jetzt, einen Tag vor dem Finale. Im Grunde konnte mir egal sein, was passierte. Wenn der IFCS am Ende war, und das schien so oder so der Fall zu sein, würde schon in zwanzig Jahren kaum noch jemand wissen, was er einmal bedeutet hatte. Meine drei Titel bedeuteten dann auch nichts mehr. Das durfte nicht sein. Man mag mich vielleicht ein wenig altmodisch nennen, aber ich glaube an Regeln und Ordnung und Fairneß. Auch wenn mir Moral stets verhaßt gewesen ist, von Anstand halte ich viel.

NoelA@gmail.com an S-KK@gmx.de
12. Mai 2028 23:20

Liebste Sally,
ich hab mich in ein paar asiatische Wettbüros eingehackt. Ich konnte nur die nackten Zahlen lesen, aber die haben mir Angst genug gemacht. Es scheint, als seien überproportional viele Wetten auf Peking eingegangen, zu einer Zeit, als die noch ein völlig unbeschriebenes Blatt waren und mit 50 : 1 gehandelt wurden. Das riecht nach Schummelei im großen Stil. Ich habe lange überlegt, ob ich dir das mitteilen soll, vor allem, weil ich nicht weiß, wie du dich optimal verhalten und welche Gegenmaßnahmen du ergreifen solltest. Weil du wahrscheinlich gar nichts unternehmen kannst. Ich bin ein wenig deprimiert.
Love, Noël

S-KK@gmx.de an NoelA@gmail.com
12. Mai 2028 23:41

Lieber Noël,
du kannst dich allen Ernstes in asiatische Wettbüros einhacken ? ? Wow. Kann ich irgendwie nicht recht glauben. Aber wozu solltest du mit sowas angeben

bzw. mir einen Bären auf die Nase binden? Na gut, was man von den Asiaten so hört, gibt es Manipulationen vielerlei Art, aber um ein Team wie Peking bis zum Weltmeistertitel schleppen, müßten schon einige Leute kooperieren, das kommt mir sehr unwahrscheinlich vor.
Wie auch immer, wir sind in Topform, und ich mache mir keine Sorgen, drum red mir nichts ein, vor allem nicht, wenn, wie du selbst sagst, es eh nichts dagegen zu unternehmen gäbe, so es existierte. Uff. So viele Konjunktive. Das schafft mich.
Herzlich, S.

NoelA@gmail.com an S-KK@gmx.de
13. Mai 2028 00:05

Liebste Sally,
du hörst mir nicht zu. Niemand hört mir zu.
Hier am Meer hören einem wenigstens die Fische zu. Und das Kreischgeflügel. Ich habe manchmal einen Traum, der wohl von einem Schulzeittrauma herrührt, als alle Kinder, die ein Instrument spielten, einmal im Jahr auf der Schulbühne auftreten und etwas vortragen mußten. Bei mir war es nur die Blockflöte, und selbst die spielte ich nicht aufsehenerregend. Doch zu meinem Traum: Ich bin gestorben und sitze in einer großen Turnhalle, zusammen mit allen anderen Menschen, die an diesem Tag gestorben sind. Ich weiß, eine noch so große Turnhalle würde dafür nicht ausreichen, aber es ist eben ein Traum, der sich gewisse »lyrische« Freiheiten herausnimmt. Ein Erzengel betritt die Bühne und bittet jeden von uns Toten ans Mi-

krophon, damit er ein kurzes Resümee seiner Zeit auf Erden abgibt und gegenüber Gott erklärt, warum der ihn im Paradies aufnehmen soll. Dabei glaube ich gar nicht an Gott. Ich komme also auf die Bühne, mit zitternden Knien – im Traum kann ich wieder laufen –, und ich stammle etwas ins Mikro. Lauter tolpatschige Satzanfänge. Immer bedanke ich mich für die schönen Jahre und stocke dann, weil ich mich genaugenommen nicht bedanken will. Niemand hat mich meines Wissens vorher gefragt, ob ich hier sein möchte. Aber wenn ich darüber nachdenke, gibt es doch dies und das, was ich erwähnenswert finde. Es kommt mir nur so banal und klein vor. Das kann man Gott doch nicht ernsthaft unter die Nase reiben. Die Situation ist absurd. Der Erzengel klopft mir auf die Schulter. Ich weiß nicht, ob er mir Mut zusprechen will oder mich zur Eile drängt. Ich pisse mir in die Hose. Die Toten lachen. Der Teufel betritt die Halle. Vielleicht nur ein Abgesandter des Teufels. Er sieht aus wie ein gutgenährter Gewerkschaftsfunktionär. Woher ich weiß, daß er teuflisch ist, weiß ich nicht. Er mustert mich. Plötzlich fällt mir ein, daß ich schon einmal hier gewesen bin. Im letzten Leben als Wolf, und ich erinnere mich, daß Gott kaum zu uns Wölfen aufgesehen hat. Er hat uns quasi nur weggenickt. Seine gesamte Aufmerksamkeit galt seinen geliebten Menschen, wir dagegen waren nur Getier, also bestand ich darauf, im nächsten Leben als Mensch auf die Erde zu kommen. Und der Teufel grinst, und dann ... dann bricht der Traum ab, ein starker Wind weht mich in mein Bett, und ich erwache. Denk darüber, was du willst. Aber wenn das Szenario jemals Wirklichkeit werden sollte, wüßte ich jetzt, was ich

dem Erzengel sagen würde. Daß ich einmal dich, Sally, kannte und zu beschützen versuchte, darüber könne Gott nicht einfach hinweggehen. Mach dir einen Reim drauf. Eines sollst du wissen: Ich würde alles für dich tun. Ich würde für dich töten, und ich würde für dich sterben. Du wirst denken, das sind hohle Sprüche aus sicherer Entfernung, aber ich meine es so ernst wie irgendjemand es ernst meinen kann. Es wäre mir eine große Ehre, für dich zu sterben.
Love, Noël

S-KK@gmx.de an NoelA@gmail.com
13. Mai 2028 00:19

Lieber Noël,
was bitte sollte mir dein Tod denn nutzen? Halt mal den Ball flach, und sei etwas weniger pathetisch. Auf das mit dem Töten komm ich vielleicht zurück, ich nenn dann einen Namen und mache ein Kreuz dahinter, das ist unser Code … und dann rollst du an und überfährst ihn, okay? Nee, Quatsch, Scherz … Ich bin müde und habe das Gefühl, dir nicht adäquat fantasie- und klangvoll antworten zu können. Nimm es mir bitte nicht krumm, herzlich, Sally

NoelA@gmail.com an S-KK@gmx.de
13. Mai 2028 00:27

Liebste Sally,
ich soll ihn überfahren?? Du machst dich über mich lustig. Mußt du mich demütigen? Glaub mir, ich kann, wenn ich will, nützlich für dich sein, nicht als Geliebter,

das nicht, aber ich habe zwei Hände und weiß sie zu nutzen. Ich bin mit meinem Totenengel auf du. Leute wie ich sterben oft jung und über Nacht.
Denkst du daran, wie du mal stirbst? Als alte Frau, mit vielen Erinnerungen? Oder hältst du es für möglich, früher aus dem Leben gerissen zu werden, in der Blüte deiner Jahre? Was würdest du denn dem Erzengel sagen? Und stell dir vor, es gäbe den sakralen Moment, da du vor Gott trittst und ihm ins Angesicht siehst, begleitet von erhabener Musik, die deiner Seele jeden Boden unter den Füßen wegreißt als würde die Seele Füße haben – so kann wohl nur ein Rollstuhlfahrer fantasieren. Ich bin dir näher, als du denkst, Sally. Mach dich nicht kleiner, als du bist. Ich tue viel für dich, quasi alles, was in meiner Macht liegt. Unterschätz das bitte nicht.
Ewige Liebe, Noël

S-KK@gmx.de an NoelA@gmail.com
13. Mai 2028 00:31

Lieber Noël, okay, du hast was geraucht, es sei dir gegönnt. Aber du bist mir grad ein wenig unheimlich. Schreib mir wieder, wenn du wieder klar im Kopf bist. Ich schalte den Laptop jetzt aus. Gute Nacht!

...

Ich lud Grit zu mir ein und bat sie, zwei Flaschen Rotwein mitzubringen. Sie war, milde gesagt, erstaunt.

»Alkohol? Am Abend vor dem Finale?«

Ich antwortete, daß ich gut was vertragen könne

und daß ich mit ihr schlafen wolle. Natürlich sagte sie nicht nein, und als ich in ihr kam, war sie völlig hin vor Begeisterung. Aber wozu hätte ich noch sparen sollen?

»Leon? Was ist los mit dir? Du bist in mir gekommen?«

»Warum nicht? Ich brauch den Saft nicht mehr.«

»Na, hör mal, du hättest mich *fragen* müssen! Ich verhüte nicht.«

»Oh. 'tschuldigung. Hab ich keinen Moment dran gedacht.«

»Du bist echt unmöglich!«

»Wird schon nichts draus werden.« Ich hatte wirklich vollkommen vergessen, daß Sex von der Natur zur Kindeserzeugung vorgesehen war. Ursprünglich mal. Als das noch eine gute Sache war, als es noch nicht viel zu viele von uns gab.

»Würdest du nicht gern einen kleinen Leon austragen?«

»Wie kommst du denn *darauf*?«

»Na, ich müßte dir viele Alimente zahlen. Und ich dachte, du liebst mich ...«

»Ich? Dich *lieben*? Spinnst du? Nur weil ich vom Weltmeister gevögelt werden will, lieb ich dich noch lange nicht ... «

»Ach so?«

»Ja, das hättest du gern. Jemanden, der dich liebt. Du schreist geradezu danach.«

»Echt?«

»Du bist kein glücklicher Mensch, Leon.«

»Glaubst du, daß Glück was mit Liebe zu tun hat? Ja, kann sein. Ich wäre schon mit Zufriedenheit zufrieden. Aber sag im Ernst: Würdest du das Baby wegmachen lassen?«

»Na, sicher.«

»Gut. Ich möchte definitiv keinen Beitrag zur Überbevölkerung geleistet haben.«

»Irgendwann denkst du um.«

Grit schien mich nie so richtig ernst zu nehmen, was mir ganz gut gefiel. Ich sagte ihr, daß ich mir manchmal wünschte, schwul zu sein, aber das Schwulsein sei eine Gabe, mit der die Natur sehr geizig umgehe, es müsse ja für Nachwuchs gesorgt werden. Nachwuchs. Ekliges Wort. Endlich ist ein Bein schön glattrasiert, schon kommt neuer *Nachwuchs* ans Licht geklettert.

Ich sagte, daß die Frauen über viele Tricks verfügen, um einen Mann an sich zu binden, um sein Sperma in ihre gierigen Gebärmütterhälse zu locken, damit es immer so weitergeht mit der Menschheit. So sieht es die Evolution vor. Frauen wollen Männern, die im nüchternen Zustand Kinder eher doof finden, Erben andrehen. Die Prispog ist leider nur manchmal ein Lustorgan, oft ist sie eine Schnappfalle, die gedankenlose Lüstlinge mit dem Vatersein bestraft. Die Geburt eines Kindes ist zwar, das wird behauptet, mit einem heroinartigen Hormonrausch verbunden, kann schon sein. Aber der läßt auch wieder nach. Die meisten Idioten in der Falle sind zu nett, leiden unter falsch verstandenem Anstand und ziehen zähneknirschend das Balg auf, reden sich ein, es zu lieben, statt es einfach zu töten und wieder frei zu sein.

»Du bist wirklich sehr witzig, Leon.« Grit schmiß sich beinahe weg vor Lachen.

»Apropos – da sind wir bei der Frage, weswegen so viele Frauen keinen Analsex wollen. Nicht weil er weh tun würde. Sachgemäß praktiziert tut er nicht weh. Frag irgendeinen Schwulen auf der Welt. Aber es darf zur Prispog keine günstige Alternative ohne Kindkonsequenz geben. Frauen, du magst eine Ausnahme sein, sind in der überwiegenden Mehrzahl seltsame Wesen, die unbedingt mal entbunden sein wollen, von irgendeinem ihnen völlig unbekannten Kind, das dann, egal, wie dumm und häßlich es auch ist, von ihnen vergöttert und aufgezogen wird. Frauen lieben ihre Brut, die nichts verspricht, die noch überhaupt nichts geleistet hat, immer mehr als ihren Mann, egal, wie toll der ist. Mich hat das schon immer genervt.«

»Aber anders würde es doch nicht funktionieren, Leon. Mutterliebe ist ein Muß der Natur.«

»Nö. Meine Mutter hat mich gehaßt. Das geht auch.«

»Jetzt versteh ich langsam, warum du so ein verzerrtes paranoides Frauenbild hast.«

»Verzerrt? Ich finde doch Frauen viel erträglicher als Männer.«

»Du glaubst, daß alles über Sex funktioniert, weil er in deinem Leben eine überproportional große Rolle spielt. Deshalb ist bei dir was durcheinandergeraten. Du hast sie nicht alle. Das ist zwar irgendwie auch charmant. Dennoch: Ich hasse es, daß ich dich mag.« Sie rollte sich einen Joint, ich nahm ihn ihr weg. Das Zeug macht doof und stinkt.

»Ich glaube tatsächlich, daß vieles über Sex funktioniert, zumindest bei den Männern. Und Männer machen Politik. Schon deshalb, weil der Sextrieb die Menschheit in mehr oder minder attraktive Kasten einteilt, konnte der Kommunismus nie funktionieren, denn Sex mit höherklassigen Frauen können Durchschnittsmänner nur erreichen, indem sie dafür bezahlen. Im Einzelfall mag das erschwinglich sein, auf Dauer kommt es verflucht teuer. Deswegen wollen Männer Karriere machen. Um genug Geld für besseren Sex zu haben.«

»Das ist der ganze Grund? Ach, komm! Das ist vielleicht ein Nebeneffekt ...«

»Na gut, es ist vielleicht nicht der *ganze* Grund. Aber der *erste* Grund. Der erste Anschub. Karrieren beginnen in der späten Pubertät, wenn man unter fürchterlichem sexuellen Druck steht, einem Druck, den sich keine Frau je vorstellen kann. Man entscheidet sich, ehrgeizig zu sein, um später guten Sex zu bekommen. Der Kommunismus könnte erst funktionieren, wenn alle Menschen genau gleich aussähen. Das könnte man hinbekommen. Aber will man das? Erst mal nicht. Die Natur ist ungerecht und vielfältig. Nur deshalb existiert – Schönheit. Was mich betrifft – ich wäre bereit, die Schönheit zu opfern für die Gerechtigkeit. Wenn es nach mir ginge, gäbe es bald nur noch ein einziges Geschlecht auf Erden, weder Frau noch Mann. Nennen wir es *Fragile Fleischeinheit*, abgekürzt FRAFL. Das Frafl hätte Penis *und* Vagina, könnte Leben spenden und Leben gebären und hätte nur eine Brust – und zwar auf dem Rücken, wo sie weniger stört.«

»Du hast voll einen an der Klatsche, Leon, aber es macht eigenartigerweise Spaß, dir zuzuhören, wirklich.«

Grit lachte und küßte mich leidenschaftlich, stieß

ihre Zunge tief in meinen Mund. Warum tat sie das, wenn sie alles, was ich von mir gab, abscheulich fand? Ich hasse Phrasen à la *ich werde die Frauen nie verstehen*, denn es scheint mir eher so, daß die Frauen die Männer nie verstehen werden. Wahrscheinlich ist die Wahrheit die, daß das eine Geschlecht das andere nicht begreifen *kann*. Weil das nun mal nicht geht. Gar nicht vorgesehen ist. Punkt.

Wir betranken uns, und als Grit zum ersten Mal aufs Klo mußte, quetschte ich ihr eine Traube in den Wein, damit sie länger schlafen würde. Viele Trauben waren mir nicht geblieben.

Grit war alles in allem eine sehr nette Person. Ich dachte an mein Vermögen. Wer würde das erben?

Meine Mutter? Ach, du liebe Güte. Die würde das Geld vielleicht der Kirche spenden. Ich hätte ein Testament verfassen und Grit als Erbin einsetzen können. Aber vielleicht würde ich ihr damit nur Schwierigkeiten bereiten. Was ist schon Geld? Es tat mir ein wenig leid, daß ich mich von Grit nicht anders verabschieden konnte. Aber, Kirche im Dorf, so wichtig war sie nun auch wieder nicht. Ich mochte sie, und ich mag nicht viele. Jetzt schnarchte sie ein klein wenig. Ganz süß.

Dosto sagt, sinngemäß: Wenn man Hirte ist, hat man Schafe unter sich. Das Schaf ist immer Schaf, aber nur die Schafe machen den Hirten. Schafe müssen nicht begreifen, was und wie der Hirte denkt. Sie hätten davon nichts. Gar nichts. Jewski sagt, Schafe ficken ist Sünde selbst im einsamsten Hochgebirge, kann aber Freude machen, ansonsten es ja keine Sünde wäre.

# TAG DES FINALES

Das Ziffernblatt zeigte 7:30 Uhr. Neben mir lag Grit und wollte nicht erwachen, obwohl ich sie kniff und schüttelte. Gut. Ich ließ sie liegen, lieh mir ihren Schlüssel und hängte das *Bitte-Nicht-Stören*-Schild außen an die Türklinke. Dann lief ich den Flur hinab bis zum Zimmer 1014, dem Zimmer Maritas.

Was sollte ich mit ihr nur machen? Ich betrachtete meine Handflächen. Darin, unsichtbar, aber da und sehr fragil, lag Maritas Schicksal. Meine Hände waren zwei Schalen einer Waage. Nein. Die fragile Fleischeinheit Marita zu eliminieren war zu einfach. Und nicht erfolgversprechend genug. Ich klopfte an ihre Tür. Sie öffnete mit staunenden Augen.

»Leon, du bist schon auf?«

»Darf ich eintreten?«

»Klar, was gibt's?«

»Mich plagt eine Frage.«

Die Unsicherheit in ihren Gesichtszügen, untermalt von erster Angst. Alles klar.

»Marita, sag, was ist die feminine Form von Judas?«

»Hä? Wie meinst du *das* denn?«

»Die weibliche Form von Andreas ist Andrea. Und von Judas?«

»Juda?«

»Könnte sein. Gibt aber Judah Ben Hur, gespielt von Charlton Heston. Wie wär's statt dessen mit Marita?«

»Ich verstehe gar nichts.«

»Ich frage ganz direkt: Würdest du dein Team je verraten?«

»Verraten? Wem? Was? Wieso?«

»Das weißt du besser als ich. Aber sag mir: *Wenn* du dein Team je verraten würdest, was wäre die gerechte Strafe?«

»Was redest du denn für seltsames Zeug?«

»Ja, seltsames Zeug. Wie verfahren wir nun mit dieser seltsamen Situation?«

»Du machst mir Angst, Leon!«

»Muß ich dich bestrafen, Marita?«

»Wie bitte?«

Ich ging ihr an den Hals und nahm ihr die Luft, bis sie schrie. Sofort ließ ich sie los und verließ das Zimmer. Wartete eine Stunde. Wenn Marita unschuldig war, mußte sie zu Helen gehen und sich über mich beschweren. Dann würde Helen kommen und mich zur Rede stellen, was mir denn einfiele, ein Teammitglied zu bedrohen, gar zu würgen. Aber Helen kam nicht. Niemand kam. Es war alles so deprimierend. Mir liefen die Tränen über die Wangen. Zum ersten Mal seit vielen Jahren.

NoelA@gmail.com an S-KK@gmx.de
13. Mai 2028 03:45

Liebste Sally,
ich muß dich heute vor jemandem warnen. Ich glaube, dein Teamkollege Leon hat etwas vor, ich weiß nicht genau, was, aber ich habe Indizien, starke Indizien, daß er Dinge im Schilde führt, die … sagen wir mal: das Licht der Öffentlichkeit scheuen. Ich drücke mich arg verquast aus, und sicher denkst du, an mir sind nicht alle Schrauben festgezogen, aber ich will und kann dir im Moment nicht mehr sagen, bevor meine Informationen sich als hundertprozentig richtig erweisen. Du weißt, daß ich relativ geschickt bin, was das Internet betrifft. Irgendwas kann jeder. Ich möchte mich nicht in dein Leben einmischen und dir ganz sicher keine Angst machen, aber wenn du ein wenig Vertrauen in mich hast, dann glaub mir, daß es gute Gründe gibt, warum ich mich zu diesen Zeilen entschließe. Was du tun sollst, wie du dich verhalten sollst? Ich habe keine Ahnung. Noch nicht. Was du aber wissen solltest: Falls ich Konkreteres erfahre und es deinerseits Handlungsbedarf gibt, schicke ich dir sofort eine Mail. Da steht dann irgendein kurzer Satz wie: Tu dies, oder tu das. Dann mußt du sofort genau das tun. Bitte. Es kann viel davon abhängen. Entschuldige, wenn ich dich durcheinanderbringe. Ich habe sehr lange überlegt, ob ich dir in der Nacht vor einem WM-Finale eine solche Mail schreiben soll und darf. Es wäre die Hölle für mich, wenn mein Verdacht sich als unbegründet erweisen sollte und ich dich wegen nichts um den Schlaf gebracht hätte. Ich bin nicht verrückt oder böse oder geltungssüchtig. Ich bin der

Gute, jedenfalls denke ich das von mir, und bitte dich, mir ein wenig zu vertrauen.
In tiefer Liebe, Noël

S-KK@gmx.de an NoelA@gmail.com
13. Mai 2028 09:01

Sag mal, Noël,
nimmst du noch schwerere Drogen ? Spinnst du komplett ? Leon hat mir gegenüber mal angedeutet, daß du eine langfristig perfide Strategie verfolgen könntest, um mich kirre zu machen. Genau jetzt, vor dem wichtigsten Kampf des Jahres. Anscheinend hatte er recht, und du arbeitest für irgendein Konkurrenzteam. Spricht vieles dafür, zum Beispiel, daß du mir nie ein Foto von dir geschickt hast, daß du mir deine Handynummer verweigerst. Deine Stimme, dein Gesicht, alles sollte im Verborgenen bleiben. Jetzt weiß ich endlich, weshalb. Drum sag ich dir : Fick dich, du Arschloch. Schreib mir nie wieder ! Ende.

Ich hätte die Sportler von Peking umlegen können, klar. Wenigstens einen oder zwei. Aber dann wären sie vielleicht posthum noch zu Siegern erklärt worden. Es gibt in den Statuten eine Regel, laut der die grobe Unsportlichkeit eines Teamplayers zu jeder Zeit mit dem Matchverlust bestraft werden kann. Ein Mord, wenn auch aus noch so lauteren Motiven, könnte als Unsportlichkeit gewertet werden. So also nicht. Mein Denken war besessen von dem einen Satz: *Peking darf nicht gewinnen*. Das mußte sich irgendwie sicherstellen lassen. Und wenn es auch eines persönlichen Opfers von großem Ausmaß bedurfte. Es mußte möglich sein. Am besten *bevor* es zum Kampf kam, bevor wir korrupten Ringrichtern ausgesetzt sein würden. Ohnmächtig. Hilflos. Falls es gar nicht anders ging, würde Marita an ihrer Tattooschminke rumwischen und sie konnten uns disqualifizieren.

Ich ging an die Bar und bestellte mir ein Glas Wein. Pfeif drauf. Und wer saß da? Ich konnte mich nicht beherrschen, lief zu ihm hin.

»Wie kannst du so ein Schwein sein, Timo?«

»Ich weiß nicht, wovon du redest.«

»Ich weiß tatsächlich nicht genau, wovon ich rede. Du weißt da sicher mehr als ich.«

»Vielleicht hab ich nur das *bigger picture* vor Augen?«

»Gut. Du bist vielleicht ein sehr großes, bald mächtiges Schwein. So willst du ins Geschichtsbuch eingehen?«

»Ich will nirgendwo eingehen. Und schon gar nicht untergehen. Glaub mir, Leon, ich weiß, was ich tue. Es tut mir leid, daß wir nicht gegeneinander antreten konnten. Ehrlich. Ich fand mich immer besser als dich.«

»Das warst du aber nie.«

»Es gibt die Ergebnisse im Sportalmanach. Das ist die profane Sache. Und es gibt eine Wahrheit dahinter.«

»Du weißt vermutlich, daß wir gegen Peking verlieren werden.«

»Wieso? Seid ihr nicht in Form? Wovon redest du?«

»Normalerweise würde ich deine Karriere jetzt beenden, Timo.«

»Du würdest – was?«

»Du hast schon richtig gehört. Aber du wirst leben. Als großes Opportunistenschwein. Freu dich. Und jetzt geh mir aus den Augen, du Feuchtfurzer! Du machst mich krank.«

»Du bist verrückt, Leon. Ich hab das immer geahnt.«

»Geh bitte. Beeil dich. Bevor ich es mir anders überlege. Ich übernehme auch deine Rechnung.«

Er ging, und zwar ziemlich schnell. Das war ein lustiger Moment, ein kleiner Trost.

...

Hannes hatte, ganz gegen seine Gewohnheit, die Nacht durchgearbeitet und erstattete Bericht.

»Ich hab von den Kollegen in Berlin etwas gehört. Vielleicht tut es nichts zur Sache, aber das mußt du entscheiden, Caro. Ein früherer Liebhaber von Sally Cellar hat vor ein paar Wochen Selbstmord begangen. Auf eine ganz ähnliche Weise wie Maxime, mit Schlafmitteln, Barbituraten und K.-o.-Tropfen. Ohne Abschiedsbrief. Eine Fremdeinwirkung konnte nicht festgestellt, aber auch nicht ausgeschlossen werden. Der Fall wurde zu den Akten gelegt.«

»Interessant. Was wissen wir über Sally?«

»Recht wenig. Unbeschriebenes Blatt. Hat sich nie politisch geäußert.«

»Aha? Welcher Mensch äußert sich denn nie politisch?«

»Ein unpolitischer Mensch vielleicht?« Hannes Madsen erntete nach dieser Platitüde einen vernichtenden Blick, der ihm aber überhaupt nichts auszumachen schien. Also war es nur ein vernichtenwollender Blick gewesen, ein Rohrkrepierer. Carolyn nahm sich vor, vernichtende Blicke zu üben.

»Wir werden Sally überprüfen. Wir haben ja sonst nicht viel zu tun. Können wir ihre Mails lesen?«

»Schon. Das ist aber illegal.«

Diesmal war Carolyns Blick weniger vernichtend, sondern eher mitleidig gemeint. Und Hannes verstand sofort. Das war keine Frage gewesen, das war ein als Frage getarnter Befehl, den sie offen nicht geben durfte.

...

Dosto sagt, sinngemäß: Der Tod an sich ist banal, wenn er nicht inszeniert wird oder wenigstens begleitet wird von einer ergreifenden Abschiedsrede. Wenn ihn aber nichts in irgendeiner Weise aufwertet, geht er vonstatten wie der Besuch eines Gerichtsvollziehers. Was da und von Wert ist, bekommt den Kuckuck des Todes aufgeklebt, und all das ist fortan nicht mehr deins. So einfach. Es ist skandalös, wie demokratisch der Tod agiert. Völlig gleichgültig und ohne jeden Respekt. So kann das nicht gehen, dachte ich immer. Dahinter muß etwas stehen, ein Plan, eine Rechtfertigung dafür, warum Mozart mit fünfunddreißig sterben mußte. Jewski sagt, die Dauer des Lebens sei doch unwichtig angesichts der darauf folgenden Ewigkeit.

Für den einfachen, wenig wertvollen Menschen wurde in den letzten hundert Jahren wirklich viel getan, er hat es jetzt bequem genug, und man muß endlich wieder wissen und sagen, was genau wirklich etwas wert ist und wieviel. Ich bin kein Unmensch. Jeder soll seine beschissenen Kinder behalten, wenn er mag, auch wenn die Erde voll genug ist und davon immer kränker wird. Aber angenommen, ich nenne jetzt mal einen etwas konstruierten Fall, angenommen, daß kannibalische Terroristen einen Konzertsaal besetzt halten und den zu sprengen drohen, falls man ihnen den kleinen wohlschmeckenden Luca-Elias nicht ausliefert, ja dann pfeif auf den kleinen Luca-Elias, sowas wächst millionenfach nach, ein Konzertsaal nicht.

Es wäre so viel zu tun, damit es eine Chance gibt, daß alles wieder so schön werden kann wie vor dreißig, vierzig Jahren etwa. Diese Zeit habe ich selbst nicht miterlebt, aber die Neunziger sollen sehr schön gewesen sein, vielleicht die allerschönste Zeit überhaupt auf diesem Planeten.

Ein alter Mann, jener Romanschriftsteller, der mit seinem Bestseller den Leistungssex quasi erfunden hat, hat mir mal erzählt, daß es in seinem Leben den einen Tag gab, um seinen sechzigsten Geburtstag herum, nach dem ihm plötzlich alle Frauen bis auf seine eigene egal wurden, und seien sie noch so schön und nackt gewesen. Ganz plötzlich war es vorbei mit ihrer Anziehungskraft. Er hüpfte fortan schwerelos über die Erde, konnte die Frauen, selbst die jüngsten und schärfsten, ohne jede gesteigerte Anteilnahme betrachten und habe sich prompt gefragt: »DAFÜR habe ich so viele Jahre lang so enormen Aufwand betrieben? Für DAS???«

Es war der Moment, von dem an er frei war von Begierde und den ganzen Tag nur noch Backgammon spielen wollte. Was, sagte er noch, viel aufregender sei als Sex. Frauen, fügte er an, solle man niemals als Sexobjekte betrachten, dazu böten ihre schlicht gestalteten Körper zuwenig Möglichkeiten. Der beste Sex in *seinem* Leben sei der mit den Aliens von Proxima Centauri gewesen, die könnten bis zu 15 Geschlechter haben und zwischen denen hin- und herwechseln. Ich glaube, da hat er mich verarscht. Aber er sagte auch, und das fand ich bemerkenswert: Am besten liebt man eine Frau, die es wert ist, platonisch, in einer rein geistigen Verbindung, ohne ständig wie ein Hund an ihrer Spog herumzuschnüffeln. Dann kann draus was werden, was für die Ewigkeit hält – also plus/minus fünfzig Jahre. Alles andere nutzt die Liebe nur vorzeitig ab und wird peinlich mit der Zeit. Jemand tippt mir von hinten auf die Schulter.

»Leon, darf ich Sie kurz sprechen? Ich bin Carolyn Holm von der Polizei Kopenhagen.«

Die Frau sprach mich in der Hotellobby an; sie sah etwas streng aus und wirkte so, als könne sie mich nicht hundertprozentig leiden. Das war schon ein starkes Stück. Am Tag eines Finales will man ja nicht gerne von der Polizei angesprochen werden, jedem normalen Menschen fällt da ein bißchen das Herz in die Hose.

»Was gibt's denn?«

»Es geht um Ihre Teamkameradin, Sally Cellar. Kennen Sie sie gut?«

»Leider nicht gut genug. Hat sie was verbrochen?«

»Nein, iwo, jedenfalls nichts, von dem wir wüßten. Ich mache nur Spaß. Es ist eher so, daß wir uns ein Bild von ihr machen wollen, und wir wären, also ich wäre … froh um jede Art von Information.«

»Das wäre ich auch, da sitzen wir im selben Boot. Entschuldigung, ich helfe Ihnen sehr gern, wofür auch immer das gut sein soll, aber könnten wir das eventuell auf morgen verschieben? Ich bin gerade auf dem Sprung, wissen Sie, und wie Sie vielleicht auch wissen, soll heute ein Sportereignis stattfinden, in dem ich mitwirken soll, in einer nicht ganz unwichtigen Rolle.«

»Natürlich.« Sie lächelte zum ersten Mal, deutete ein Lächeln zumindest an. »Mein vollstes Verständnis. Treffen wir uns morgen nach dem Frühstück?«

Ich nickte und verbeugte mich. Diese Frau hatte in keiner Sekunde darüber nachgedacht, ob sie Sex mit mir haben wollte. Faszinierend. Erfrischend.

Ich bat Shasha per SMS darum, mich oben im zehnten Stock zu treffen. Sie kam keine Viertelstunde später, und ich umarmte sie, was sie bereitwillig geschehen ließ. Ich küßte ihr linkes Ohr, da räusperte sie sich irritiert. »Was ist los?«

»Ich muß dir was erzählen, komm mit. Nicht hier.«

Das Hotel besaß einen unbenutzten Dachgarten, der über eine Treppe erreichbar war. Diese Treppe durfte während der Weltmeisterschaft nicht betreten werden, aber ich setzte mich über das Verbot hinweg. Der Generalschlüssel von Grit, die wahrscheinlich noch immer fest schlief, öffnete mir die Tür. Es gab hier keine Kameras, und über uns schwebten keine Hubschrauber.

...

»Chefin, ich hab mir die Mails von Sally Cellar heruntergeladen. Ist total interessant. Schauen Sie mal, die letzte hier, die hat sie selbst noch gar nicht gelesen. Ich weiß gar nicht, wie ich die als neu und *ungelesen* markieren soll, darüber muß ich noch ein bißchen nachdenken ...«

»Gute Arbeit, Hannes. Wow, das klingt ja dramatisch. Wissen wir, wo Sally sich gerade aufhält?«

»Hmm ... Nein. Sollen wir sie ausrufen lassen?«

Carolyn Holm dachte nach. Es war, wie dieser schleimige Leon gesagt hatte, der Tag eines nicht ganz unwichtigen Sportereignisses.

...

»Sally, ich muß dir was sagen.«

»Was denn?«

»Es gibt etwas, was ich weiß, du aber nicht.«

»Bestimmt denkst du, daß es ganz viel gibt, was du weißt und ich nicht.«

»Nein, hör auf mit diesem Ton, so soll das nicht klingen, das hier ist ein wichtiges Gespräch, bitte! Sei nicht sauer, aber ich habe erfahren, daß man uns um den Titel bringen will.«

Sie schob ihre Lippen schräg übereinander zu einer ungläubigen Schnute. Ein Mund wie ein Warndreieck.

»Wer sollte das tun und weswegen?«

»Das weiß ich nicht genau. Ist auch einerlei. Man will uns den Titel stehlen, den wir verdient haben.«

»Aber die ganze Welt wird zusehen. Wie soll das gehen?«

»Irgendwie. Was ich dir vorschlagen will – und ich weiß, daß es ein großes Ding ist, das ich dir da abverlange …«

»Jetzt bin ich aber gespannt.«

»Wir dürfen es zu keinem Kampf kommen lassen.«

Sie sah mich ungläubig an und rückte ein Stück von mir ab.

»Jetzt machst du mich echt gruseln. Weißt du, daß ich vorhin noch eine Mail von diesem geisteskranken Rolli bekommen habe, in der er mich gewarnt hat, daß du irgendwas Illegales vorhast?«

»Vielleicht hättest du auf ihn hören sollen. Was ich dir vorschlagen möchte, ist tatsächlich nicht so ganz legal. Wenngleich heroisch.«

Shasha hob die Augenbrauen. Plötzlich bekam sie Angst, und das tat mir sehr weh. Es mußte jetzt schnell gehen.

»Weißt du, wie sehr ich dich liebe?«

»Wie? Du? Mich?«

»Wir haben so viel zusammen erreicht. Und wir sollten diesen Weg gemeinsam bis zum Ende gehen. Im Alltag ist das vermutlich unmöglich und zum Scheitern bestimmt. Das sollten wir uns ersparen. Laß uns ein Fanal setzen, Shasha.«

»Shasha?«

»Das ist der Name, mit dem ich dich jede Nacht rufe. In meinen Träumen, wenn ich dir näher bin als jemals im Ring.«

»Leon! Bist du nicht ganz dicht?«

Die Frau, die ich so sehr liebe, ihres sehr wahrscheinlich einzigen Lebens berauben zu müssen bricht mir das Herz. Mich selbst zu töten kann danach keine große Sache mehr sein. Wozu sollte ich auch weiterleben wollen? Für ein paar lustige, gutgenährte Jahre in Wohlstand? Lächerlich. Ich muß dieses Opfer bringen, leider. Es gibt Werte, die größer sind als unser Leben. Manchmal muß man Zeichen setzen. Wenigstens wird Shasha kaum etwas davon mitbekommen.

Ich schnappte sie, nahm sie in einen Würgegriff, der nicht mal Druckstellen auf der Haut hinterläßt. Ich habe ihn als Vierzehnjähriger gelernt, wir Schulkinder haben uns manchmal gegenseitig in eine künstliche Ohnmacht befördert, das fühlte sich toll an. Wie sterben und wieder auferstehen. Shasha wehrte sich mit Händen und Füßen, und sie war kräftig, aber ich hatte eine Position inne, der so gut wie gar nicht zu entkommen war. Shasha ging die Luft aus, sie verlor schnell das Bewußtsein.

Dosto sagt, sinngemäß: Man kann durch lange Kontemplation lernen, gerne zu sterben, aber *wirklich glücklich* sterben kann nur der, der inmitten eines Rausches stirbt. Und kein Rausch ist größer als der der reinen Liebe. Jewski stimmt zu, wenn diese Liebe Jesus Christus gilt.

Ich bin Leon, der Wolf. Jetzt ist es so weit. Warum bin ich nicht früher auf diese Final Fantasy gekommen? Wie viele Zusatzpunkte hätte ich damit gewonnen … SCHERZ!! Jetzt nicht kleinlich sein.

Wir tanzen. Ich halte meine reine Liebe in den Armen, und wir tanzen. Wir werden gemeinsam fallen, aber es wird ein Flug in die Ewigkeit werden. Ich hebe sie hoch und liebe sie, wie niemand sie je geliebt hat. In einem Augenblick voller Intensität. Wir springen. Wir fliegen. Die besten drei Sekunden meines Lebens – ganz am Ende. So ist es doch fein.

...

»Nein, Hannes. Machen wir die Pferde nicht voreilig scheu. Die laufen uns ja nicht davon. Und diese Mail da, die haben wir nie gelesen. Die gibt es offiziell ja gar nicht.«

»Alles klar, Chefin.«

# EPILOG – JUNI

Der Tod von Sally Cellar und Leon Sklydolchowski löste weltweit Betroffenheit aus. Niemand glaubte an ein Unglück oder einen gemeinschaftlichen Selbstmord, auch wenn die polizeilichen Untersuchungen zu keinem anderen Ergebnis kamen. Welchen Grund sollten Sportler, die vor dem möglichen vierten Sieg in einem WM-Finale standen, gehabt haben, sich gemeinsam umzubringen? Wo sie noch nicht einmal ein Paar gewesen waren. Etliche Verschwörungstheorien entstanden, wonach die toten Sportler irgendwem in irgendeiner Weise im Weg gewesen seien.

Das Finale wurde auf Beschluß des IFCS-Kongresses gecancelt. Nach einer langen Diskussion erklärte man beide Teams formell zu Siegern. Dementsprechend wurden die Wetteinsätze anteilig ausgezahlt, womit jene Zocker, die ihr Geld zuvor auf Peking gesetzt hatten, immer noch sehr reich wurden.

Was genau während der Weltmeisterschaft im Candic-Hotel geschehen ist, darüber gehen die Meinungen weit auseinander. Am Ende verstand es eigentlich niemand. Wahrscheinlich deshalb wurde Richard Gardiner trotz einiger ihn belastender Indizien von den dänischen Behörden laufengelassen, ohne daß es zum Prozeß kam. Sein Nachfolger, Timo Mertens, hat in seiner ersten Rede vorsichtige Reformen angekündigt. In welche Richtung, darüber soll bald in einer Pressekonferenz Auskunft erteilt werden. Angeblich sei in Brasilien ein neuer Landesverband entstanden, der um die Aufnahme in den IFCS gebeten habe. Es wäre das erste südamerikanische Land überhaupt, was das bedauerliche Ausscheiden der Verbände aus der Schweiz und Österreich mehr als kompensieren würde. Douglas Cowper, heißt es, habe sich komplett aus der Sportpolitik in den Ruhestand zurückgezogen. Andere sagen, er sei paranoid und halte sich an einem unbekannten Ort versteckt.

Carolyn Holm wurde für ihre hervorragende Arbeit vom Minister belobigt und befördert. Tommy Holm stimmte einer Scheidung sofort zu, unter der Bedingung, daß er die Wohnung behalten dürfe.

Grit van der Sterren konnte sich an die letzte Nacht mit Leon nicht mehr erinnern, sie habe nach dem Genuß einer halben Flasche Wein unglaubliche fünfzehn Stunden geschlafen. Eine Blutprobe wurde ihr dennoch nicht entnommen. Als der Direktor des Candic-Hotels ihr wegen ihres »leichtsinnigen Fehlverhaltens« kündigen wollte, kam sie ihm zuvor, verkündete ihre erste Schwangerschaft und schreibt seitdem an einem Buch, das *Meine letzte Nacht mit Leon* heißen soll.

Auf Sally Cellars Laptop fand sich eine E-Mail, die sie nicht mehr abgerufen hatte. Anhänger der Verschwörungstheorie nannten die Mail eine bewußt ausgelegte falsche Fährte. Dazu paßte, daß der Absender, ein gewisser Noël Anderssen, bislang noch nicht ermittelt werden konnte und in Kopenhagen mit hoher Wahrscheinlichkeit nie existiert hat. Der Wortlaut der Nachricht lautete:

> Liebe Sally,
> es ist so weit. Du mußt jetzt, jetzt sofort, noch in dieser Minute, das Hotel verlassen. Geh hinaus, ins Freie, geh unter Leute, mach schnell, gleich kann es zu spät sein, Leon hat vor, dir etwas Schreckliches anzutun, und er will das nicht tun, aber er wird es tun, weil er krank ist. Krank bis ins Mark. Vertrau mir, lauf um dein Leben. Jetzt. Jetzt ! Ich bitte dich auf Knien.
> In Liebe,
> Noël